Sur l'auteure

Après avoir travaillé comme infirmière et secrétaire, Lesley Kara devient professeure puis directrice dans l'enseignement supérieur. *La Rumeur*, son premier roman, est un best-seller au Royaume-Uni, et, avec son nouveau roman *Qui le sait*, elle se place comme l'une des meilleures auteures de thriller psychologique du pays. Elle vit dans l'Essex, sur la côte nord.

LESLEY KARA

LA RUMEUR

Traduit de l'anglais
par Clara Gourgon

10
18

LES ESCALES

Titre original :
The Rumour

Édition française publiée par :

ISBN 978-2-264-07717-2
Dépôt légal : janvier 2021

À mes parents, Doreen et Harry.
Avec tout mon amour.

Celui qui combat les monstres doit veiller à ne pas le devenir lui-même. Et si tu regardes au fond de l'abîme, l'abîme aussi regarde en toi.

Friedrich Nietzsche

Ça recommence. Ne me demandez pas comment je le sais. Je le sais, c'est tout. Je le vois dans le creux des vagues, à leur façon de rester en suspens juste avant de venir s'écraser sur le sable. Brutales. Imperturbables. Je le sens dans la brise qui mordille ma peau, dans l'odeur des feuilles mortes et de la mousse sur le sol. Je l'entends dans le silence des corbeaux qui montent la garde. Tu m'as retrouvée et il n'y a rien que je puisse faire pour t'arrêter.

Cela se passe ainsi. Un soir, je vais me coucher et tout va bien. Tout est sous contrôle. L'histoire n'en est plus une. Elle est devenue réalité. Matérielle. Immuable. Puis je me réveille et la réalité a changé. Des fissures sont apparues au cours de la nuit et je me rends compte que je me suis voilé la face pendant tout ce temps, que j'ai bâti ma vie sur un socle de cristal.

Je suis une proie. Je serai toujours une proie.

1

Ça commence par une rumeur. Des murmures à l'entrée de l'école.

Au début, je n'y prête pas attention. J'ai promis à Dave de passer récupérer les clés de la propriété de Maple Drive et de m'occuper du rendez-vous client. Je n'ai pas de temps à perdre à écouter les commérages des uns et des autres.

Jusqu'à ce que j'aperçoive le visage de Debbie Barton. Un air profondément choqué qui pique aussitôt ma curiosité.

— Tu peux répéter ? dit-elle. Je ne suis pas sûre d'avoir bien entendu.

Je m'approche discrètement, ainsi que Fatima, la mère de la petite Ketifa. La mère de Jake – Cathy, il me semble – jette un rapide coup d'œil autour d'elle avant de parler, prenant bien soin de faire durer son petit moment de gloire.

— Il paraît qu'une célèbre tueuse d'enfant habite ici, à Flinstead, dit-elle, marquant une pause le temps que ses paroles fassent leur effet. Sous une nouvelle identité, bien sûr. Elle a assassiné un petit garçon dans les années soixante, alors qu'elle n'avait que dix ans. Elle lui a enfoncé un couteau de cuisine en plein cœur.

Une exclamation s'élève dans l'assistance. Fatima porte la main à sa poitrine.

— Sally McGowan, reprend Cathy, cherchez son nom sur Google quand vous serez chez vous.

Sally McGowan. Ce nom ne m'est pas inconnu. Je l'ai probablement déjà entendu dans un de ces documentaires sur la Cinq. Il m'arrive d'en regarder lorsque je n'ai rien de mieux à faire. *Les enfants tueurs*, ou autres joyeusetés.

— D'où tiens-tu cette histoire ? je lui demande.

Cathy prend une profonde inspiration.

— Disons que je tiens ça de quelqu'un qui connaît quelqu'un dont l'ex-mari était flic. Il s'avère que le coéquipier de ce flic avait été désigné pour participer à un programme de protection des témoins. Peut-être que rien de tout ça n'est vrai, mais vous savez ce qu'on dit, il n'y a pas de fumée sans feu. Et mon mari affirme qu'ils les envoient toujours dans des petites villes comme la nôtre.

Debbie fait la moue.

— Je trouve ça révoltant qu'ils protègent ces monstres. Aux frais du contribuable en plus !

— Tu préférerais peut-être que de pseudo-justiciers s'en prennent à eux ?

Les trois femmes me dévisagent. Pourquoi faut-il toujours que je l'ouvre ? Mais c'est plus fort que moi. Je ne sais même pas pourquoi je m'inflige toutes ces conneries. Ça m'apprendra.

Cathy renifle.

— Figure-toi que oui, Joanna. En ce qui me concerne, je préférerais. Ce n'est pas juste que cette femme reçoive un traitement de faveur. As-tu pensé aux pauvres parents de ce petit garçon ? Eux n'ont pas eu le luxe de s'offrir une nouvelle vie, n'est-ce pas ?

— Ce ne sont probablement que des histoires, dit Fatima. Et même si c'était vrai, on ne peut de toute façon rien y faire. C'est arrivé il y a des années. Je doute que cette femme soit encore dangereuse.

Adorable, douce Fatima. Je devrais l'inviter à prendre un café, un de ces jours. Pour que nous fassions davantage connaissance. Mais pas aujourd'hui. Je vais finir par être en retard à mon rendez-vous si je reste plantée là.

— Merci, Jo. C'est vraiment sympa de t'en occuper pendant ton jour de congé.

Dave me tend les clés et le dossier du 24, Maple Drive fraîchement imprimé avec le nouveau logo au nom de Pegton.

— Ça ne me pose aucun problème, Dave.

Et c'est le cas. Il existe peu d'employeurs aussi souples que Dave Pegton. Je m'estime heureuse d'avoir trouvé un travail qui n'empiète pas sur les heures d'école d'Alfie, et si près de la maison.

La maison. Je dois une fière chandelle à Dave pour ça aussi. Ce minuscule deux pièces en manque d'amour, comme il disait. Quelle jolie façon de voir les choses. En réalité, c'est d'un bon rafraîchissement dont il a besoin, mais n'ayant guère de moyens, j'ai quand même fait une offre. Une nouvelle maison. Un nouveau boulot. Tout ça parce que je suis entrée au bon moment dans la bonne agence immobilière. Comment dit-on, déjà ? Un heureux concours de circonstances ?

Dave retourne s'asseoir à son bureau.

— Au fait, bonne chance avec Mme Marchant, lance-t-il par-dessus son épaule.

— Pourquoi ? Il y a quelque chose qui ne va pas avec elle ?

Un sourire se dessine sur les lèvres de Dave.

— Tu le sauras bien assez tôt.

Avant que j'aie le temps de le questionner davantage, la sonnerie de son téléphone retentit et le voilà qui discute avec un client.

Les maisons de Maple Drive datent des années vingt et trente. Certaines sont individuelles tandis que d'autres sont mitoyennes. Maple Drive n'est pas la rue la plus chère de Flinstead – il faut plutôt chercher du côté du quartier de Groves pour cela – mais elle n'en reste pas moins l'une des plus prisées. Notamment parce qu'elle débouche sur la plage. Le numéro 24 se trouve justement non loin de là. Sur le dossier de la propriété, Dave fait mention d'une « vue sur la mer », et vous pouvez effectivement l'apercevoir si vous ouvrez une des fenêtres de la chambre et que vous tendez le cou vers la gauche. Un « aperçu » de la mer aurait été plus approprié, mais la maison vaut tout de même le détour. Bien entretenue. Jardin en façade. Même l'aperçu de la mer est un plus.

Susan Marchant m'ouvre la porte avant même que j'appuie sur la sonnette. Elle m'adresse un bref signe de tête en réponse à mon « Bonjour ! » débordant d'enthousiasme. Je m'attends à ce qu'elle s'écarte pour me laisser entrer mais il n'en est rien. Elle se contente de me toiser comme si j'étais un vulgaire démarcheur. Un de ceux qui ne sont jamais les bienvenus chez vous.

— J'espérais faire un tour de la propriété avant de commencer, dis-je. Afin de me familiariser avec l'endroit.

C'est un rituel que j'aime accomplir avant chaque rendez-vous, me sentant plus à l'aise en ayant un maximum de détails en tête. D'autant que tout le monde ne met pas sa maison en ordre en prévision des visites. Et il m'est arrivé par le passé de faire de curieuses découvertes. Des sous-vêtements sales étalés sur le sol. Un énorme étron lové au fond d'une cuvette... Bien qu'à en juger par ce que j'aperçois derrière Susan Marchant, je suis à peu près sûre que je ne trouverai rien de tel chez elle. La pièce presque vide semble aussi propre qu'une salle d'opération. Comme si elle avait déjà été débarrassée de ses affaires.

— Pourquoi donc ? me demande-t-elle. Vous avez un plan de la maison dans votre dossier, n'est-ce pas ?

Ses yeux ont quelque chose de glacial, et la dureté de son intonation me cloue sur place.

— Oui, mais...

— C'est trop tard, de toute façon, me coupe-t-elle. Voilà Anne Wilson qui arrive.

Je me retourne et vois une Clio se garer devant la maison. Une femme aux cheveux blond-gris, vêtue d'un imperméable vert pâle, s'extirpe du côté passager. Elle lève la main à mon intention et me gratifie d'un large sourire. Que Dieu bénisse les gens souriants. Le conducteur sort à son tour. Il est grand et élégant. Des cheveux d'argent. Je devine immédiatement qu'il aurait aimé ouvrir la portière pour la femme si elle lui en avait laissé le temps. Le couple se dirige vers moi en se tenant la main. Soit ils font partie de ceux qui restent toujours très amoureux, même après des années de relation, soit ils ne sont pas ensemble depuis longtemps. Je parierais sur la seconde option.

C'est une des choses que j'adore dans mon métier. Faire de nouvelles rencontres. Porter mon attention sur les détails les plus infimes afin de deviner la personnalité de mes interlocuteurs. Et, ce que je préfère pardessus tout, plonger dans leur intimité en visitant leur maison. Tash, que je compte parmi mes plus vieilles amies, dit que c'est à cause de mon caractère de fouineuse. Je ne le prends pas mal, car elle est exactement comme moi.

Une fois, elle et son compagnon sont même allés jusqu'à faire semblant d'être intéressés par l'achat d'un superbe penthouse à Brighton, où ils passaient le week-end, juste pour avoir une chance de visiter l'endroit. Je réprime un sourire. Ils avaient dû garer leur vieille Volvo deux rues plus loin pour que l'agent immobilier ne les voie pas en sortir. Je repense souvent à cette histoire lorsque je vais à la rencontre de clients. On ne peut jamais savoir si les gens sont honnêtes ou non.

— Bonjour, je suis Joanna Critchley de l'agence Pegton. Ravie de faire votre connaissance.

Nous échangeons une poignée de main. Anne Wilson est une femme séduisante, mais elle est clairement passée sous le bistouri. Sa peau a cet aspect propre à la chirurgie esthétique, et ses pommettes et ses lèvres ont déjà bénéficié d'un certain nombre d'injections de Botox. Je détourne les yeux pour ne pas qu'elle ait l'impression que je la dévisage.

— Et voici Susan Marchant, la propriétaire.

Celle-ci nous tourne déjà le dos et se dirige maintenant vers l'escalier, ses talons résonnant sur le parquet ciré. Quelle garce. Pas étonnant que Dave m'ait demandé de m'occuper de la visite. Et puis, qui porte des talons dans sa propre maison ?

Je prends une profonde inspiration.

— Et si nous commencions ?

On ne peut pas vraiment dire que nous partons du bon pied. Acheter une maison est assez stressant, et un propriétaire mal luné suffit bien souvent à faire fuir les potentiels acquéreurs. Une pensée me vient tout à coup. Peut-être que c'est exactement ce que veut Susan Marchant. Peut-être a-t-elle été forcée de mettre sa maison en vente par un ex-mari abusif qui rêve de récupérer sa part du butin, et qu'elle met tout en œuvre pour faire capoter ses plans. C'est du moins ce que je ferais s'il m'arrivait la même chose.

Lorsque je rentre chez moi ce matin-là, je ne peux m'empêcher de comparer mon petit deux pièces et sa décoration désuète à cette demeure élégante et spacieuse que j'ai fait visiter. Il ne faut pas longtemps avant que je parcoure les sites de décoration d'intérieur. Je m'étais promis de m'atteler à la tâche une fois qu'Alfie serait entré à l'école. Le mois d'octobre est déjà bien entamé et je n'ai toujours rien fait.

Puis je repense à ce que disait Cathy au sujet de cette Sally McGowan. Ce n'était probablement qu'un mensonge créé de toutes pièces pour faire sensation, mais ma curiosité me pousse à effectuer quelques recherches.

Je tape le nom dans le moteur de recherche qui affiche 109 millions de résultats, ainsi que la photo pixélisée d'une fillette. Le visage grave, l'air défiant, mais d'une beauté hors du commun.

Selon Wikipédia, Sally McGowan est née à Broughton, dans la banlieue de Salford. En 1969, à l'âge de dix ans, elle a poignardé à mort un garçon dénommé Robbie Harris, alors âgé de cinq ans. L'affaire a bouleversé le pays tout entier. Sally était-elle une psychopathe qui avait assassiné le petit Robbie de sang-froid ? Ou bien était-elle victime de la négligence de parents abusifs ? Elle a parlé d'un jeu ayant dégénéré, mais personne ne l'a crue. Du moins, l'opinion publique ne l'a pas crue. Les gens ont été furieux d'apprendre qu'elle avait été mise en examen pour homicide involontaire et non pour meurtre.

Je consulte plusieurs autres sites. Elle est sortie de prison en 1981, sous une nouvelle identité. Six ans plus tard, des journalistes l'ont retrouvée. Elle travaillait en tant que couturière dans la ville de Coventry et avait donné naissance à un enfant qu'elle élevait seule. Des photos défilent sous mes yeux. Sally âgée de dix-sept ans, jouant au billard dans une maison de correction. Il y a quelque chose de provocateur dans la manière dont elle se penche sur la table de billard, mais peut-être est-ce simplement dû à l'angle de vue de la photo.

Les images continuent de défiler. Je regarde maintenant une jeune femme d'une vingtaine d'années, élancée, cachant son visage derrière ses mains pour échapper aux photographes. Sur un autre site, je trouve davantage d'informations. Nouvelle identité. Nouveau déménagement. Puis plus rien, si ce n'est un article de journal faisant état d'une supposée apparition, et un autre relatant la détresse de la famille du petit Robbie.

Je bois une gorgée de café. Et si elle avait réellement emménagé à Flinstead ? Elle doit bien vivre quelque part. Alors pourquoi pas ici ? Mes pensées me ramènent à cette odieuse cliente. Susan Marchant. Ce n'est probablement qu'une coïncidence si elle a les mêmes initiales que Sally McGowan. Mais je ne peux tout de même pas m'empêcher d'imaginer la fillette sous des traits vieillissants. La ressemblance est indéniable.

Je balance mon iPad à l'autre bout du canapé. Tout cela est ridicule. J'entends de stupides ragots devant l'école et voilà que je me fais des films. S'il s'avérait que Susan Marchant était en fait Sally McGowan, elle ne pourrait pas vendre sa maison. Elle vivrait dans une propriété prêtée par le gouvernement, sous la protection des forces de l'ordre.

Ce n'est pas parce que c'est une garce que c'est aussi une meurtrière.

2

« JE ME SOUVIENS ENCORE DE TOUT LE SANG », TÉMOIGNE MARGARET COLE, ANCIENNE VOISINE ET AMIE DE LA TUEUSE D'ENFANT SALLY MCGOWAN

Par Geoff Binns
Mardi 3 août 1999
Daily Mail

Il y a trente ans, Sally McGowan est devenue tristement célèbre pour avoir poignardé à mort Robbie Harris, cinq ans, dans une maison abandonnée de Broughton, dans la banlieue de Salford. Elle avait dix ans.

Hier, son ancienne voisine et amie Margaret Cole nous a fait part de ses souvenirs du terrible incident.

« Tout était si différent à l'époque, nous a-t-elle confié. Nous vivions dans un autre monde, un monde où les enfants jouaient dans la rue. Nos parents n'avaient aucune idée d'où nous nous trouvions la plupart du temps. Ils ont sûrement vécu un enfer,

mais pour nous, les enfants, c'était le paradis sur terre. »

De nombreuses demeures mitoyennes datant de l'ère victorienne ont été détruites dans les années soixante, pour laisser place aux tours que nous connaissons aujourd'hui. Pauvreté chronique, privation et chômage : voici le monde dans lequel a grandi Sally McGowan.

« Cela ne nous empêchait pas de vivre, a tempéré Margaret. Nous ne savions même pas que nous étions pauvres. Nous n'étions que des enfants dont la seule priorité était de jouer.

« Puis un jour, tout a basculé. Je me souviens encore de tout le sang. De la façon dont il s'écoulait de son corps et teintait son T-shirt de rouge. Des bulles qui se formaient autour de la lame du couteau. Et de ses yeux. Bleus et froids. J'ai su qu'il était mort à l'instant où j'ai regardé ses yeux. »

Lorsque nous l'avons questionnée sur la nouvelle identité récemment accordée à Sally McGowan, Margaret a répondu : « Ce n'est pas juste, après ce qu'elle a fait. Je sais qu'elle n'a pas eu une enfance facile, mais c'était le cas de nombreux enfants et ils n'ont pas terminé comme elle. Toutes mes pensées vont à la famille de Robbie. Cette journée doit leur faire revivre de bien tristes souvenirs. »

Je jette un coup d'œil à ma montre. Merde, il est déjà quinze heures passées. L'heure d'aller chercher Alfie à l'école.

J'attrape mon sac et enfile mes baskets à la hâte avant de sortir de la maison. Je n'arrive pas à croire que j'ai perdu tout ce temps à écumer des sites au sujet de Sally McGowan. Je n'ai même pas pu prendre de notes pour la réunion du club de lecture de ce soir.

Alfie est le premier à sortir de la salle de classe, ses cheveux bouclés couverts de sueur.

— Pourquoi es-tu trempé comme ça ?

— À cause du sport, répond-il. Je suis arrivé tout en haut, à l'escalade.

Je ne suis pas rassurée à l'idée que mon fils s'adonne à ce genre d'activité. Enfant, mon professeur de sport me mettait tellement la pression que je me forçais à grimper plus haut que je n'en étais capable et je finissais bien souvent par lâcher prise. Je m'effondrais alors sur les matelas en mousse, le cœur battant la chamade. Chaque fois, j'avais l'impression que j'allais mourir. Mais je ne veux pas décourager Alfie. Il n'est clairement pas aussi maladroit et angoissé que je l'étais. Je le suis toujours. Alfie aime le sport, lui.

— Waouh ! je m'exclame. Tu as été très courageux.

— Liam et Jake ont dit que j'étais un crâneur, et Jake a dit à Mlle Williams que je l'avais poussé alors que c'est pas vrai.

Oh ! non. Cela devait être un nouveau départ. Dans une nouvelle école. Avec de nouveaux copains et copines. Je ne le supporterais pas s'il se faisait encore harceler. C'est d'ailleurs une des raisons pour lesquelles je suis revenue ici. Aussi parce que je n'en pouvais plus de me sentir coupable de travailler tard le soir et de devoir faire appel aux services d'une nounou pour aller chercher Alfie à l'école.

Alfie donne un coup de pied dans une pierre.

— Jake est toujours méchant avec moi.

Jake Hunter. Le fils de Cathy. Pas étonnant. Je serre la main toute chaude d'Alfie dans la mienne.

— Sans doute parce qu'il est jaloux que tu sois meilleur que lui à l'escalade.

Alfie s'accroche à mon bras.

— Est-ce que mamie vient à la maison, ce soir ?

— Bien sûr. Elle a même promis de faire des cupcakes.

Alfie sourit et brandit son poing en l'air. Je me détends. Son altercation avec Jake Hunter ne doit pas être si grave. Il semble déjà l'avoir oubliée. Je suis bien contente d'avoir ma mère pour me donner un coup de main. Sans compter la proximité de la mer. Je ne regrette pas une seule seconde d'avoir quitté Londres pour revenir m'installer ici. Même si pour cela j'ai dû dire adieu à mon adorable petit appartement, mon travail au salaire confortable, mes amis (Dieu merci, Facebook existe) et… à ma vie entière, en quelque sorte. Avoir un enfant change la donne. Et lorsque votre enfant est malheureux, vous êtes prêt à tous les sacrifices pour lui redonner le sourire.

Avant la naissance d'Alfie, je n'avais pas eu de relation sérieuse depuis des années, et je n'avais pas particulièrement envie d'avoir un enfant. J'étais en train de monter les échelons afin de passer directrice d'une importante agence immobilière du sud de Londres, et de gérer l'intégralité de son portefeuille. Je conduisais une Audi A3 gris métallique et vivais dans un petit mais néanmoins élégant appartement au premier étage d'un immeuble design au style minimaliste. Mes talents de cuisinière se limitaient alors à balancer un plat cuisiné de chez Waitrose dans le micro-ondes.

Puis j'ai commencé à fréquenter Michael Lewis, un ancien ami de fac. Cela ne devait être qu'une brève liaison. Michael est journaliste d'investigation, ce qui ne le prédispose pas franchement à une vie de famille stable et, pour être honnête, j'étais de toute façon bien trop attachée à mon indépendance. Michael est donc devenu – comment dit-on déjà ? – mon « plan cul ». À aucun moment nous ne nous serions doutés que de ce plan cul naîtrait Alfie.

Je n'oublierai jamais la tête qu'a faite ma mère lorsque je lui ai annoncé la nouvelle. Je ne sais pas ce qui la bouleversait le plus : que je sois enceinte ou que Michael soit noir.

Michael était quelqu'un de brillant. Il l'est encore aujourd'hui. Il n'a pas pris ses jambes à son cou et a même immédiatement offert de payer pour l'avortement. Il a gardé son calme et m'a fait la promesse de me soutenir, quelle que serait ma décision. Il a dit que si je décidais de mener ma grossesse à terme, il jouerait son rôle de père si je le souhaitais. Il m'a même proposé de l'épouser.

Je ne peux pas dire que je n'ai pas été tentée, mais je savais qu'il le faisait uniquement à cause d'Alfie. De plus, notre mariage aurait été voué à l'échec – soyons honnêtes, combien de mariages ne se soldent pas par un échec de nos jours ? – car nous aurions fini par nous haïr comme mes parents se sont haïs, et cela n'aurait rien apporté de bon à Alfie.

Sans le mariage, nous resterions amis et Alfie bénéficierait de la meilleure des éducations, entouré de sa maman et de son papa. Soit tout ce que je n'ai jamais eu.

Alfie fait un signe de la main à quelqu'un de l'autre côté de la rue. C'est la femme qui habite le pavillon en face de l'école. Elle se redresse au-dessus des rosiers qu'elle était en train de tailler et salue Alfie, son sécateur à la main. Quelques semaines plus tôt, lorsque

Alfie allait à l'école pour la première fois, elle a eu la gentillesse de le soigner alors qu'il était tombé et s'était égratigné juste en dessous du genou. Elle n'a cessé de lui faire des compliments.

Une pensée sordide me traverse l'esprit. Et si c'était elle, Sally McGowan ? Confortablement installée dans ce pavillon situé juste en face de l'école, elle a tout le loisir d'observer les enfants jouant dans la cour de récréation. Ce que je peux être stupide, parfois. Il y a autant de probabilités qu'elle soit Sally McGowan que cette femme qui arrive en face de moi, traînant son chariot de courses derrière elle.

La moyenne d'âge des habitants de Flinstead est plus élevée qu'au niveau national. Les retraités aiment venir s'y installer. La plupart ont quitté Londres, attirés par le front de mer et la douceur du rythme de vie. À part la plage et quelques magasins, on ne trouve pas grand-chose à Flinstead. Pour toute autre activité, il faudra compter un trajet d'au moins une demi-heure en voiture, ou bien sauter dans un bus, si vous êtes prêt à vous armer de patience. C'est la raison pour laquelle j'avais si hâte d'emménager à Londres dès que j'aurais atteint la majorité. Les choses ont bien changé depuis. Je dois avant tout penser à Alfie.

De retour à la maison, dans ma minuscule cuisine que j'ai prévu de réaménager une fois que je me serai occupée de repeindre les placards, je prépare le goûter d'Alfie au rythme du générique de *Star Wars* qui vient du salon. Il me serait impossible d'imaginer ma vie sans Alfie. Absolument rien ne m'avait préparée au bonheur d'élever un enfant. À la peur aussi. Je termine le sandwich et essaye de ne pas trop penser à l'épreuve qu'a dû traverser la pauvre mère du petit Robbie Harris. Mais je ne peux m'empêcher de me voir à sa place, serrant contre moi le corps ensanglanté et sans vie d'Alfie.

J'imagine toujours le pire en ce qui concerne mon fils. C'est plus fort que moi. Peut-être est-ce le cas de tous les parents. Peut-être que ces images morbides qui surgissent dans nos esprits nous permettent justement de bien veiller sur nos enfants.

Je rejoins Alfie dans le canapé et dépose un baiser sur le haut de son crâne. Quel genre de monstre faut-il être pour poignarder un petit garçon de cinq ans en plein cœur ?

3

— Je rentre à vingt-deux heures, dis-je à ma mère. Ne le laisse pas manger plus de cupcakes.

Ma mère ébouriffe les cheveux fraîchement lavés d'Alfie en riant.

— Heureusement que tu passes ta vie à courir, jeune homme, sinon tu ressemblerais à un sumo.

Alfie bascule la tête en arrière et éclate d'un rire excessif.

Dehors, j'enfile ma veste et me dirige vers la maison de Liz Blackthorne où se tient la réunion du club de lecture. Le menton rentré dans mon col, je me protège de la brise glaciale qui s'est soudainement levée. Les nuits tombent de plus en plus tôt et sont de plus en plus froides, désormais. Une odeur d'humidité et de feuilles mortes flotte dans l'air. J'enfonce les mains dans mes poches et presse le pas.

Liz habite juste en face de la plage. Le vent qui arrive directement de la mer du Nord y souffle encore plus fort. Comme chaque fois, j'examine les habitations se trouvant sur mon chemin. Michael plaisante souvent à ce sujet. De même que les journalistes d'investigation, les agents immobiliers ne prennent jamais de pause. Tandis que lui cherche une histoire croustillante à se mettre sous la dent, j'évalue les propriétés, estime leur valeur marchande, élabore mentalement des brochures publicitaires.

Lorsque je passe devant la maison abandonnée aux fenêtres condamnées et au jardin envahi par les mauvaises herbes, je me demande à qui elle a bien pu appartenir et pourquoi le propriétaire ne s'en est jamais séparé. Avec quelques travaux, cette maison serait splendide. Même si une remise en état coûterait probablement un bras. Peut-être son propriétaire est-il décédé sans avoir rédigé de testament, ou n'avait-il aucun héritier à qui léguer ses biens. Imaginez ça. Imaginez l'investissement de toute votre vie partir à l'abandon. C'est le cas de nombreuses demeures ici. La beauté des façades cache souvent des intérieurs en ruine.

Liz habite juste en face d'une de ces maisons de style hollandais, avec un toit à pignon. J'ai l'impression d'y voir un visage – les deux versants du toit en guise de chevelure et les deux fenêtres semi-circulaires de l'étage tels des yeux mi-clos surveillant la rue. J'adore.

— Entre, me dit Liz, tandis que nous nous faisons la bise.

Elle est encore plus chic que d'habitude, avec sa veste trois quarts en coton jacquard et sa tresse épaisse retombant sur son épaule. Si j'arrive à avoir l'allure de Liz Blackthorne au même âge, j'aurai bien de la chance.

Je lui emboîte le pas et me dirige vers le salon où je trouve mes quatre autres camarades déjà installées autour de la table en acajou verni, occupées à se servir du vin et à piocher dans les olives et les chips. Je rêverais d'avoir une pièce comme celle-ci. Avec des bibliothèques montant jusqu'au plafond de part et d'autre de la cheminée, des œuvres d'art – pour la plupart réalisées par Liz elle-même – accrochées aux murs et une ottomane recouverte d'un délicat tissu vintage et de coussins moelleux. Liz a su apporter la petite touche bohème qui confère tant de caractère à son salon. Un savant mélange de motifs et de couleurs qui se marient à la perfection. Une réalisation dont seules les personnes dotées d'une sensibilité artistique sont capables. Si j'essayais de reproduire la même chose chez moi, je me retrouverais avec du grand n'importe quoi. Je devrais peut-être lui demander des conseils en matière de décoration…

— Tu as raté une conversation très intéressante sur les exhibitionnistes, me dit-elle.

Elle me gratifie d'un regard appuyé et sourit. Je sens une véritable connexion avec Liz. J'ai toujours préféré la compagnie de femmes plus âgées. Des femmes bien dans leurs baskets et qui n'ont pas peur d'être elles-mêmes.

Une chose est sûre : ma mère a eu raison d'insister pour que je rejoigne le club de lecture. C'était exactement ce dont j'avais besoin. La majorité de mes anciens camarades d'école ont quitté la région depuis longtemps, et même s'il m'arrive de revoir des visages familiers, force est de constater que je n'ai plus rien à partager avec eux. Je vois toujours Tash, bien sûr, et une ou deux autres copines de Londres, mais pas aussi souvent que je le souhaiterais. Cela ne fait pourtant que quatre mois que j'ai emménagé à *Pleasantville*[1], comme Tash aime à me le balancer à la figure, mais j'ai déjà l'impression d'y avoir vécu des années.

1. Film américain de 1998 dans lequel un adolescent fuit le monde réel en regardant une sitcom nommée *Pleasantville*, où la vie est toujours belle. *(Toutes les notes sont de la traductrice.)*

Des éclats de rire s'élèvent de la table et on se sert de nouveau du vin. Liz me tend un verre vide en désignant les bouteilles disposées sur le buffet à côté de moi.

— Tout est ma faute, c'est moi qui ai lancé le sujet, confesse Barbara de sa voix grave et teintée d'un accent bourgeois.

Encore un verre ou deux, et elle retrouvera son accent de Birmingham.

Barbara est conseillère municipale. C'est une femme forte avec une personnalité plus forte encore, dont la garde-robe se limite à des pantalons de tailleur noirs et des chemisiers en coton léger. Elle me rappelle une de mes anciennes collègues : bruyante et butée, mais non dénuée d'humour.

— Pourquoi ça ne me surprend pas ? dis-je.

Nouveaux éclats de rire. J'ai clairement plusieurs verres de retard sur les autres. Même Maddie, qui se contente ordinairement d'une tasse de thé, est au vin ce soir.

— Bien.

La voix de Liz est à peine audible dans le brouhaha de l'assistance, mais quelque chose dans son intonation nous incite à l'écouter.

— Et si nous commencions la séance ? lance-t-elle.

La lecture de ce mois-ci – *Les Consolations de la philosophie* d'Alain de Botton – a été choisie par Liz. Un choix détonnant par rapport à notre sélection habituelle. Pour le mois prochain, c'est à Barbara de choisir, et à en juger par la couverture qui dépasse de son sac à main, il s'agira de *Frankenstein* de Mary Shelley. Pour être honnête, j'espérais un roman plus léger. Un roman qui se termine bien.

Comme à chaque début de réunion, Barbara n'hésite

pas à prendre la parole la première. J'en suis à ma quatrième séance et je ne me souviens pas qu'elle ait aimé une seule de nos lectures. Elle n'a de cesse de répéter qu'elle ne porte aucun intérêt à ces vulgarisations de grands classiques, et qu'en tant que femme ayant renoncé à trouver le partenaire idéal, elle n'est pas rassurée par la théorie de Schopenhauer selon laquelle l'amour n'est qu'une illusion créée par la nature pour nous pousser à la reproduction.

— Qu'est-ce que cela dit sur moi, dans ce cas ? Que mes gènes ne méritent pas d'être transmis à une future génération ? Ce n'est pas comme si j'en avais encore la capacité, marmonne-t-elle dans son verre de vin. À moins d'une intervention divine.

Des gloussements dans l'assistance.

— Eh bien, si Schopenhauer ne t'apporte aucune consolation, nous pourrions peut-être parler de Nietzsche ? propose Liz en dévisageant Barbara d'un air grave. J'aime cette idée que nous apprenons tous des merdes qui nous arrivent et que nous en ressortons grandis.

Barbara laisse échapper un rire sarcastique.

— Il m'est arrivé tellement de merdes au cours de ma vie que je suis surprise de ne m'être toujours pas transformée en modèle de vertu.

Je leur dis à quel point j'apprécie de lire les publications de *L'École de la vie* de Botton sur Twitter et Facebook. Barbara fait la grimace.

— Dieu merci, je n'ai jamais été accro aux réseaux sociaux, dit-elle, comme si j'avais confessé un vice honteux.

À mesure que la séance avance, les conversations au sujet de Socrate, Sénèque et les autres dévient sur nos propres vies et sur les derniers potins entendus.

Cela finit toujours comme ça. Ce soir, c'est au tour de la pauvre Jenny d'être au centre de l'attention. Jenny est la plus jeune d'entre nous. Infirmière fraîchement diplômée, brillante et réservée, elle a un corps svelte, des cheveux blonds coiffés en queue de cheval, et elle aime porter des robes courtes avec des collants opaques. Karen l'interroge sur sa vie sentimentale et elle lui répond par des regards gênés.

Ayant moi-même été soumise à un interrogatoire de Karen, je ne sais que trop bien ce que Jenny ressent à cet instant. J'avais détesté devoir répondre à ses questions indiscrètes. Je n'étais certainement pas d'humeur à lui expliquer la nature pour le moins particulière de ma relation avec le père d'Alfie. Et par-dessus tout, je déteste être mise sous le feu des projecteurs. Exactement comme Jenny.

Je ne pense pas que je pourrais supporter la compagnie de Karen plus d'un mois, ce qui est dommage car, au fond, nous nous ressemblons beaucoup. Toutes deux dans la trentaine et mères de jeunes enfants. Toutes deux passionnées de lecture. Comme moi, Karen a quitté Londres pour venir s'installer ici, il y a déjà quelques années. En plus de diriger une agence d'infographie avec son mari, elle fait partie de l'association des parents d'élèves de l'école d'Alfie. Lors de ma première réunion au club de lecture, elle m'a mise au parfum de la vie à Flinstead, comme si elle y avait toujours vécu et que je n'y avais jamais mis les pieds. Quand je lui ai dit que j'y avais grandi et que je connaissais la ville comme ma poche, elle a presque eu l'air vexée. Peut-être avais-je effectivement un peu exagéré.

Je me ressers un verre de vin.

— Quelqu'un en veut ? dis-je dans l'espoir de détourner l'attention.

Mais seule Barbara me répond.

— Vous vous fréquentez depuis longtemps ? demande Karen.

Elle se penche vers Jenny dans une attitude de confidence, les yeux plissés derrière ses lunettes à épaisse monture, la pointe de ses cheveux bruns se balançant au-dessus de la table.

— C'est du sérieux, entre vous ?

Jenny ne sait plus où se mettre. Le cou de la pauvre femme a viré au rouge tomate et je ressens soudainement le besoin de la protéger. Les gens n'ont-ils pas le droit de garder leur vie sentimentale pour eux ?

— Je me demandais, est-ce que le nom de Sally McGowan vous dit quelque chose ?

C'est la première chose qui m'est venue à l'esprit.

Karen tourne la tête vers moi, stupéfaite. Bon sang, pourquoi a-t-il fallu que je parle de ça ? C'est tout moi : ouvrir la bouche sans même avoir pris le temps de réfléchir. Liz me lance un regard interrogateur. Enfin, ce que je crois être un regard interrogateur car j'ai l'impression qu'elle aurait préféré que la conversation porte de nouveau sur les livres. Précisément ce que j'aurais dû faire.

Karen me toise de derrière ses lunettes en clignant des yeux. Vieille chouette.

— La seule Sally McGowan que je connais est cette tueuse d'enfant des années soixante. Je me souviens que ma mère m'avait parlé d'elle.

— Mon Dieu, s'exclame Maddie. J'espère que tu n'as pas l'intention de nous faire lire ce livre écrit à son sujet, Jo ! Je détesterais avoir à lire ça.

Elle frissonne.

— Ces histoires me donnent la chair de poule.

Je ne sais pas encore que penser de Maddie. Elle me

rappelle un petit oiseau. Avec ses yeux vifs qui ne cessent de passer d'un visage à l'autre et sa voix aiguë qui se brise lorsqu'elle s'emballe un peu trop. Sa fille est dans la finance. Elle travaille pour une grande entreprise de la City à Londres. J'ai l'impression qu'elle profite de Maddie. Évidemment, elle doit lui revenir bien moins cher qu'une nounou. Je sais que ma mère m'aide beaucoup avec Alfie, mais je n'ai jamais exigé d'elle qu'elle s'en occupe à plein temps.

— Mais non, ce n'est pas vrai, ai-je entendu dire un peu plus tôt dans la soirée. Je l'aide un peu, c'est tout.

— Alors, qu'en est-il de cette Sally McGowan ? me demande Liz en prenant une olive sur la table. Elle est passée aux infos ?

— Non. J'ai juste entendu parler d'elle quand j'ai déposé Alfie à l'école, ce matin. Ce n'étaient que des ragots. Vous savez comment sont les parents, à Perrydale. À l'affût du moindre potin.

Maddie rit.

— Tu m'étonnes. Je finis toujours par regretter d'aller chercher ma petite-fille dans cette école.

— Allez, Jo ! coupe Liz.

Elle me fixe avec de grands yeux inquisiteurs.

— Ne nous laisse pas mariner plus longtemps.

Je m'éclaircis la voix. Il est désormais trop tard pour faire machine arrière. Toutes sont pendues à mes lèvres.

— Je parie que ce ne sont que des histoires, mais quelqu'un dit avoir entendu que Sally McGowan vivait à Flinstead, sous une autre identité.

— Bon Dieu ! dit Jenny.

Barbara repose son verre de vin et me regarde, la bouche entrouverte. Elle a les joues rosies par l'alcool.

— Mes parents disaient qu'on pouvait lire le mal dans ses yeux.

Liz émet un rire moqueur.

— Ça ne me surprendrait pas, commente Karen. Flinstead est l'endroit idéal pour se cacher. Je veux dire, qui penserait à venir la chercher ici ?

La question de Karen reste en suspens, sans réponse. Je rêve ou l'ambiance s'est considérablement dégradée au sein de notre chaleureux club de lecture ?

4

Le samedi, Michael débarque un peu après dix heures. Il arrive directement de l'aéroport. Je lui ouvre la porte et, l'espace d'un instant, l'air vient à me manquer. C'est toujours la même chose. Lorsque je le revois après une longue absence, je suis systématiquement frappée par sa prestance. Par la façon dont il occupe l'espace. Dont il se l'approprie. Ce n'est pas tant dû à son physique – il n'a rien d'un bodybuilder – qu'à l'aura qu'il dégage. Un mélange de virilité et de sensibilité qui le rend tout à fait sexy. D'autant plus lorsqu'il arbore une barbe de trois jours et porte un T-shirt blanc qui met parfaitement en valeur sa peau couleur ébène. Oui, aujourd'hui, il est plus sexy que jamais, ce qui me rend folle sachant qu'il est probablement déphasé à cause du décalage horaire.

Il revient d'une visite chez son cousin à Las Vegas, où il est finalement resté plus longtemps que prévu pour couvrir la récente fusillade qui a éclaté pendant un concert de country. J'imagine l'épreuve que ça a dû être, même si je suis persuadée qu'une petite part de lui était ravie qu'il se soit trouvé sur place au moment où c'est arrivé.

Il avance d'un pas en ouvrant grand les bras. Alfie se précipite alors à sa rencontre et se blottit contre lui.

— Tu m'as manqué, petit gars, dit Michael en frottant sa joue contre celle de son fils qui réagit aussitôt en poussant un cri d'amusement.

— Merci, fils. Ça aide grandement à faire passer mon mal de crâne.

Il lève les yeux vers moi et sourit.

— Je t'en supplie, dis-moi que tu as préparé du café. J'ai la tête dans le cul.

Nouvelle exclamation de surprise de la part d'Alfie.

— Papa, t'as dit un gros mot !

— Tu as raison, dis-je. Papa est vilain. Promets-moi de ne jamais le répéter, Alfie.

Michael prend un air penaud et se donne une petite claque sur la main. À mon tour d'avoir droit à un câlin.

— Désolé, maman, me chuchote-t-il à l'oreille.

Il tourne la tête vers Alfie.

— Mais si c'est le prix à payer pour voir mon fils, je le referai sans aucune hésitation !

J'acquiesce, effectivement reconnaissante qu'il se soit tout de même donné la peine de venir malgré sa semaine infernale. Habituellement, il emmène Alfie chez sa sœur à Woodbridge ou bien chez lui, à Camberwell. J'ignore si c'est parce que j'ai pitié de lui à l'idée qu'il reprenne la voiture dans son état ou si c'est parce que j'ai peur qu'il ne s'endorme au volant avec Alfie à l'arrière (soyons honnêtes, il s'agit plus probablement de la seconde option), toujours est-il que je décide de lui proposer de rester à la maison. Même si je travaille toute la matinée, je serai revenue aux alentours de quatorze heures.

Je peux lire instantanément le soulagement sur ses traits. C'est comme si j'avais tout à coup fait disparaître sa fatigue d'un simple claquement de doigts. Il prend mon visage dans ses mains et vient poser son front contre le mien. Je ferme les yeux. Inutile de mentir. En réalité, je savais très bien ce qui allait se passer s'il acceptait ma proposition.

J'observe Michael tandis qu'il boit son café tout en essayant d'aider Alfie à reconstruire le Landspeeder de Luke Skywalker en Lego. Soudain, la culpabilité m'assaille. Michael aurait aimé que je reste à Londres car cela lui aurait permis de voir son fils plus souvent.

Ce n'est pourtant pas comme s'il répondait à l'appel chaque fois que j'avais besoin de lui. Il devait toujours filer à l'autre bout du monde pour un reportage, ou avait toujours un article à terminer avant le bouclage… Et ce n'est pas non plus lui qui devait sortir Alfie du lit tous les matins pour le forcer à aller à l'école en sachant pertinemment qu'il s'y ferait harceler. Bien sûr, ma mère a souvent été là pour me soulager. Au moins, grâce à elle, je n'ai jamais eu à me prendre la tête pour trouver une baby-sitter, et c'est pour elle une véritable chance de vivre si près de nous. Je dois cependant veiller à ne pas devenir trop dépendante d'elle. Je ne veux pas finir comme la fille de Maddie et faire de ma mère mon esclave.

Le vaisseau de Luke prend forme sous mes yeux. J'avais essayé de le reconstruire pas plus tard qu'hier, en vain. Je n'ai jamais été douée en travaux manuels. Mon père aurait pu m'apprendre car il était menuisier de métier. Mais il s'est fait la belle avec une autre femme alors que j'avais seulement quatre ans.

« Il était incapable de la garder dans le pantalon », comme le résume si bien ma mère, elle qui ne dit pourtant jamais de mal de personne. Papa ne lui a pas donné un centime pour s'occuper de moi. Il a envoyé des lettres pendant quelque temps. Il a même promis de venir me rendre visite et de m'emmener en vacances. Des paroles en l'air.

— T'as réussi ! crie Alfie en tapant dans ses mains, l'air ravi.

Je souris. Alfie ne voit peut-être pas son père aussi souvent qu'il le voudrait, mais au moins, il *a* un père présent dans sa vie. Même lorsque Michael part je ne sais où pour son prochain article, il prend toujours le temps de passer un coup de fil à son fils, de lui envoyer des cartes postales rigolotes et des petits cadeaux. Il y a mieux comme situation, mais jusqu'à présent, elle a fonctionné. Tout du moins pour Alfie.

À mon retour, je trouve Alfie en pleine sieste. Michael a dû faire exprès de le fatiguer afin qu'il s'endorme rapidement. Le temps que nous atteignions la chambre, nous nous sommes déjà débarrassés de nos vêtements qui jonchent désormais le sol, éparpillés au beau milieu des jouets. Quand on a un enfant de six ans qui risque de se réveiller à tout moment, on n'a pas le temps pour les préliminaires.

C'est seulement lorsque mes jambes sont enroulées autour du torse musclé de Michael, les chevilles pressées contre son dos pour l'enjoindre à aller et venir de plus en plus vite, que je me souviens de la promesse que je me suis faite la dernière fois que j'ai couché avec lui. Cela ne devait plus jamais arriver, peu importe à quel point j'en avais envie. Alfie grandit vite, et comprend bien plus rapidement les choses.

Parfois, je me demande si je n'aurais pas mieux fait d'accepter la proposition de Michael de l'épouser. Peut-être ai-je été trop influencée par la relation désastreuse de mes parents. Qui sait ? Michael et moi aurions pu faire un ménage heureux. Non pas que nous soyons *malheureux* actuellement, loin de là. Que dit Tash à ce sujet, déjà ? Les avantages du couple, sans les désagréments de la vie quotidienne. Pour ma part, j'ajouterais : et sans la peur que ton mec te quitte pour une autre. Et pourtant… je ne peux pas m'empêcher d'imaginer ce que cela aurait donné si nous nous étions mariés.

Une fois notre affaire terminée, Michael roule sur le dos et croise les mains derrière la tête. Allongée sur le flanc, je me rapproche et glisse une jambe sur la sienne. Nous discutons. D'Alfie et de sa nouvelle école. De la dernière mission de Michael. De tout *sauf* de notre relation, comme si nous n'osions pas aborder le sujet, qui fait pourtant l'effet d'un éléphant dans la pièce, surtout depuis mon déménagement.

Michael fixe le petit trou dans le mur où j'ai arraché un morceau de l'affreux papier peint.

— T'as bien avancé, à ce que je vois.

Je soupire.

— Essaye de bosser chez Pegton et de t'occuper d'Alfie, et on verra si tu fais mieux que moi.

Avant d'emménager, je m'étais fixé pour objectif d'arracher tout le papier peint et de repeindre les murs en blanc jusqu'à ce que je trouve plus d'inspiration. Mais à présent que j'ai compris le défi qui consiste à refaire soi-même la décoration de sa maison, j'ai l'impression d'être dépassée par les événements. Michael pourrait probablement m'aider – peut-être attend-il que je le lui demande, d'ailleurs –, mais ma fierté en prendrait un coup si je ne parvenais pas à me débrouiller seule. C'est mon côté tête de mule, comme dirait Tash.

Michael rit.

— C'est ton subconscient qui essaye de te dissuader

de t'installer ici, dit-il. Flinstead n'est pas franchement la ville la plus excitante qui soit.

— Qu'est-ce que *tu* en sais ? Tu n'as pas idée des secrets que cette ville recèle.

Michael renifle.

— Laisse-moi deviner : Mme Beige de la Villa des fleurs a avoué avoir eu un enfant illégitime du facteur en 1973.

Je donne une tape sur sa cuisse. Il ne rate jamais une occasion de se payer la tête des habitants des petites communes de province.

— T'es con !

— Ou la Brigade des fleurs de Flinstead a enfin avoué avoir triché au concours du plus beau rosier de la ville pour s'assurer de remporter le premier prix ?

— D'accord. Et qu'est-ce que tu dis de ça ? je rétorque, déterminée à lui couper le sifflet. La célèbre tueuse d'enfant Sally McGowan vivrait à Flinstead sous une nouvelle identité.

Michael tourne la tête pour me regarder.

— Tu as entendu ça où ?

— Devant l'école d'Alfie. Tu ne crois quand même pas à ces ragots ?

— Bien sûr que non. Mais ça peut toujours faire un sujet.

Il se penche pour prendre son téléphone portable sur la table de nuit. Je passe ma main sur son torse. Il a toujours été friand de ce genre d'histoire quand il écrivait pour la presse à scandale.

— Tu n'irais pas bien loin. Une injonction a été votée, interdisant formellement aux médias de publier quoi que ce soit au sujet de cette femme.

— Je sais, répond-il en continuant de pianoter sur son téléphone. Tu as piqué ma curiosité, c'est tout.

5

Les lundis matin sont toujours les plus difficiles. Il a fallu un temps fou avant qu'Alfie ne comprenne que les vacances d'été et les après-midi passés à la plage étaient révolus. Oui, il allait devoir retourner à l'école, et qui plus est dans une nouvelle école. Au moins, il ne serait plus embêté par les autres garçons de sa classe. En revanche, il lui est impossible de passer outre la déception de ne plus revoir son père après avoir passé le week-end avec lui.

— J'ai très mal au ventre, dit-il en se serrant les côtes, l'air agonisant.

Je me retiens d'éclater de rire pour ne pas le contrarier davantage.

— Hum. Je devrais peut-être dire à mamie de ne pas venir prendre le goûter à la maison ce soir. C'est dommage, elle avait prévu de cuisiner une tarte aux fraises.

Les rides sur le front d'Alfie disparaissent. Je peux littéralement voir le moment où ses maux d'estomac s'envolent.

Maddie nous fait un signe de la main tandis que nous pressons le pas pour entrer dans la cour de l'école, pris dans le flot des parents et des enfants. Ainsi vêtue d'un manteau au col en fourrure et d'un chapeau cloche, elle me fait penser à un personnage d'Agatha Christie. Elle tient une photographie serrée contre elle. À travers l'emballage plastique, je distingue le visage radieux de sa petite-fille. Merde. J'ai encore oublié le bon de commande à la maison. J'espère qu'il n'est pas trop tard pour le retourner à la maîtresse. Le prix de la photo de classe et du portrait individuel est exorbitant, mais je ne peux pas ne *pas* les acheter. J'ai juste encore un peu de mal à me faire à mon nouveau salaire qui, il faut bien le reconnaître, est loin d'être aussi confortable que celui que je touchais à Londres.

— On est en retard, ce matin, dit Maddie en souriant.

— Effectivement.

Je tourne la tête vers Alfie.

— Quelqu'un avait besoin d'un petit coup de pied aux fesses pour se réveiller.

— Ça ne te dérange pas si j'attends que tu aies déposé Alfie à l'école ? Il y a quelque chose dont je voudrais te parler.

L'entrée de l'école est presque entièrement désertée lorsque je la rejoins.

— Que se passe-t-il ?

Maddie prend une profonde inspiration et regarde par-dessus son épaule.

— Tu te souviens de ce que tu as dit l'autre soir, au sujet de cette rumeur…

Mon cœur s'arrête de battre.

— Ce ne sont que des ragots, Maddie. À ta place, je n'y penserais plus.

— Eh bien, c'est justement ça le problème.

Elle baisse la voix au point de chuchoter presque.

— Je ne crois pas qu'il s'agisse de ragots. Au contraire, je crois que c'est la vérité.

— Qu'est-ce qui te fait dire ça ?

Elle se penche un peu plus vers moi, comme si elle voulait me mettre dans la confidence.

— J'ai parlé à une amie de mon cours de Pilates qui était autrefois dans la police. Elle sait plein de choses.

Je réprime un soupir.

— Elle m'a dit qu'il était très répandu que des individus comme cette Sally McGowan soient placés dans des petites villes tranquilles. Des villes qui n'attirent pas l'attention. On leur permet parfois de conserver le même prénom, voire les mêmes initiales pour qu'il n'y ait pas de confusion.

Je jette un coup d'œil discret à ma montre. Maddie est adorable, mais elle semble oublier que je dois être à l'agence dans dix minutes.

— Je t'écoute.

— Elle m'a aussi dit que le gouvernement les aidait parfois à monter leur propre entreprise. Tu comprends, il est bien plus facile pour eux de faire profil bas s'ils n'ont de comptes à rendre à personne.

Une lueur s'allume dans ses yeux. Elle adore ça. L'excitation que cela suscite. Les spéculations aussi.

— Je suis sûre que ton amie a raison. Mais ça ne veut pas dire que Sally McGowan habite à Flinstead. Il existe un paquet de villes comme la nôtre. Elle pourrait être n'importe où, y compris à l'étranger.

Maddie secoue la tête.

— Elle n'est pas à l'étranger. J'ai passé le week-end sur Internet. Je t'avais dit que ma fille m'avait inscrite à une formation en informatique ?

— Non.

— Je sais me servir de tout un tas de gadgets, maintenant.

Elle se penche encore plus près.

— Sally McGowan vit dans une petite ville côtière d'Angleterre et travaille dans un magasin.

J'ai de plus en plus de mal à me retenir d'éclater de rire. Elle parle avec tant de conviction. Je pensais qu'elle était trop sensée pour croire à tout ce qu'elle entendait.

Elle attend qu'un couple de personnes âgées passe à côté de nous avant de reprendre.

— Es-tu déjà allée chez Stones & Crones, sur Flinstead Road ?

— Le magasin rétro ? Ça m'est arrivé d'y acheter des bricoles. Pourquoi ?

Maddie inspire de nouveau.

— J'ai un peu honte de le dire, parce que je sais que Liz est amie avec la propriétaire… Elle adore les machins hippies, n'est-ce pas ?

Elle fait une pause.

— Ma belle-sœur Louise travaille dans le magasin d'à côté et, apparemment, *Sonia Martins* a décliné toutes les invitations à rejoindre l'association des commerçants de Flinstead, et ne se rend jamais aux événements publics organisés par la ville.

Elle me regarde comme si elle venait de me soumettre une preuve irréfutable.

— Louise m'a dit que Sonia lui avait confié un jour qu'elle avait vécu à Dagenham, mais avait ensuite nié en bloc lorsque Louise lui en avait reparlé. Elle lui a répondu qu'elle avait dû la confondre avec quelqu'un d'autre car elle avait vécu à *Dinnington*, dans le sud du Yorkshire, et non à Dagenham.

Maddie reprend à peine son souffle avant de me

dévoiler le reste de l'histoire. Elle ne tient plus en place.

— Mais Louise est catégorique. Sonia avait bien fait mention de Dagenham. Pour preuve, elle se souvient même d'avoir échangé avec elle au sujet du film *Made in Dagenham* [1]. Donc en se basant sur toutes ces informations, voici ce que l'on sait : Sonia Martins ressemble à Sally McGowan ; elle travaille dans un magasin d'une petite ville sans histoire, veille à rester la plus discrète possible, et ne tient pas de discours cohérent sur son passé.

C'en est trop. Je laisse échapper un rire nerveux.

— *Elle ne tient pas de discours cohérent sur son passé ?* On croirait t'entendre parler d'un roman policier à une réunion du club de lecture.

Maddie rougit.

— Je sais, et tu as probablement raison de te moquer de moi. Mais ça donne tout de même à réfléchir, tu ne trouves pas ?

1. Film britannique de 2010 dans lequel une ouvrière de Dagenham mène un mouvement visant à instaurer l'égalité salariale entre les hommes et les femmes.

6

Je pousse la porte de Stones & Crones dans un tintement de clochettes, aussitôt assaillie par les effluves d'huiles essentielles émanant du magasin. J'ai pour dessein d'acheter une bougie parfumée. Non pas que j'en aie *besoin*, mais leur odeur me détend, particulièrement après une longue journée de travail. Je dois aussi acheter des piles pour le détecteur de fumée. Par chance, juste à côté du magasin se trouve un vendeur de matériel électrique. Ma venue n'a rien à voir avec les absurdités de Maddie. Rien du tout.

Je regrette immédiatement ma décision une fois la porte franchie. Je ne me sens pas à ma place. Mon cœur cogne dans ma poitrine au point d'emplir mes oreilles d'un bourdonnement tenace. Une vague de chaleur se propage de la racine de mon cou à mon visage tout entier. J'aurais aussi bien fait de me coller une pancarte sur le front disant : « Je suis venue ici car je vous soupçonne d'être Sally McGowan. » Mais pour qui est-ce que je me prends ? Une chasseuse de sorcières ? La honte.

Sonia Martins est assise derrière le comptoir. Immobile et impassible, l'esquisse d'un sourire au coin de ses lèvres lourdement maquillées. Elle a le teint pâle.

« Aussi pâle que le derrière d'une Irlandaise », comme dirait ma mère.

— Bien le bonjour, me lance-t-elle.

— Bonjour.

Ma réponse ne sort pas comme je l'aurais voulu. Le ton de ma voix, beaucoup trop haut perchée, ne me correspond en rien.

La ressemblance n'est pas frappante, mais je dois reconnaître qu'il y a quelque chose. Dans les yeux, surtout. Sa chevelure est de la même couleur aussi, à l'exception de quelques cheveux gris ayant fait leur apparition avec le temps. Il n'y a rien d'extraordinaire à cela. Des femmes qui ont cette apparence, il y en a des millions. Prenez Susan Marchant, par exemple. Et de toute façon, pour ne pas être reconnue, se teindre les cheveux se serait trouvé tout en haut de la liste des choses à faire de Sally McGowan. Maddie… Dans quel merdier m'as-tu embarquée ?

Je me dirige vers le rayon musique et entreprends de passer les CD en revue. J'exagère la lenteur de mes mouvements, m'attardant sur les compilations destinées à la relaxation : *Musique zen et mystique pour un esprit apaisé. Reiki angélique. Musique vibratoire de guérison.*

Je sens son regard peser sur moi. Cette façon qu'ont les commerçants de vous observer. Un regard discret pour s'assurer que vous n'êtes pas en train d'essayer de voler quelque chose. Je saisis un CD – *Voyage spirituel* – et le retourne pour en lire la jaquette : « Musique pour activer et harmoniser les chakras. Inclut des sons de la nature tels que la pluie et les chants d'oiseaux. » Les battements de mon cœur retrouvent peu à peu un rythme normal. Retourner au yoga me ferait le plus grand bien. À Londres, j'avais l'habitude d'y aller une fois par semaine.

Les bougies parfumées se trouvent sur un présentoir juste devant le comptoir. Juste devant Sonia Martins. La femme qui refuse de rejoindre l'association des commerçants de Flinstead et qui ne se rend jamais aux événements publics organisés par la ville. La femme qui n'a sûrement rien à voir avec Sally McGowan, et qui a probablement vécu une enfance heureuse à Dagenham ou bien Dinnington. Certainement quelqu'un de bien.

Je regarde le prix des bougies. La plus petite est à presque sept livres. Une fortune pour une bourse comme la mienne.

Sonia me fait un signe du menton.

— Elles sentent divinement bon, je vous en donne ma parole, me lance-t-elle.

Je lui souris, partagée entre l'envie de repartir les mains dans les poches et mon sens du devoir me dictant d'acheter une bougie trop chère dont je n'ai absolument pas besoin. C'est toujours la même chose : quand je vais dans une petite boutique, je me sens obligée d'acheter quelque chose, comme si la morale m'imposait de soutenir les commerces de proximité.

Je repose la bougie et attrape un paquet de bâtons d'encens à la place, affichant un large sourire, comme si j'avais trouvé exactement ce que je cherchais.

— Ça vous fera une livre soixante-quinze.

Est-ce de la déception que je perçois dans sa voix ?

Je fouille mon sac à la recherche de monnaie. Son accent trahit des origines modestes, mais pas défavorisées. Un peu comme le mien. Un accent du sud-est de l'Angleterre, à mi-chemin entre le *posh* et le *cockney*[1].

Mais elle pourrait très bien ne pas venir de ce coin-là.

1. Le *posh* est un accent élégant associé à l'élite anglo-saxonne et plus particulièrement londonienne, tandis que le *cockney* est attribué à la classe ouvrière.

J'ai lu quelque part que cet accent s'était répandu bien au-delà de sa région d'origine. Et bien sûr, il y a toujours la possibilité qu'elle l'ait appris. Tout comme il y a des gens qui apprennent à s'en débarrasser. Je pense à Barbara et à ses efforts pour dissimuler son accent ouvrier.

Sonia glisse les bâtons d'encens dans un petit sachet en papier qu'elle me tend.

Nos regards se croisent un bref instant. J'ai beau me dire que je me fais des films, j'ai l'impression que ses yeux lisent en moi comme dans un livre ouvert. Je souris et tourne les talons, consciente qu'elle ne m'a pas lâchée des yeux. C'est à peine si j'arrive à me déplacer tant mes jambes vacillent.

Ce n'est qu'une fois dehors que je prends conscience que j'ai retenu mon souffle pendant tout ce temps. Qu'est-ce qui me prend ? Je ferais mieux d'arrêter ces conneries et de passer à autre chose une bonne fois pour toutes.

À peine arrivée à l'agence, Dave me colle un Post-it sous le nez.

— Anne Wilson voudrait revoir la propriété de Maple Drive, m'annonce-t-il. Étant donné que tu t'es chargée de la première visite, je me suis dit que tu pouvais…

— Retourner voir la charmante Susan Marchant, je coupe.

Dave émet un petit ricanement.

— C'est à peu près ça, oui. Je m'en serais bien occupé si je n'avais pas eu deux biens à faire estimer en urgence…

C'est une des choses que j'apprécie chez lui. Il a beau être mon patron, et moi une simple salariée à temps partiel essayant d'acquérir de l'expérience dans la vente immobilière, il fait toujours en sorte de nous mettre sur un pied d'égalité.

— Je vais appeler ma mère pour lui demander d'aller chercher Alfie à l'école, cet après-midi. Et à mon retour, je m'occuperai de toute la paperasse qui s'est accumulée ces dernières semaines.

Dave lève le pouce en signe d'approbation.

Je gare la voiture en haut de Maple Drive, à quelques pas de la plage. Aujourd'hui, la mer a une teinte bleu profond, presque violette. L'horizon est à peine visible, tout comme les éoliennes offshore, dissimulées derrière un voile de brume lumineux. Je ne me lasse pas de regarder la mer. Elle fait partie de moi, de mon ADN. Elle me rappelle ces longs après-midi d'été passés à lire sur le sable chaud, bercée par le bruit des vagues. Elle me rappelle mon adolescence, et les soirées clandestines sur la plage, à fumer et à boire jusque tard dans la nuit, jusqu'à ce que les filles aient le courage d'aller aborder les garçons qui travaillaient à la fête foraine de Mistden Pier. J'ai toujours su que je reviendrais m'installer près de la mer.

Cette fois, j'attends l'arrivée d'Anne Wilson *avant* de sortir de la voiture. Moins je passe de temps en compagnie de Susan Marchant, mieux je me porte. J'allume la radio et ouvre la fenêtre pour observer les feuilles tourbillonner dans la brise. Avec l'arrivée de l'hiver, les journées comme celle-ci se savourent. L'ultime souffle de l'été.

La rentrée scolaire a emporté les derniers touristes avec elle. Flinstead a été rendue à ses habitants. C'est comme si nous pouvions de nouveau respirer. Sans le tourisme, il est évident que la ville ne survivrait pas, mais elle n'est jamais aussi rayonnante que lorsqu'elle est débarrassée du flot de vacanciers venus avec leurs parasols et leurs transats. Lorsque les chemins côtiers ne sont plus envahis par les tables de pique-nique, les bouées gonflables et les badauds en tongs couverts de coups de soleil.

Il y a bien quelques promeneurs occasionnels, comme aujourd'hui, un père et ses deux enfants venus faire voler un cerf-volant sur un coin d'herbe à côté de la plage. Un cerf-volant en forme de losange, jaune vif, avec une longue traîne rouge, fendant l'air à toute vitesse en faisant claquer ses fanions. Je devrais peut-être en acheter un à Alfie. Il adorerait jouer avec. En fait, je ferais bien mieux de lui offrir un beau cerf-volant plutôt qu'une photo de classe hors de prix qu'il aura vite fait d'oublier au fond d'un tiroir. Ce qui me rappelle que je dois absolument retrouver ce foutu bon de commande.

Je jette un coup d'œil dans le rétroviseur pour voir si la Clio d'Anne Wilson est arrivée, mais ce n'est pas le cas. L'heure du rendez-vous est bientôt dépassée et, puisque je n'ai pas de nouvelles de ma cliente, je décide d'attendre encore un peu. Après tout, je suis bien là où je suis, réchauffée par le soleil de fin d'après-midi et bercée par le chant des mouettes. Pourtant, il m'est impossible de me débarrasser de ce sentiment de malaise. Et le bruit des feuilles mortes raclant le trottoir n'aide en rien. Peut-être est-ce lié à la perspective peu réjouissante de revoir Susan Marchant. Ou peut-être est-ce dû à mon récent échange avec Sonia Martins ; à la façon qu'elle a eue de me regarder.

Susan Marchant. Sonia Martins. Vais-je désormais suspecter toutes les femmes ayant pour initiales S.M. ?

Je tourne la tête vers le sachet en papier posé sur le siège passager. Celui contenant mes bâtons d'encens. Je suis déjà allée un paquet de fois dans ce magasin, attirée par l'odeur des huiles essentielles et les bonnes ondes qu'il dégageait. Quoi de mieux qu'un endroit paisible tel que celui-ci pour cacher son identité au reste du monde et enterrer ses vieux démons ?

Ce doit être si difficile de vivre avec de tels mensonges, comme si vous deviez marcher sur des œufs pour le restant de vos jours. Qui ne perdrait pas la raison, à la longue ? Je m'étire pour me détendre un peu. Et dire que je m'étais promis d'oublier Sally McGowan… On dirait bien qu'elle n'est pas près de me laisser tranquille.

Je sors mon portable et vais sur Facebook. Tash a posté une photo de sa cheville. Elle est couverte de contusions et méchamment enflée. La photo est accompagnée d'une légende indiquant : « Quelle meilleure excuse pour rester mater Netflix au lit ? » J'ajoute un *like* ainsi qu'un commentaire : « Alors, on a forcé sur la vodka hier ??? »

Sa réponse ne se fait pas attendre. « J'ai voulu courir pour attraper le bus et je me suis mangé le trottoir. Ça fait trop longtemps qu'on s'est pas vues ! Tu PROMETS de passer à la maison un de ces quatre ? »

« Promis, je commente. Tu me manques. »

« Fallait pas déménager », me taquine-t-elle en ajoutant un smiley clin d'œil.

J'ai juste le temps d'envoyer à mon tour un smiley tirant la langue avant d'apercevoir la Clio d'Anne Wilson se garer plus bas. Elle sort en affichant un air contrit, l'air de dire : « désolée ». Les mèches argentées de ses cheveux étincellent presque dans la lumière du soleil couchant, tandis qu'elle se presse à ma rencontre. Cette fois-ci, l'homme aux cheveux grisonnants ne l'accompagne pas.

— J'allais vous appeler pour vous avertir de mon retard, me lance-t-elle, essoufflée, mais ça m'aurait fait perdre encore plus de temps. J'ai préféré me dépêcher de vous rejoindre.

La peau de son visage semble plus tirée et brillante que la dernière fois. Il est impossible de deviner son âge, mais on peut affirmer sans trop de crainte qu'elle n'est plus toute jeune.

— Aucun problème, dis-je. Ne vous excusez pas.

Une fois encore, la porte du 24, Maple Drive s'ouvre avant même que j'appuie sur la sonnette. Susan Marchant me jauge un instant avant de porter son attention sur Anne Wilson. Je m'attends à ce qu'elle s'autorise une réflexion sur notre retard mais elle nous fait seulement signe d'entrer. Un geste impérial.

— Je serai au jardin, dit-elle avant de disparaître dans le couloir.

Anne Wilson secoue la tête, incrédule. Même si Pegton a désespérément besoin de finaliser cette vente, les affaires n'allant pas bon train dernièrement (Dave appelle ça « l'effet Brexit »), je ne peux m'empêcher d'espérer qu'Anne Wilson décide de ne pas donner suite, ainsi que tous les autres visiteurs qui viendront après elle. Susan Marchant se verrait alors contrainte de baisser son prix de vente. Ce qui lui ferait les pieds, à cette vieille bique.

7

La maison de ma mère et celle dont elle est mitoyenne me font penser à ces photos « avant et après ». Bien que leurs façades en crépi soient identiques, la maison de gauche, habitée par un couple de personnes âgées, a des fenêtres crasseuses, ornées de rideaux passés de mode. Chez ma mère, les fenêtres sont parfaitement bien entretenues et équipées de volets roulants dernier cri. Les allées de chacune des deux maisons en disent également beaucoup, même si je remarque que ma mère s'est employée à débarrasser celle des voisins de ses mauvaises herbes, en plus de la sienne. Je ne serais pas surprise qu'elle finisse aussi par leur proposer de nettoyer leurs fenêtres.

Elle m'ouvre la porte, un torchon de cuisine négligemment jeté par-dessus son épaule, les joues rosies par la chaleur du four. Sol déboule comme un fou et se précipite sur moi. Sol est un labrador de dix ans et l'une des raisons pour lesquelles Alfie est heureux d'avoir emménagé ici. Alfie est amoureux des chiens, et maintenant qu'il a l'occasion de voir Sol aussi souvent qu'il le souhaite, il a enfin cessé de me tanner pour que nous en adoptions un.

Ma mère accueille des chiens guides à la retraite

depuis que je suis toute petite. Mon grand-père était malvoyant, aussi avait-elle l'habitude de ce genre de chiens. Je me souviens de chacun de leurs noms : Lulu, Néron, Pepper et Quenton, la plus grande fripouille que la terre ait jamais portée. Un jour, il a dévoré l'intégralité d'un gâteau d'anniversaire pendant que tout le monde avait le dos tourné. *Mon* gâteau d'anniversaire. Je n'ai pas tardé à lui pardonner. Surtout lorsqu'il s'est mis à convulser parce qu'il avait ingéré une trop grande quantité de sucre et que nous avons dû l'emmener chez le vétérinaire en urgence.

Quand le dernier chien de ma mère – un splendide berger allemand nommé Oona – est mort d'un cancer, j'ai cru qu'elle raccrocherait la laisse pour de bon. Tous ses chiens avaient occupé une place spéciale dans son cœur, mais elle répétait souvent qu'il n'était pas bon de s'attacher à eux car ils vous arrivaient déjà vieux et n'avaient plus que quelques années devant eux. Cependant, Oona avait été sa préférée.

Il n'a pas fallu longtemps avant qu'elle ne se décide à en adopter un nouveau. Selon elle, sans chien, la maison n'avait plus d'âme.

C'est au tour d'Alfie de sortir du salon pour me sauter dans les bras. Ses mains sont maculées de feutre vert et des morceaux de pâte à modeler se sont logés sous ses ongles. Qu'importe. Il sent si bon que je pourrais le serrer contre moi pour toujours.

Ma mère sourit.

— Alfie, veux-tu aller terminer ton coloriage pendant que maman et moi mettons la table ?

— Regarde mon vaisseau spatial d'abord ! crie Alfie en me fourrant sa création sous le nez. Il a même un super lance-missiles. Regarde !

— C'est super, Alfie. Et qui est ce petit bonhomme, là ?

Alfie et ma mère échangent un regard, l'air de dire : « Étonnant qu'elle ne sache pas. »

— C'est un super robot de l'espace, maman. Ici, c'est son antenne, et là, ses mains en forme de pinces.

— Mais oui, bien sûr. Suis-je bête. Tu es trop fort.

Je dépose Alfie qui retourne dans le salon en imitant la démarche d'un robot en répétant : « Affirmatif. Affirmatif. »

— Il adore ce livre, commente ma mère. Tu sais, celui que tu ne voulais absolument pas que je lui achète.

— Le titre ne me revenait pas, que veux-tu que je te dise ? *Cahier de coloriages pour les garçons.* Comme si les filles ne s'intéressaient pas aux vaisseaux spatiaux et aux avions. Pas étonnant qu'il y ait si peu de femmes ingénieurs, après.

Ma mère lève les yeux au ciel et m'invite à la suivre dans la cuisine. Elle referme la porte derrière moi.

— Je peux te parler une minute ?

Je laisse glisser mon sac à main sur le sol et me hisse sur un des tabourets de bar de la cuisine.

— Qu'est-ce qu'il a fait ? Ne me dis pas qu'il a encore dit « merde ». Ce n'est pas faute d'avoir répété à Michael de ne pas dire de gros mots devant lui. Mais tu sais comment il est…

Ma mère hoche la tête. Elle sait exactement comment est Michael.

— Non, non. Il a été sage comme une image, au contraire. C'est juste que…

Elle s'arrête.

— Je me fais du souci pour lui, Jo. Avec tout ce qu'il a déjà subi…

Ma poitrine se serre.

— Il t'a raconté ce qui lui arrivait à la cantine ?

Je la regarde, perplexe.

— À la cantine ?

— Comme quoi aucun enfant ne veut s'asseoir à côté de lui.

Une vague de chaleur m'envahit tandis que je me remémore la comédie de ce matin.

— Il ne m'a jamais rien dit.

Ma mère sort trois sets de table du tiroir.

— C'est la deuxième fois qu'il m'en parle. Je ne t'ai rien dit la première fois parce que, eh bien, tu sais comment peuvent être les enfants à cet âge… Il leur arrive d'être assez inconstants en matière d'amitié.

Elle me tend les sets de table.

— Mais ça lui fait clairement de la peine. Il dit que Jake et Liam n'arrêtent pas de l'embêter.

Je vais dans la véranda déposer les sets sur la table. Je suis heureuse qu'Alfie se sente capable de se confier à sa grand-mère. J'aimerais seulement qu'il se confie d'abord à moi. Peut-être que si je lui avais posé davantage de questions à propos de Jake et Liam l'autre jour, il m'aurait raconté ce qui lui arrivait. Je ne peux pas laisser ça se reproduire.

— Ces garçons ne me sont pas inconnus. En revanche, j'ignorais complètement qu'il avait des problèmes à la cantine. J'en glisserai quelques mots à Mlle Williams, demain.

Pauvre Alfie. Déjeuner tout seul au milieu des autres enfants… Cette pensée m'est insupportable.

Ma mère fronce les sourcils.

— Ce n'est pas tout…

Mon Dieu. Qu'ai-je encore bien pu rater ?

— Tu sais que je n'ai jamais porté de jugement sur

tes choix de vie, Joanna, et ce n'est pas aujourd'hui que je vais commencer. Mais si je ne t'en parle pas, je crois que je ne me le pardonnerai jamais.

— Eh bien, parle.

— Alfie est facilement déconcerté par certains aspects de sa vie. Tu as dit toi-même qu'il ne comprenait pas pourquoi son papa ne pouvait pas venir vivre avec vous. Alors si Michael se met à passer la nuit avec toi de temps à autre, la situation ne fera qu'empirer.

Ma mère se mord les lèvres. Elle n'a jamais vraiment compris la nature de ma relation avec Michael. Elle est même assez conservatrice à ce sujet. Je n'imagine pas l'épreuve que cela doit représenter pour elle d'expliquer notre « situation » à ses amies. Pourtant, je sais au fond de moi que mon bonheur et celui d'Alfie sont les seules choses qui lui importent. Un jour, elle m'a même concédé que je n'avais pas besoin de me justifier et que ce que je faisais de ma vie ne la concernait pas.

Mais rien n'y fait, la culpabilité me pousse à me justifier, comme chaque fois.

— Il était fatigué de son vol. Je ne me voyais pas le renvoyer chez lui quelques minutes à peine après son arrivée.

— Donc il a dormi sur le canapé ?

J'ouvre la bouche pour répondre, mais ma gorge se noue.

Ma mère pousse un soupir et sourit d'un air narquois.

— Il n'a peut-être que six ans, Jo, mais les enfants ont bien plus de jugeote qu'il n'y paraît.

Elle se retourne pour allumer le feu sous les petits pois et sortir une passoire du placard.

— J'espère au moins qu'il se protège.

— Bon sang, maman ! *Bien sûr* qu'il se protège. On se protège !

Toujours. Enfin presque. Sinon Alfie ne serait pas là. Mais je n'ai aucune envie de me relancer dans cette discussion.

— Tu te doutes bien qu'il couche avec d'autres femmes, n'est-ce pas ?

Je prends une profonde inspiration et compte jusqu'à cinq.

— Nous n'avons jamais été exclusifs, maman. Je te l'ai déjà dit. Mais s'il y a bien une chose que je sais au sujet de Michael, c'est qu'il est honnête.

Trop honnête, même. Il ne manquait jamais une occasion de me faire savoir qu'il avait couché avec une autre femme, les rares fois où cela arrivait. Non pas par fierté, au contraire. On aurait dit qu'il cherchait plutôt mon approbation. Je pourrais aussi aller voir ailleurs si je le voulais. Sauf que je ne le fais pas. Plus depuis la naissance d'Alfie.

— Il n'a été avec personne depuis longtemps, dis-je. Et s'il devait rencontrer quelqu'un avec qui il aurait envie de construire quelque chose, je suis certaine qu'il me le dirait.

Ma mère soupire de nouveau.

— Je suis désolée, ma chérie. Je me fais du souci pour Alfie et toi, c'est tout. C'est ce que les mères font. Tu es bien placée pour le savoir. Et ça ne s'arrête pas quand les enfants grandissent, crois-moi. Je veux juste que tu sois heureuse et que tu n'aies pas à endurer ce que j'ai enduré avec ton *père*.

Elle insiste sur le mot comme à son habitude. Ma pauvre mère. Je ne peux pas lui en vouloir d'avoir une si piètre opinion des hommes.

Elle pose sa main sur mon épaule et la presse doucement.

— Tu te souviens de l'ami imaginaire que tu avais quand tu étais petite ? J'étais *tellement* nerveuse quand tu es allée à l'école pour la première fois. J'avais peur que les autres enfants se moquent de toi.

— Ah ! oui. Lucy Locket.

Les souvenirs me reviennent et m'arrachent un sourire.

Ma mère éclate de rire.

— Tu ne peux pas savoir à quel point j'ai été soulagée quand tu as arrêté de parler toute seule dans un coin de ta chambre.

— Pourtant, il est tout à fait normal pour les jeunes enfants d'avoir un ami imaginaire. Ça fait naturellement partie de leur développement. Je l'ai vu passer dans un article il n'y a pas longtemps.

— Je *sais*. Je voulais simplement te taquiner, réplique ma mère en me tendant le sel et le poivre pour que j'aille les poser sur la table.

— Je dis juste qu'Alfie aurait besoin d'un coup de pouce pour mieux s'intégrer. Tu as pensé à inviter quelques mamans et leurs enfants à venir prendre le goûter chez toi ? J'ai discuté avec la mère d'Hayley quand je suis allée chercher Alfie à l'école cet après-midi. Karen, je crois. Elle était accompagnée de sa mère, une femme charmante, encore très bien conservée pour son âge… Elles ont récemment pris la décision de vivre de nouveau sous le même toit. Elles ont vraiment l'air très gentilles.

— Karen et moi faisons partie du même club de lecture, je réponds. Je crois qu'elle est aussi membre de l'association des parents d'élèves de l'école d'Alfie.

Pour être honnête, je n'accroche pas trop avec elle. Et de toute façon, Alfie n'aime pas les filles.

Ma mère rit.

— Attends un peu qu'il grandisse ! lance-t-elle en sortant trois assiettes du placard et en les mettant quelques secondes dans le four pour les réchauffer.

La petite tête d'Alfie apparaît dans l'embrasure de la porte.

— Quand est-ce qu'on mange ? J'ai faim.

Ma mère pose les mains sur les hanches et se penche vers Alfie.

— Ça tombe bien, le dîner est prêt.

Elle a raison sur toute la ligne. Il va falloir que je fasse des efforts. Pour Alfie. Je commencerai par me faire inviter à leurs petites sauteries entre mamans. Qu'est-ce que Tash m'a répondu quand je lui ai dit que j'emménageais à Flinstead, déjà ? Que j'allais finir par devenir une de ces mères qui envahissent les salons de thé pour parler de leurs rejetons des heures durant. « Jamais », lui avais-je alors rétorqué.

Enfin… Tous les sacrifices sont bons pour venir en aide à mon fils.

8

Un peu plus tard ce soir-là, tout juste cinq minutes après qu'Alfie s'est endormi, le téléphone se met à sonner.

— J'ai peut-être une piste pour Sally McGowan, m'annonce Michael.

Il ne m'a même pas saluée.

— Tu plaisantes ?

— Absolument pas. Je suis tombé sur une vieille connaissance qui a fait ses armes sur le premier grand reportage qui lui était consacré. Tu sais, à l'époque elle avait été chassée de Coventry.

Quand Michael utilise l'expression « vieille connaissance », il peut aussi bien faire référence à n'importe qui. Un obscur journaliste qu'il aurait rencontré à une seule occasion. Un criminel repenti devenu indic. Un témoin ravi d'embellir les faits pour s'octroyer cinq minutes de gloire ainsi que la reconnaissance de la jolie journaliste au regard compatissant. Pour Michael, le mot « connaissance » a un sens très large.

C'est un peu pareil pour « je suis tombé ». Cela m'arrive de « tomber » sur Maddie le matin dans la cour de l'école. Dans le monde de Michael, « tomber sur quelqu'un » signifie davantage « traquer par tous les moyens nécessaires ».

— Sally McGowan a effectivement fait partie d'un programme de protection des témoins. Elle a été placée dans une autre ville, sous une nouvelle identité. L'Histoire a été réécrite, en somme.

L'Histoire, rien que ça ? On dirait bien que Michael s'est pris au jeu. Je le devine au ton de sa voix, à sa façon de balancer les informations comme s'il était un de ces agents de la CIA qu'on voit dans les films américains.

— Il faut parfois beaucoup de temps aux individus pour se réinsérer. Mais cela n'a pas été le cas de Sally. Ma source m'a dit qu'elle s'est très vite faite à sa nouvelle vie.

— Ta source ou ta vieille connaissance ? je demande.

— Ah, ah. Ce n'est pas tout. Une des sources de ma source – et il m'a promis que ce gars était digne de confiance – a laissé échapper des infos un soir qu'il était rond comme une barrique. Sally McGowan coulerait des jours paisibles dans une petite ville du littoral où il ne se passe jamais rien.

— C'est donc tout naturellement que tu as pensé à Flinstead.

— Évidemment. À quoi penser d'autre ? Attends un peu que je termine. La dernière chose que ce type a dite, avant qu'il ne soit plus capable d'aligner trois mots, c'est qu'il préférerait prendre le risque de se faire griller par les habitants plutôt que d'aller s'enterrer dans un bled sans pubs.

Michael fait une pause pour me laisser digérer ses révélations. Flinstead est connue pour avoir été une ville « sèche » – où la vente d'alcool était interdite par la loi – jusque dans les années deux mille.

— Mais *qui* était cette source ? je demande. Je veux dire, si c'était quelqu'un de proche de Sally McGowan, il ne ferait pas la bêtise d'aller se saouler avec un journaliste. Il serait forcément lié par le secret, tu ne crois pas ?

Michael éclate de rire.

— Je ne t'apprends rien si je te dis que les humains ne sont pas particulièrement *doués* pour garder les secrets. De toute façon, ma source n'a rien pu faire de cette info. Aucun rédacteur en chef n'a voulu de son article. À cause de l'injonction, tu sais. En revanche, j'ai pensé que ça pouvait t'intéresser.

Suis-je intéressée ? C'est la question que je me pose après avoir raccroché. Je la tourne et retourne dans ma tête tandis que je me prépare à aller me coucher et que je m'assure que le gaz est bien éteint, même si je sais pertinemment que c'est le cas puisque nous n'avons pas dîné à la maison ce soir. C'est arrivé il y a si longtemps. S'il s'avère que Sally McGowan vit effectivement à Flinstead, quelle différence cela fait-il pour moi ?

Elle était si jeune lorsque sa vie a basculé. Jeune, et maltraitée. D'après les rapports de police, elle a été retrouvée avec de nombreuses contusions et coupures sur tout le corps, dont certaines étaient très anciennes. Son beau-père, une brute alcoolique selon les dires, a affirmé qu'elle était dérangée et qu'elle s'était infligé ces blessures elle-même. Sa mère a soutenu cette version des faits. Et le plus terrifiant, c'est que les gens y ont cru.

Le visage de la petite Sally McGowan me hante. Son regard défiant. Si quelqu'un avait dû aller en prison, c'est bien Kenny McGowan. La mère aussi. Jean. Aujourd'hui, personne n'aurait nié que c'était une enfant battue. Les mentalités ont considérablement évolué depuis, Dieu merci.

En suis-je vraiment convaincue ? À en croire les commentaires qui fleurissent sous les articles au sujet de Sally McGowan, mais aussi d'autres tueurs d'enfants, l'ignorance et la haine sont encore bien d'actualité. Le désir de vengeance aussi, qui est un sentiment remontant au moins au Moyen Âge. Et bien sûr, cela n'émane pas des familles des victimes, mais d'étrangers qui n'ont rien à voir avec toutes ces histoires…

Qu'a dit Cathy à propos de Sally McGowan ? Qu'elle préférerait la voir punie par des justiciers autoproclamés plutôt que réhabilitée par le gouvernement. Est-ce ainsi que les choses se passeraient si la rumeur venait à se répandre et que quelqu'un se mettait en tête de la retrouver ? Cathy et Debbie brandiraient-elles le bâton et la fourche avec le reste de la horde populaire pour aller réclamer justice sous la fenêtre de cette pauvre femme ? Notre petite ville tranquille deviendrait-elle célèbre pour avoir été la planque de la tueuse d'enfant Sally McGowan ? Que ressentirais-je alors ? Sachant que j'aurais été partiellement responsable de cette découverte ?

Je m'assure une dernière fois qu'Alfie est bien endormi avant d'aller me coucher. Il est si mignon que je ne peux m'empêcher de déposer un baiser sur sa petite bouille d'ange. Il m'est insoutenable de penser que Sally McGowan a commis un meurtre alors qu'elle n'avait que quatre ans de plus que mon fils. Je sors de la chambre sur la pointe des pieds, en prenant soin de ne pas fermer complètement la porte afin de laisser passer un peu de lumière au cas où Alfie se réveillerait.

Ce n'est qu'une fois allongée dans mon lit que je me rappelle les piles achetées à midi, et qui sont toujours dans le sac en papier avec les bâtons d'encens. Étant donné que j'ai retiré les piles usées du détecteur de fumée, il n'est pas question que je m'endorme avant de les avoir remplacées.

En descendant l'escalier, je me souviens d'avoir oublié quelque chose d'autre. Je n'ai pas dit à Michael ce qu'Alfie avait raconté à ma mère au sujet de la cantine. Mes yeux s'emplissent alors de larmes à l'idée qu'il déjeune seul tous les midis, balançant les jambes sous sa chaise, prétendant que rien de tout ça ne l'atteint. C'est décidé : les autres mamans et moi allons devenir les meilleures amies du monde.

9

J'ignore ce que ma mère a bien pu raconter à Alfie hier soir, toujours est-il que, ce matin, les maux d'estomac ont complètement disparu. Alfie est même bien plus calme que d'habitude.

— Est-ce que tu veux aller à la plage après l'école ? je lui demande. Manger une bonne glace ?

Son visage s'illumine.

— On pourrait aussi inviter tes copains à venir avec nous.

Il se renfrogne aussi sec.

— Peut-être, répond-il.

J'écarquille les yeux pour arrêter le flot de larmes qui me vient soudain. Si seulement je pouvais faire disparaître tous ses problèmes en un claquement de doigts. Les soigner à l'aide d'un simple baiser, comme ses bobos. Je l'attire à moi et le serre dans mes bras, soufflant délicatement dans son cou pour le chatouiller.

— Allez, finis tes céréales et on y va. Sinon on va être en retard à l'école.

C'est la première fois que nous partons si tôt, mais je veux avoir le temps d'échanger quelques mots avec Mlle Williams. Habituellement, nous quittons la maison à neuf heures moins sept, ce qui nous laisse tout juste le temps de nous rendre à l'école et de faire la queue devant la classe avant que la sonnerie ne retentisse.

Quel égoïsme de ma part. Je m'en rends bien compte maintenant. En agissant ainsi, je n'ai jamais pris le temps de sociabiliser avec les autres mamans. Si j'avais pris conscience de mon erreur plus tôt, j'aurais pu me joindre à elles pour leur café du matin, et Alfie se serait peut-être déjà fait des copains à l'heure actuelle.

Cathy et Debbie me remarquent à peine lorsque je passe devant elles. Je ne peux pas leur en vouloir. Elles ont été les premières à me tendre la main et je les ai royalement ignorées. Sans parler de mon commentaire sur les « pseudo-justiciers », qui n'a fait qu'aggraver mon cas. Personne ne vous met en garde contre ce genre de chose quand vous êtes jeune parent. Personne ne vous conseille de vous lier d'amitié avec les autres parents, même si vous n'avez a priori rien à partager avec eux. C'est pourquoi je me retrouve à devoir ravaler ma fierté, et à supplier les autres mamans de faire preuve d'indulgence en leur expliquant qu'Alfie n'arrive pas à se faire de copains dans sa nouvelle école.

Après avoir embrassé Alfie et parlé à Mlle Williams qui m'a promis de garder un œil sur la situation, je décide de rejoindre Cathy et Debbie. Je les surprends en train de parler de Sally McGowan.

— Salut.

Debbie me sourit, l'air crispé, tandis que Cathy se détourne pour pianoter sur son portable.

— Je vais à la plage avec Alfie ce soir, après l'école. Est-ce que Jake et Liam voudraient se joindre à nous ? Profiter d'une bonne glace tant qu'il fait encore beau.

Cathy lève enfin les yeux de son écran.

— Ce soir ? Impossible, Jake a son cours de judo.

— Et Liam est invité à prendre le goûter chez Harry, ajoute Debbie. Une autre fois peut-être.

J'acquiesce, convaincue qu'« une autre fois » signifie en réalité « jamais ». J'ai l'impression d'être de retour au lycée, humiliée par les deux pestes de service. À l'époque, je n'aurais pas osé répondre, trop blessée et honteuse pour réagir. Mais ces jours-là sont révolus. D'autant qu'il ne s'agit pas de moi, mais de mon fils. Mon Alfie.

— Au fait, dis-je en faisant demi-tour vers la sortie de l'école, je crois que vous avez raison au sujet de Sally McGowan. Il se pourrait bien qu'elle habite ici. À Flinstead.

— Qu'est-ce qui te fait dire ça ? rétorque Cathy.

Je me retourne pour lui faire face. Serais-je soudain devenue plus intéressante que le contenu de son téléphone ?

— Oh, quelque chose que j'ai entendu. Rien de très passionnant…

Les deux femmes font un pas dans ma direction. Des requins cernant leur proie. Les expressions sur leurs visages néanmoins beaucoup plus avenantes qu'il y a une minute à peine. Plus souriantes, chaleureuses. La glace est brisée. En apparence, tout du moins.

Je réfléchis à cent à l'heure. Devrais-je leur faire part de mes informations sur le sujet ? Bien sûr que non, Michael me tuerait. Mais la tentation est bien trop grande. Et maintenant que j'ai leur attention, il serait dommage de les contrarier. Debbie m'offre même un chewing-gum, que j'accepte, même si je n'ai aucune envie de me transformer en ruminant. Et de toute façon, ce n'est pas comme si Michael allait écrire un article sur Sally McGowan. Ni lui ni aucun autre journaliste ne sont autorisés à enquêter sur elle.

Je baisse d'un ton, créant volontairement un climat de confidence.

— Un ami qui connaît bien ce genre d'affaires m'a dit qu'on l'avait envoyée vivre dans une ville sèche.

Les deux femmes me dévisagent, les sourcils froncés.

— Une *quoi* ? finit par me demander Cathy.

— Une ville sèche. Tu sais, où la vente d'alcool est interdite.

Cathy plisse les yeux.

— Quand est-ce que les premiers bars sont apparus, alors ?

— À la fin des années quatre-vingt-dix, coupe Debbie. Tu ne t'en souviens pas, Cathy ? Ça faisait la une de tous les journaux. On était en primaire à ce moment-là.

J'ignore pourquoi, mais je me sens de moins en moins à ma place. J'ai déjà répandu la rumeur au sein de mon club de lecture, et voilà que je recommence. Que m'arrive-t-il, bon sang ?

Puis je revois la petite bouille d'Alfie lorsque j'ai prononcé le mot « copains », et je me dis que tout ce cirque en vaut la peine. Pour lui, je suis prête à tout.

— Hum, dit Cathy d'un air penseur. Intéressant. Dis, Joanna, ça te dirait de rejoindre notre groupe d'entraide pour la garde d'enfants ? On se voit demain à neuf heures et demie, chez moi au 14, Flinstead Road. La maison avec le garage bleu.

— Ah oui, je vois de quoi tu parles. Je serais ravie de me joindre à vous, merci. Mais il faudra d'abord que je m'arrange avec mon patron pour arriver plus tard au travail.

Je ne vois pas particulièrement l'utilité de faire partie d'un groupe d'entraide pour la garde d'enfants, étant donné que ma mère habite juste à côté de chez moi.

Ce qui ne veut pourtant pas dire qu'elle sera *toujours* disponible pour s'occuper d'Alfie. Aussi ce groupe pourra-t-il faire office de plan de secours en cas de besoin. Et, surtout, il sera mon point d'entrée pour me rapprocher des autres mamans.

Une question innocente. Un aveu soufflé au creux de l'oreille. Il n'en faut pas davantage pour lancer la machine et changer le cours de toute une vie. Une fois, une pauvre femme qu'on croyait être Sally McGowan a été contrainte de quitter sa maison. Elle a tout perdu en l'espace d'un instant : son emploi, sa réputation et sa tranquillité d'esprit. Elle a fini par se jeter sous un train.

Je repense souvent à cette femme qui m'est étrangère et dont le destin a pourtant été inextricablement lié au mien. Je me demande, qui est à blâmer pour sa mort ? Ceux qui ont colporté la rumeur à son sujet ? Ou bien moi, pour avoir été le monstre en premier lieu ?

Le monstre. C'est ainsi qu'ils m'appelaient.

Je me regarde dans le miroir. Pas de cornes ni de dents acérées. Juste une femme ordinaire. Encore assez jolie, malgré les rides qui creusent chaque jour un peu plus mon visage et mon cou. Malgré le rouge à lèvres qui approfondit les sillons dans ma lèvre supérieure. Mais si je regarde assez longtemps, si je fixe mon reflet sans cligner des yeux, alors je vois apparaître quelqu'un d'autre.

Je vois la petite fille qu'ils ont enfermée. Celle dont j'ai désespérément essayé de me débarrasser tout au long de mon existence.

C'est elle qui les a fait ressurgir, tels des vautours traquant leur proie. C'est elle qui les attire. Elle est la cause de tous mes maux. Un poison qui se répand dans l'air.

10

« C'EST COMME SI ELLE M'AVAIT ENFONCÉ UN COUTEAU DANS LE CŒUR À MOI AUSSI », AFFIRME SYLVIA HARRIS, LA MÈRE DE ROBBIE HARRIS, VICTIME DE LA TUEUSE D'ENFANT SALLY MCGOWAN

Par Alex O'Connor
Dimanche 3 août 1975
Sun on Sunday

Aujourd'hui, six ans jour pour jour après le meurtre de Robbie, son petit garçon de cinq ans, Sylvia Harris n'est plus que l'ombre d'elle-même. Vissée sur le canapé de son salon, elle enchaîne les cigarettes les unes après les autres.

Sa fille Marie, déjà adolescente, est assise à ses côtés. Elle garde les yeux baissés sur la paume de ses mains.

« Elle n'a pas seulement assassiné mon petit Robbie, ce soir-là. C'est comme si elle m'avait enfoncé un couteau dans le cœur à moi aussi. »

Désormais âgée de trente-cinq ans, Sylvia souffre d'une addiction à l'alcool. Son mariage avec Derek Harris n'y a pas survécu. Marie vit avec son père à quelques rues de là, mais rend visite à sa mère tous les jours après l'école. Cette semaine a été particulièrement difficile, avec l'annonce du transfert de Sally McGowan dans une nouvelle maison de correction.

« Peut-être que si nous n'entendions plus parler d'elle, nous arriverions à tourner la page, confie Sylvia. Si tant est que cela soit possible. »

Néanmoins, il est inutile de chercher bien loin pour savoir que cette famille ne se remettra jamais *de cette tragédie.*

Sylvia sort une photo en noir et blanc soigneusement encadrée. Sur celle-ci figure un angelot à la chevelure dorée, jouant sur la plage armé d'un seau et d'un râteau.

Elle serre la main de sa fille dans la sienne. « Elle peut passer toute sa vie en prison, cela ne sera jamais suffisant à mes yeux. J'espère qu'elle brûlera en enfer. »

Je repose mon iPad et me frotte les yeux, fatiguée d'avoir lu un article de journal grossièrement scanné avant d'être mis en ligne. J'y ai consacré beaucoup trop de temps, dernièrement. Sans arrêt à l'affût de la moindre information concernant Sally McGowan. Elle est devenue une obsession. Ni plus ni moins.

J'aperçois Liz Blackthorne sortant de la coopérative au bout de la rue. Elle tourne la tête dans ma direction et je la salue d'un geste de la main, prête à la rejoindre pour échanger quelques mots. Au lieu de quoi, Liz s'empresse de partir dans la direction opposée, sa tresse rebondissant nerveusement contre son dos. Étrange. J'aurais juré qu'elle m'avait vue. Pas d'inquiétude, je suis sûre qu'elle a l'esprit ailleurs, occupée par son emploi du temps de la journée. Je me comporte exactement de la même manière lorsque je suis pressée. J'ai tendance à foncer droit devant moi sans prêter attention à ce qui m'entoure. Et de toute façon, je suis déjà bien assez en retard comme cela.

Cathy habite dans le nouveau lotissement qui a vu le jour en haut de Flinstead Road, à l'exact opposé de la mer. Les maisons y sont spacieuses et lumineuses, comme tout droit sorties d'un catalogue IKEA. Ce matin, nous sommes six à nous être réunies chez Cathy, dont trois enfants et Karen, du club de lecture. J'ignorais qu'elle était si proche des autres mamans. Je suis soulagée d'y retrouver Fatima. Enfin un visage amical. Cathy a terminé de servir le café et le thé à ses invitées et s'emploie désormais à feuilleter un classeur.

— Je déteste quand les gens oublient de compléter le tableau, s'agace-t-elle.

Debbie affiche une mine faussement désolée.

— Ce doit être moi. J'étais pourtant sûre de l'avoir fait.

Cathy me regarde d'un air entendu.

— Voilà ce qui arrive quand on ne fait pas bien les choses, Joanna. Et ensuite elles vont se chamailler au sujet de points n'ayant pas été attribués dans le tableau.

Je souris comme si je comprenais parfaitement ce à quoi Cathy fait allusion. Des tableaux ? Des points ? Dans quoi me suis-je encore embarquée ? J'imagine déjà la réaction de Tash quand je l'appellerai pour lui raconter tout ça.

Fatima se penche vers moi.

— Chaque fois que tu gardes les enfants des autres,

tu gagnes un certain nombre de points. Plus tu as de points, plus tu peux demander aux autres de garder ton enfant. Sinon, nous organisons les réunions et remplissons le tableau chacune notre tour.

— Tout à fait, coupe Cathy. J'étais sur le point de te l'expliquer. Disons que c'est une sorte de compromis que nous avons fait entre nous. Un point par demi-heure de baby-sitting, soit deux par heure et un point de plus par quart d'heure après minuit.

Je hoche la tête, déroutée par ce que je viens d'entendre.

— Il est impératif de prévenir si les baby-sittings se terminent après minuit, ajoute Karen. Sans points, il n'est pas possible de demander à faire garder ton enfant.

— *Si*, c'est possible, intervient une femme aux cheveux rouges dont j'ai déjà oublié le nom. Dans le cas où quelqu'un accepte et où personne d'autre ne fait de demande.

La mâchoire de Karen se contracte imperceptiblement.

— Peut-être, mais ça te fait passer en négatif, dit-elle. Et nous nous sommes toutes mises d'accord pour ne plus appliquer cette règle, car elle n'était pas juste pour celles qui étaient *toujours* dans le positif.

Je parviens à grand-peine à me retenir d'éclater de rire. Je m'attendais à tout en rejoignant leur cercle, mais certainement pas à un tel cirque.

On sonne à la porte. Je suis tirée d'affaire.

— C'est sûrement Kay, dit Fatima. Elle avait prévenu qu'elle arriverait en retard.

La femme qui entre dans le salon quelques instants plus tard m'est vaguement familière. Un air de Judi

Dench, avec ses cheveux courts et ses yeux rieurs cerclés de petites rides.

— Kay est ma voisine ainsi qu'un membre honoraire de notre cercle, m'annonce Fatima en faisant signe à Kay de venir s'asseoir à côté d'elle.

Voilà pourquoi j'ai l'impression de la connaître. Je l'ai déjà vue discuter avec Fatima à plusieurs reprises. Toutes les deux habitent juste en face de chez moi. Fatima est une femme assez solitaire. Elle m'a confié il y a quelque temps que ses parents ont coupé les ponts avec elle parce qu'elle a refusé un mariage de convenance. Certaines personnes n'ont vraiment pas la vie facile.

— C'est aussi la grand-mère d'adoption de Ketifa.

Kay sourit.

— Ma fille et mes petits-enfants vivent en Australie, vois-tu. Ils ont beau m'appeler sur Skype aussi souvent que possible, ça ne comble jamais le manque dû à l'absence de contact physique. Heureusement, Fatima et Ketifa sont là pour apporter un peu de chaleur dans ma vie.

— Mesdames, intervient Cathy, je propose que nous commencions la séance.

Peu après que Cathy a énuméré les demandes de baby-sittings pour le mois à venir et fait le décompte des points restant à chacune des personnes présentes, je me surprends à proposer de garder les enfants de la femme aux cheveux rouges, dont le nom s'avère être Teri Monkton. Il faudra que j'en avertisse ma mère, bien évidemment.

— Merci infiniment, me dit Teri. Ruby et Hamish sont adorables, tu verras. Même s'ils te supplieront très certainement de leur lire une histoire de plus avant de dormir.

À la fin de la séance, tandis que nous nous levons pour rentrer chez nous, Teri s'adresse une dernière fois à l'assemblée :

— Je suppose que vous n'avez pas encore entendu la rumeur. Celle qui concerne Sally McGowan.

Debbie éclate de rire.

— Tu arrives un peu tard, ma pauvre.

— Je suis toujours la dernière à être au courant de ces choses-là, déplore Teri. Est-ce que vous y croyez, vous ?

— Pas vraiment, répond Fatima. Pourquoi enverraient-ils Sally McGowan dans une ville comme la nôtre ?

Kay hoche la tête.

— Je suis d'accord. Ce serait bien trop risqué.

Cathy m'observe du coin de l'œil. Elle semble être dans le même état que Maddie la dernière fois que je l'ai vue : surexcitée.

— Joanna, et si tu nous racontais ce que tu sais ?

Je n'ai aucune envie d'en parler pour la énième fois. Et encore moins parce que Cathy *l'exige.*

Karen me dévisage depuis l'autre bout de la pièce.

— Tu as du nouveau depuis la dernière réunion du club de lecture ?

Merde, voilà que je passe pour la plus grosse commère de la ville. Mais il n'est pas question que je répande la rumeur plus que je ne l'ai déjà fait.

— Oh, vous allez être déçues. Ce ne sont probablement que des ragots.

Cathy fronce les sourcils.

— Ce n'est pourtant pas ce que tu as sous-entendu l'autre jour, fait-elle remarquer avant de raconter l'histoire elle-même.

Teri fait la moue.

— Et dire que je passe peut-être devant chez elle

tous les jours, quand j'emmène Ruby et Hamish à l'école… Ou qu'elle les a possiblement déjà espionnés quand ils jouaient au parc ou à la plage. Est-ce que vous avez vu cette photo où elle donne l'impression de vous regarder droit dans les yeux ? J'en ai des frissons rien que d'y penser.

— Ces rumeurs refont régulièrement surface, dis-je pour essayer de calmer le jeu. Et même si ce n'est pas impossible qu'elle vive ici, c'est quand même extrêmement peu probable. Et je doute qu'elle aurait la liberté de se promener sans surveillance. Elle est quand même sous la responsabilité des autorités, non ?

— Il y a plutôt intérêt, répond Teri.

Je reprends la route en compagnie de Fatima et de Kay. Nous restons silencieuses, bien que nous partagions toutes le sentiment d'avoir échappé à un traquenard. Un vent mordant et froid me cingle le visage, dissipant peu à peu le malaise qui s'était installé plus tôt. L'air se charge d'humidité. Il va bientôt pleuvoir.

— Alors, Joanna… commence Kay. Heureuse de figurer sur le sacro-saint tableau de Cathy ? J'espère que tu sais dans quoi tu t'es embarquée !

Fatima assène un léger coup dans les côtes de Kay.

— Veux-tu arrêter ça ? Tu ne vas quand même pas la faire fuir alors qu'elle vient à peine de rejoindre le cercle ?

— La seule chose qui me préoccupe pour le moment, c'est de savoir si je vais réussir à les faire tenir dans mon salon. Il y a déjà à peine assez de place pour Alfie et moi.

— Ne t'inquiète pas pour ça, me rassure Kay. Contrairement à Cathy, nous n'avons pas toutes la chance d'habiter dans de luxueuses demeures. Ma maison entière tiendrait dans son salon.

— Moi, *j'adore* ta maison, tempère Fatima. Elle me rappelle l'endroit où j'ai grandi.

Kay rit.

— Je ne suis pas sûre que ce soit un compliment. Autant dire qu'elle est démodée.

Nous nous séparons devant chez moi. Après avoir refermé la porte d'entrée, je reste un instant immobile, laissant le silence m'envelopper de son voile rassurant. Si ma mère ne m'avait pas fait part des problèmes d'Alfie à l'école, je n'aurais jamais ne serait-ce qu'envisagé l'idée de rejoindre un groupe d'entraide pour la garde d'enfants. Pourtant, c'est une des meilleures décisions que j'aie prise depuis bien longtemps. Alfie est déjà invité à l'anniversaire de Liam, le fils de Debbie, dans quinze jours.

J'ouvre l'enveloppe contenant l'invitation et m'empresse de noter la date sur le calendrier accroché dans la cuisine. Le 31 octobre. Dès que j'aperçois la petite citrouille dessinée au bas de la case du calendrier, je comprends que la fête sera sur le thème d'Halloween. Et qui dit Halloween, dit déguisement.

Je n'ai jamais apprécié cette célébration qui n'est, à mon sens, qu'un argument commercial pour extorquer de l'argent aux plus influençables. De l'argent que je n'ai pas. Enfin plus, depuis le déménagement et le changement de travail. Cela dit, je devrais pouvoir m'en sortir en achetant un morceau de tissu blanc sur Internet et en découpant deux ronds à l'intérieur. Et hop ! Alfie sera un adorable petit fantôme.

En parlant d'Alfie, je suis sûre qu'il sera aux anges lorsque je lui annoncerai la nouvelle.

11

— Tu ne devineras jamais la nouvelle, me lance Dave en guise de salutation. Mme Marchant a accepté l'offre d'Anne Wilson et de Jeremy Sanders.

Je hausse un sourcil.

— Vraiment ? Je croyais qu'elle refusait catégoriquement toute offre en dessous de son prix de vente.

— Moi aussi, répond Dave. D'autant que leur offre est *considérablement* en dessous. Dix-sept mille livres, pour être précis, ajoute-t-il en fouillant dans une pile de papiers. Je t'avais dit qu'ils payaient cash ?

— Non. Mais ça ne me surprend pas plus que ça. Ils ne m'ont pas paru particulièrement démunis, si tu vois ce que je veux dire.

Dave sourit.

— Tu ne serais pas en train de faire allusion aux quelques injections de Botox dont madame a bénéficié ?

Je ris.

— À ça et à tout le reste.

— J'ai pourtant dit à Mme Marchant qu'ils seraient probablement disposés à augmenter leur offre si elle n'acceptait pas tout de suite.

Dave pousse un long soupir.

— Il lui aurait même suffi d'attendre un peu, et ils

seraient revenus vers elle de leur propre chef. Mais elle ne voulait rien de tout ça. La seule chose qui lui importait, c'était de vendre aussi rapidement que possible, point barre.

La matinée passe en un clin d'œil. Après trois semaines plutôt calmes, nous croulons subitement sous les demandes : des passants nous posant des questions sur des annonces repérées en ligne, des clients se présentant comme de potentiels acquéreurs, et trois autres réclamant des estimations de leurs biens. Sans oublier les appels quotidiens de clients énervés car perdus dans les limbes de la négociation de promesses d'achats, de prêts bancaires et d'actes de vente.

Et au milieu de tout cela, je dois trouver le temps de mettre à jour le compte Twitter de l'agence – une tâche que Dave est ravi de me déléguer. Ce faisant, je ne résiste pas à la tentation de consulter mon compte personnel. Aussi je ne remarque pas tout de suite la présence de Kay derrière la vitrine. Habituellement, les gens se limitent à regarder les annonces. C'est pourquoi je les ignore, à l'exception des rares qui se décident à entrer. La plupart sont de simples curieux qui cherchent à se renseigner sur le cours de l'immobilier, ou bien des résidents indiscrets venus s'enquérir du prix de vente de la maison du voisin pour avoir une idée de la valeur de leur propre habitation.

Il me faut un moment avant de remarquer la silhouette qui me fait signe, et de me rendre compte qu'il s'agit de Kay. Je la salue à mon tour, l'invitant à entrer.

— Salut, ma belle, me dit-elle. Je ne savais pas que tu travaillais ici.

Elle se laisse tomber sur la chaise en face de mon bureau en me regardant d'un air embarrassé.

— Pour être honnête, je suis venue dans l'espoir de

trouver un emploi à temps partiel. Je cherche de quoi arrondir les fins de mois. Pour info, je suis capable de taper quarante mots à la minute et je suis à l'aise au téléphone.

Elle se penche vers moi.

— J'ai même regardé tous les épisodes de *Location, Location, Location* et d'*Escape to the Country*[1]. En fait, j'adore toutes ces émissions d'achat et de vente de maisons. C'est une véritable addiction chez moi !

Je peux voir Dave articuler silencieusement le mot « non » par-dessus l'épaule de Kay. J'ignore si c'est parce qu'elle a remarqué que je regardais derrière elle ou si elle avait prévu de le faire depuis le début, toujours est-il qu'elle fait pivoter sa chaise pour faire face à Dave.

— Et je sais exactement à quelle température faire bouillir l'eau du thé, conclut-elle.

Elle a du cran, je dois le reconnaître.

Dave éclate d'un rire forcé que je lui connais bien. Il déteste se retrouver dans ce genre de situation, bien que cela arrive assez souvent dans le métier. Je l'y ai moi-même confronté pour avoir un travail, de façon bien plus subtile cela dit. Une petite phrase glissée pendant qu'il me faisait la visite d'une propriété, afin de lui faire savoir que j'étais spécialisée dans la vente immobilière et que j'étais à la recherche d'un emploi.

— Je suis vraiment désolé, dit Dave. Mais nous n'avons pas de poste à pourvoir actuellement.

Je m'empresse d'ajouter un petit mot rassurant.

— Tu peux toujours nous laisser ton adresse e-mail.

1. *Location, Location, Location* et *Escape to the Country* sont des émissions de téléréalité britanniques consacrées à la vente et à l'achat de biens immobiliers.

Dave hoche la tête. Il oublie toujours de terminer sur une note positive.

— Nous ne manquerons pas de vous recontacter si jamais nous sommes amenés à rechercher quelqu'un.

Kay acquiesce et se lève de sa chaise. Elle me paraît soudainement accablée. Accablée et mal à l'aise. Je jette un coup d'œil à ma montre et fais un léger signe du menton à Dave.

— C'est bientôt l'heure de déjeuner. Je vais y aller, si ça ne te dérange pas. Tu veux m'accompagner, Kay ?

Son visage s'illumine.

— J'aurais bien besoin d'un café. Tu sais quoi ? Je t'invite.

Cinq minutes plus tard, nous nous trouvons au Skrieking Kettle en train de savourer d'énormes tasses de cappuccino.

— J'ai essayé partout, me confie Kay. Y compris dans ce café, ainsi que chez Fisherman's Shack. Mais personne n'embauche.

Je souffle sur mon cappuccino, faisant fondre le dessin que le serveur avait réalisé avec du chocolat en poudre.

— Je suis sûre que tu finiras par trouver.

— Je sais, dit-elle. Et de toute façon, je peux toujours recommencer à faire des ménages.

Elle fait la moue.

— Écoute, j'ai conscience que je m'apitoie sur mon sort. Mais ça m'arrive tout le temps à cette période de l'année. Tu sais, juste avant Noël. Gillian et les petits me manquent tellement.

— Combien de fois es-tu allée leur rendre visite depuis qu'ils sont en Australie ?

Elle ouvre un sachet de sucre qu'elle verse minutieusement dans sa tasse.

— Aucune. Je n'ai pas les moyens, répond-elle le regard dans le vague. C'est pour ça qu'il me faut un deuxième emploi. Pour pouvoir économiser plus rapidement.

— Un *deuxième* emploi ?

— Oui. J'aide un tailleur à faire quelques retouches. Le salaire n'est pas bon mais au moins je peux travailler chez moi. Ce qui n'est pas pour me déplaire.

— Et ta fille vient te voir, au moins ?

Kay se gratte le nez.

— Elle essaye de venir avec les enfants au moins une fois par an, mais…

Elle prend une serviette en papier pour essuyer ses yeux déjà humides.

— C'est si peu. Et les enfants grandissent tellement vite à cet âge.

— Pourquoi sont-ils partis là-bas ?

Kay hésite, puis hausse finalement les épaules.

— Comme tout le monde, ma fille voulait offrir un meilleur cadre de vie à ses enfants. Dans un pays où il fait bon vivre. L'Australie… Les *barbies*[1] sur la plage, dit-elle avec un accent à vous écorcher les oreilles.

Nous éclatons de rire, attirant l'attention d'un couple assis à quelques tables de nous. Lorsque nous parvenons enfin à reprendre notre souffle, Kay s'acharne un instant sur le biscuit en sachet servi avec le cappuccino. Le sachet ouvert, de petits morceaux de sablé viennent s'éparpiller sur la table.

— Qu'est-ce qui t'a amenée à Flinstead, Joanna ? demande-t-elle.

Je regarde par la fenêtre et remarque que le soleil a laissé place à une bruine légère.

1. Diminutif de « barbecue », souvent employé en Australie.

— Certainement pas le climat, ajoute-t-elle.

— J'ai choisi de vivre ici principalement pour Alfie. J'ai toujours eu l'impression de ne pas avoir été suffisamment là pour lui, tu vois ce que je veux dire ?

Kay hoche la tête.

— Je vois parfaitement ce que tu veux dire, ma belle. Ils ne restent pas nos petits bébés pour toujours.

— Je voulais qu'il grandisse dans un endroit tranquille. Près de la mer aussi. J'ai adoré vivre ici, quand j'étais enfant. Et je me disais que ça ne pouvait pas être une mauvaise idée de me rapprocher de ma mère. Alfie peut la voir aussi souvent qu'il le souhaite, maintenant. Et comme elle vit seule, ça lui a fait énormément de bien à elle aussi.

Kay se tortille sur sa chaise. Merde. Après tout ce qu'elle vient de me raconter sur ses petits-enfants, il a fallu que je la ramène avec mes histoires. Quelle idiote. Je veux m'excuser mais Kay ne m'en laisse pas le temps.

— Tu élèves ton fils seule ?

— Oui. Enfin presque.

— Pardonne-moi, j'ai parfois tendance à être un peu trop curieuse.

— Ne t'inquiète pas. Ça ne me pose aucun problème. C'est juste que… la plupart des gens ne comprennent pas que je puisse rester si proche du père d'Alfie alors que nous ne sommes pas ensemble.

Je prends une gorgée de mon cappuccino.

— Nous sommes comme Simone de Beauvoir et Jean-Paul Sartre, en quelque sorte, dis-je en guettant sa réaction.

Mais Kay ne semble pas saisir ma référence. Curieux. Je pensais qu'elle aurait compris. Cela aurait été le cas de Liz Blackthorne, par exemple. Ce qui me fait penser que je dois l'appeler pour prendre des nouvelles. J'espère qu'elle ne m'en veut pas d'avoir contribué à répandre la rumeur concernant Sally McGowan. Et si elle m'avait en fait délibérément ignorée quand nous nous sommes aperçues ce matin ?

— Ou comme Helena Bonham Carter et Tim Burton, si tu préfères. Même si je crois qu'ils ont fini par se séparer définitivement. Et puis ils étaient voisins, alors que Michael vit à Camberwell.

— Tu n'as pas à te justifier, ma belle. Je comprends tout à fait tes motivations. Tu ne risques pas de te lasser de ton compagnon s'il n'est pas dans tes pattes à longueur de temps. C'est probablement ce que j'aurais dû faire avec Barry. Peut-être qu'aujourd'hui, nous serions encore mariés.

— Tu n'as rencontré personne, après Barry ?

Kay me regarde d'un air horrifié.

— Mon Dieu, non.

Je ris.

— On croirait entendre ma mère. Le problème, c'est qu'elle pense que les hommes sont tous les mêmes, et que Michael ne fait pas exception. J'ai beau lui dire qu'il n'a rien à voir avec mon père, elle ne veut rien entendre…

Kay pose sa main sur la mienne.

— L'important est que Michael et toi soyez satisfaits de votre relation. Et qu'Alfie n'en pâtisse pas. Tant que cela marche, il n'y a rien d'autre qui compte.

— Tu as raison, je réponds. Il n'y a rien d'autre qui compte.

J'avale le dernier morceau de mon biscuit. Ma mère a fini par me dire la même chose quand elle a enfin accepté la nature de ma relation avec Michael. Sauf qu'elle a insisté sur la notion de consensus. « Tant que cela vous convient *à tous les deux* », avait-elle souligné, ce qui m'avait alors donné l'impression que j'étais la seule à faire des sacrifices. Que j'étais la partie lésée.

— Il est temps pour moi d'y aller, dit Kay en se retournant pour prendre son manteau sur le dossier de sa chaise. Et si tu passais à la maison un de ces quatre ? Je te montrerai des photos de Gillian et des enfants. Les vacances débutent la semaine prochaine, n'est-ce pas ? Tu pourrais venir avec Alfie. J'ai un aquarium avec des poissons exotiques. Je suis sûre qu'ils lui plairont beaucoup. Ketifa les a nommés d'après les personnages du *Monde de Nemo*.

Je souris. Il est évident que Kay se sent seule et désespère d'avoir de la compagnie.

— Avec plaisir. Alfie adore *Le Monde de Nemo*.

12

Sur le chemin du retour à l'agence, je tombe sur un attroupement. Il semblerait que quelque chose soit arrivé devant le magasin de matériel électrique.

Je pense immédiatement à une mauvaise chute. Un patient de la maison de retraite de Flinstead qui aurait trébuché sur le rebord du trottoir. Ou un motard qui aurait perdu l'équilibre à cause d'une forte bourrasque provenant de la plage juste au bout de la rue. Un jour, j'ai même été témoin d'une évacuation en hélicoptère devant le restaurant indien où un malheureux avait fait un infarctus.

À mesure que je m'approche, je comprends que le petit groupe ne se trouve pas devant le magasin de matériel électrique, mais devant Stones & Crones. Pas de victime étendue à terre. Juste des curieux attroupés devant la vitrine de la boutique, montrant du doigt et poussant des cris d'exclamation. Je saisis des bribes de conversations au passage.

— Elle lui ressemble comme deux gouttes d'eau, tu ne trouves pas ?

— Il faut être sacrément tordu.

— Qui a pu faire ça ?

— Il y a peut-être quelqu'un à l'intérieur.

Je m'avance, le cœur cognant dans ma poitrine. J'ai un mauvais pressentiment. Puis je la vois. Sur la vitrine a été collée une photo agrandie de Sally McGowan. Et pas n'importe laquelle : celle où, alors âgée de dix ans, elle semble vous fixer droit dans les yeux. À côté de la photo se trouve un portrait de Sonia Martins. Un portrait datant de plusieurs années découpé dans le journal de Flinstead, lorsque Stones & Crones ouvrait ses portes pour la première fois.

Une pancarte « Fermé » est suspendue à la porte d'entrée. Il n'y a rien d'inhabituel à cela, car la boutique n'est jamais ouverte le mercredi, contrairement aux autres, les commerçants ne pouvant se permettre de fermer un jour de semaine. Quiconque a collé ces photos sur la vitrine a délibérément choisi de le faire un mercredi pour que son œuvre soit visible le plus longtemps possible. Que la rumeur se révèle vraie ou fausse, le mal serait fait.

— J'ai jamais aimé cet endroit de toute façon, dit une femme à ma droite. Mon amie June dit qu'elle vend des machins Wicca.

— C'est de la sorcellerie, c'est ça ? demande un autre au milieu du murmure croissant.

Une horrible pensée me traverse l'esprit. Et si c'était Maddie la responsable ? Non, elle en serait incapable. Et puis ça ne lui ressemble pas. Pourtant, quand je repense à la fois où elle m'a coincée dans la cour de récréation, elle avait l'air tellement sûre d'elle…

Mon Dieu. Si Maddie est responsable, alors je suis responsable aussi. Ce n'est pas dans son habitude de se mélanger aux autres mamans. Et si je n'avais pas été si loquace pendant la réunion du club de lecture, elle n'aurait peut-être jamais eu vent de la rumeur. Quoi qu'il en soit, elle n'aurait jamais commis un tel acte. Si abject, si malveillant… Et basé sur quoi ? Une poignée d'articles trouvés sur Internet ? Je ne peux pas croire qu'elle puisse tomber aussi bas. Mais au fond, j'ignore qui elle est vraiment.

— Nous devrions les retirer, dis-je. Si c'est une plaisanterie, elle est de mauvais goût.

— À votre place, je n'y toucherais pas, lance quelqu'un dans la foule. C'est son magasin. À elle de se débrouiller.

Je me retourne et aperçois une femme au visage peu amène, vêtue d'un survêtement gris, les cheveux tirés en une queue-de-cheval serrée.

— Et comment ? Vous voyez bien qu'elle n'est pas là.

La femme me dévisage d'un air mauvais.

— Et si ce n'était pas une plaisanterie, mais la vérité ? Aimeriez-vous que Sally McGowan habite juste à côté de chez vous ?

Autour de moi, les curieux lassés du spectacle sont aussitôt remplacés par de nouveaux spectateurs. Je remarque la présence de Barbara du club de lecture. Elle se fraye un chemin à travers la foule pour me rejoindre et plisse les yeux afin de mieux voir les photos. Elle est si proche de moi que je peux sentir l'odeur de sa poudre de maquillage.

— Est-ce la tueuse d'enfant dont tu nous as parlé l'autre jour, Joanna ?

Elle parle fort. Bien trop fort pour passer inaperçu. Avec sa voix qui porte et son accent faussement bourgeois. Insupportable.

Mes joues s'enflamment. Je la foudroie du regard. Est-elle stupide ou le fait-elle exprès ? Se rend-elle compte des conséquences que pourraient avoir ses paroles ?

— Excuse-moi. En aucun cas je ne sous-entendais que tu avais un quelconque lien avec cette affaire. Ce que je voulais dire, c'est que…

Elle bafouille, consciente qu'elle ne peut *rien* dire qui n'aggraverait pas son cas. Elle affiche un air contrit et me souffle : « Je suis désolée. » Je crève d'envie de lui dire à quel point elle est maladroite, mais je me ravise et me contente de soupirer en secouant la tête.

— Qui peut être assez cruel pour faire une chose pareille ? dis-je suffisamment fort pour me faire entendre de tout le monde. Et proférer de telles accusations alors que la personne concernée n'est pas en mesure de se défendre ?

Je regarde les gens autour de moi, feignant l'indignation.

Le vendeur du magasin de matériel électrique sort, interpellé par l'attroupement qui s'est formé à quelques mètres de sa devanture. Il regarde longuement les photos sur la vitrine puis, sans dire un mot, entreprend de les décoller une à une. Sa besogne terminée, il tourne les talons et regagne sa boutique. Aussi simplement que cela. C'est ce que j'aurais dû faire depuis le début. Je l'*aurais* fait si mon attention n'avait pas été détournée par Barbara et sa grande bouche. C'est du moins ce dont j'essaye de me convaincre tandis que je retourne à l'agence.

Anne Wilson est assise en face de mon bureau, en train de boire une tasse de thé.

— La voilà, lance Dave avec une pointe de soulagement dans la voix. Je suis sûr que Jo trouvera une solution à votre problème.

Si Dave affiche son sourire habituel lorsqu'il

s'adresse à un client, je décèle néanmoins une certaine inquiétude dans son regard.

Anne pose sa tasse sur le bureau et se lève. Elle tend vers moi sa main aux ongles parfaitement manucurés.

— Joanna, c'est un plaisir de vous revoir. Pardonnez-moi de vous déranger dans votre travail.

Je souris et essaye de chasser les récents événements de mon esprit. Pour le moment.

— Que puis-je faire pour vous ?

Anne s'assied de nouveau et croise les jambes. Elle porte une jupe très courte avec des collants opaques.

— Je voudrais revoir la propriété de Maple Drive.

Je lance un bref regard à Dave, qui paraît lutter pour ne pas baisser les yeux sur les jambes d'Anne Wilson.

— Oh ! il me semblait pourtant que vous aviez fait une offre.

— C'est le cas. Mais je voudrais prendre rendez-vous avec un architecte pour qu'il fasse le tour de la propriété. Ne vous inquiétez pas, me dit-elle en se penchant au-dessus du bureau. Je n'ai aucunement l'intention de faire marche arrière. Cette maison est parfaite. Enfin… elle le *sera*, après les travaux.

Elle rit. Un rire haut perché, aussi artificiel que ses faux cils.

— J'ai simplement hâte de m'atteler à la tâche et de trouver le bon candidat pour m'assister dans cette entreprise. Vous n'ignorez pas à quel point il est difficile de dénicher un bon architecte. D'autant que les meilleurs n'ont bien souvent que très peu de disponibilité. Aussi, puisque mon compagnon et moi-même payons comptant, et que Mme Marchant désire effectuer la vente au plus vite, je propose que nous récupérions les clés une fois la transaction effective.

J'aperçois Dave qui se mord les lèvres derrière Anne Wilson. Je détourne le regard.

— Cela est possible dans certaines situations, je commence. En revanche, il est impossible de prédire les délais d'une transaction de cette nature. Aussi, je vous conseillerais fortement de…

— J'ai un excellent avocat, coupe-t-elle, qui se dit prêt à intervenir pour éviter la paperasse et les délais interminables.

Cette femme m'apparaît de moins en moins sympathique. Ce que j'avais interprété comme de l'assurance n'est en réalité chez elle que de l'arrogance. Un sentiment de supériorité, du fait de sa beauté et de sa richesse. Comme quoi, il ne faut pas toujours se fier à ses premières impressions.

— Ce n'est pas tout… reprend Anne Wilson sur un ton plus hésitant. J'espérais que la vente soit finalisée…

Elle s'interrompt une nouvelle fois et tourne la tête, sentant le regard de Dave posé sur elle. Il sait ce qu'elle va dire ensuite. C'est d'ailleurs la raison pour laquelle il m'a suggéré de trouver « une solution » dès que j'ai passé la porte d'entrée de l'agence, tout en me dévisageant d'un drôle d'air.

— … en l'absence de sa propriétaire actuelle, termine-t-elle.

Elle fait une courte pause, le temps que j'enregistre ses paroles.

— Les transformations que j'ai en tête sont… comment dire ? De nature assez *radicale*. Et cette Mme Marchant ne me paraît pas particulièrement conciliante. J'imagine que cela ne vous a pas échappé non plus. J'ai peur qu'elle s'offense et refuse finalement de me vendre son bien.

Elle me regarde d'un air entendu.

— Elle est tout à fait le genre à retourner sa veste, si vous voulez mon avis.

Je m'efforce de ne rien laisser transparaître. Aussi impolis et mal élevés que puissent être nos clients – et Mme Marchant en tête –, Dave et moi ne les dénigrons jamais. Surtout pas devant les acquéreurs. Dans une ville aussi petite que Flinstead, cela s'apparenterait à un suicide professionnel. J'esquisse un très léger sourire en guise de réponse. J'ai beau avoir classé Susan Marchant dans la catégorie des femmes divorcées et aigries, soutenu – certes indirectement – le projet de réaménagement de sa superbe maison, je ne suis pas *certaine* de partager l'avis d'Anne Wilson. Il doit bien y avoir une raison qui justifie le caractère si peu sociable de Susan Marchant. Peut-être est-elle dépressive, voire en deuil.

— Je ne peux rien vous promettre, je réponds. Mme Marchant a toujours tenu à être présente lors des visites. Cela me paraît donc délicat de l'écarter au moment de la vente.

Je m'éclaircis la gorge.

— Je ne peux décemment pas exiger une telle chose.

Un tressaillement presque imperceptible traverse le visage d'Anne Wilson. Quelque chose proche de l'agacement. Mais elle se reprend aussitôt et affiche un grand sourire. Un sourire dénué de chaleur et de sympathie, trahissant une attitude profondément manipulatrice et hypocrite.

— Vous pourriez néanmoins lui suggérer que sa présence le jour de la vente ne constituera rien de plus qu'une perte de temps pour elle, objecte-t-elle.

Elle se lève et me tend de nouveau la main.

— Je suis certaine que vous trouverez une solution convenable pour tout le monde, conclut-elle d'une voix à la fois mielleuse et ferme.

Lorsque la porte se referme derrière elle, Dave laisse échapper un long soupir.

13

Le lendemain, mon esprit ne cesse de revenir aux photos sur la boutique de Sonia Martins chaque fois que je trouve un moment de tranquillité. Je décide alors de mettre à jour les annonces dans la vitrine de l'agence, prenant soin d'imprimer les affiches une par une, afin de multiplier les allers et retours à l'extérieur. J'en profite pour jeter un coup d'œil à la devanture de Stones & Crones. Pas d'attroupement aujourd'hui, il y a seulement Karen du club de lecture et une femme que je ne connais pas qui regardent à travers la vitrine du magasin.

Je retourne m'asseoir à mon bureau. À l'heure qu'il est, Sonia Martins a probablement eu vent de l'incident d'hier. Je ne vois pas comment il pourrait en être autrement. À moins que le vendeur du magasin de matériel électrique ait décidé de ne rien lui dire. Et dans l'éventualité où elle ne serait pas encore au courant, je suis prête à parier que cela ne saurait tarder. Flinstead est une petite ville. Ici, les secrets ne restent pas des secrets bien longtemps. Et ce n'est pas comme s'il y avait plusieurs rues commerçantes.

J'essaye de me mettre à sa place. Je me serais rendue au travail et aurais ouvert le magasin. La pire des choses à faire étant, selon moi, de rester cloîtrée à la maison pour ne pas avoir à affronter le regard des autres. Cela ne ferait que leur donner davantage de grain à moudre. De toute façon, il est peu probable que Sonia Martins soit Sally McGowan. N'est-ce pas ? Je veux dire, si elle *était* Sally McGowan, elle n'aurait certainement pas ouvert un magasin. Quoi de mieux pour donner la possibilité aux gens de vous reconnaître ? Ce serait de la folie pure de s'exposer ainsi.

— Jo ! m'interpelle Dave. Quelqu'un vient de te faire signe derrière la vitrine. Mais tu étais complètement perdue dans tes pensées.

Je tourne la tête et aperçois Karen et la femme de tout à l'heure tournant les talons, bras dessus, bras dessous. Je me dis qu'il doit s'agir de sa mère. Celle que ma propre mère a rencontrée dans la cour de récréation l'autre jour. Je me dirige vers la porte. Au même moment, la femme plus âgée regarde par-dessus son épaule. Je souris et la salue, mais n'obtiens rien en retour. Peut-être ne m'a-t-elle pas vue derrière la porte vitrée. En tout cas, ma mère avait raison. Elle a l'air affreusement maigre. La maladie, peut-être ?

Mon téléphone vibre dans la poche de mon pantalon. Sûrement Teri. Je suis censée garder ses enfants ce soir. Elle avait promis de m'appeler pour me donner confirmation. Je décroche. Raté. Il s'agit de Michael. Il prend un ton sérieux. J'ai affaire au Michael journaliste d'investigation.

— J'ai quelque chose à te dire.

Mon estomac se noue. Chaque fois qu'il commence une conversation de cette manière, j'ai l'impression qu'il va m'annoncer qu'il a rencontré une autre femme – voire *la* femme. Et j'ai beau me vanter d'avoir trouvé le parfait équilibre entre ma vie sentimentale et ma responsabilité de mère, je ne peux m'empêcher de craindre de tout perdre en l'espace d'un instant.

— Attends une seconde, je n'ai presque pas de réseau.

Je me lève pour me rendre dans la petite cuisine au fond du couloir, ramassant les tasses vides de Dave au passage. J'ai la gorge serrée. Le week-end dernier était différent. Il y avait comme une connexion entre nous. Était-ce parce qu'il se sentait coupable de fréquenter une autre femme ? Désirait-il faire preuve de tendresse à mon égard en sachant que ce serait la dernière fois ?

— J'ai envie de creuser l'affaire McGowan.

L'air emplit de nouveau mes poumons. Je ne suffoque plus.

— C'est risqué et ça n'aboutira probablement à rien, mais une nouvelle source m'a filé quelques pistes prometteuses. *Très* prometteuses, même. Si j'arrivais à retrouver sa trace, j'aimerais bien écrire un livre sur elle. Mais pour ça, j'aurais besoin de la rencontrer et de gagner sa confiance. Sa nouvelle identité serait gardée secrète, évidemment. Je ne dévoilerais jamais son lieu de résidence. En fait, je me concentrerais surtout sur son histoire à elle, et sa version des faits… J'en ai parlé à mon agent et il s'est presque fait dessus tellement il était excité. Seulement… il ne faudrait pas que cette rumeur continue de prendre de l'ampleur et fasse tout foirer.

Je me mords l'intérieur de la joue. Cela fait des années que Michael n'a pas été aussi enthousiasmé par une enquête. Comment lui avouer que la rumeur a déjà pris des proportions considérables et que c'est probablement ma faute ?

— Si ma source dit juste, enchaîne-t-il, et il y a de fortes chances pour que ce soit le cas, alors Sally

McGowan vit effectivement à Flinstead. Donc si tu pouvais convaincre les gens que cette histoire n'est qu'un tas de mensonges, tu me rendrais un énorme service. Un livre comme celui-ci ferait un carton. Imagine l'argent que ça nous rapporterait, Jo.

« Nous. » Il n'y a jamais eu de « nous » en ce qui concerne les questions d'argent. Il y a toujours eu mon argent, le sien, et la pension alimentaire qu'il verse pour Alfie.

— J'ai une autre faveur à te demander…

Michael hésite, déstabilisé par mon silence à l'autre bout du fil.

— Ça me pèse de ne pas vous voir plus souvent. Alfie me manque. *Tu* me manques. Je me disais que je pouvais peut-être emménager chez toi le temps de mener l'enquête et d'écrire le livre…

Il laisse échapper un rire nerveux.

— On pourrait enfin tester la vie à deux, comme un couple normal…

Je l'entends prendre une profonde inspiration.

— Enfin, comme une famille normale. Avec Alfie.

J'ouvre la bouche pour répondre, mais aucun son n'en sort.

— Est-ce que tu veux bien au moins y réfléchir ?

J'essaye de nouveau de parler, mais ne parviens à émettre qu'un bruit de gorge enroué.

— Bon, écoute, il t'est sûrement difficile de répondre tout de suite, tu dois être au travail. Rappelle-moi ce soir, tu veux bien ?

Comment je parviens à faire chauffer du thé pour Dave et moi et à ne pas m'effondrer pendant le reste de la journée ? Je n'en ai pas la moindre idée. C'est la première fois que Michael met le mot « couple » sur notre relation. C'est une allusion qu'il n'avait *jamais* faite, même sur le ton de la plaisanterie. J'en ai des papillons dans le ventre. Quelle idiote je fais.

— Ça va ? s'enquiert Dave.

— Oui, oui. Tout va bien.

— Tu n'as pas l'air au top de ta forme aujourd'hui, si je peux me permettre. Tu peux rentrer chez toi, tu sais ? Je finirai de compléter les tableaux.

— Tu es sûr que ça ne te dérange pas ?

— Sûr et certain. Vas-y.

— Merci, Dave.

Dehors, le vent fait tourbillonner les feuilles mortes sur le trottoir. Le fond de l'air glacial vient immédiatement me prendre à la gorge. Je sais que je devrais rentrer. Ma mère est allée chercher Alfie à l'école et reste à la maison pour la soirée pendant que je garderai les enfants de Teri. Mais elle ne m'attend pas avant une demi-heure au moins, et j'ai besoin de prendre l'air. De remettre de l'ordre dans mes idées.

Je marche en direction de Stones & Crones et aperçois le mur gris-bleu de la mer au bout de la rue. L'espace de quelques secondes, j'imagine ce mur avancer inexorablement vers moi, détruisant tout sur son passage, comme dans les films catastrophes.

Je cligne des yeux pour effacer cette image de mon esprit et me dépêche de rejoindre le magasin.

Comment Michael va-t-il réagir si l'incident avec Sonia Martins venait à se savoir ? Et s'il s'avérait qu'elle était réellement Sally McGowan ? Il semble si convaincu de la véracité des informations obtenues auprès de sa source. Et je dois bien admettre qu'il y a une certaine ressemblance entre les deux femmes. Mais dans cette éventualité, elle aurait déjà été exfiltrée et placée dans une autre ville, sous une autre identité. Peut-être est-ce déjà le cas.

Si elle n'était pas exfiltrée, elle risquerait à tout instant d'être prise à partie par des habitants en colère. Peu importe que les médias ne soient pas autorisés à publier des articles à son sujet, il suffirait qu'une seule personne poste une photo d'elle sur les réseaux sociaux et elle serait exposée aux yeux du monde entier.

Mais Sonia Martins n'est pas Sally McGowan. J'en ai la certitude.

À mesure que je m'approche de Stones & Crones, je me rends compte à quel point j'espère trouver le magasin ouvert, comme s'il ne s'était rien passé. J'entrerais alors, instantanément assaillie par les effluves d'huiles essentielles, et je verrais Sonia Martins assise derrière le comptoir, servant un client, pendant qu'un autre serait en train de passer en revue les bougies parfumées.

Ma mâchoire se contracte. La porte d'entrée est fermée.

Pourtant, en regardant de plus près, je constate qu'il y a quelqu'un à l'intérieur. C'est elle. Assise les bras croisés derrière le comptoir, emmitouflée dans un gros pull en laine. Je pousse un soupir de soulagement. Elle a fermé la porte pour empêcher le froid d'entrer, voilà tout. Mais quelque chose a changé dans son expression que je tente de déchiffrer en faisant semblant de m'intéresser aux divers articles exposés en vitrine. Une impression de vide, ne laissant rien transparaître. Une fenêtre sur le néant.

On a dû lui dire. Elle est forcément au courant. Elle lève la tête et nos regards se croisent. Elle me fixe sans ciller, comme si elle savait que j'étais venue pour me délecter du spectacle de sa déchéance. Les paroles de Barbara résonnent dans ma tête : « Est-ce la tueuse d'enfant dont tu nous as parlé l'autre jour, Joanna ? »

Je suis tout à coup prise de vertige. Et si une connaissance de Sonia s'était trouvée parmi les curieux le jour de l'incident et qu'elle lui avait parlé de moi ?

Est-ce pour cette raison qu'elle me regarde comme si elle me tenait responsable de ce qui lui est arrivé ?

Les photos ne sont que le commencement. Je le sais pertinemment.

Les rumeurs sont comme des graines dispersées aux quatre vents. Il est impossible de prédire où elles termineront leur course, mais s'il y a bien une certitude, c'est qu'elles finiront par atterrir quelque part. Elles s'insinueront dans les endroits les plus insoupçonnables. Dans la moindre faille et la moindre fissure. S'enracinant au plus profond des éléments. Tenant bon. Peu importe qu'elles soient vraies ou fausses. Plus les rumeurs se répandent, plus elles gagnent en force. Telles des racines profondément ancrées dans le sol, rien ne peut les arracher à la terre.

Je devrais peut-être briser le silence. Me donner en pâture à la foule en délire. Ils n'attendent que ça. Ils n'ont toujours attendu que ça. Voir ma souffrance étalée au grand jour.

La pensée m'obsède de plus en plus ces derniers temps. Ce désir de reconnaissance. Quel étrange sentiment que l'excitation mêlée à la peur. Et si quelqu'un finissait par voir derrière le masque ? Me regardait dans les yeux et y découvrait la vérité ? Qu'arriverait-il alors ?

Que diable arriverait-il alors ?

14

Avec toutes ces pensées qui se bousculent dans ma tête, je songe à appeler Teri pour annuler le baby-sitting mais me ravise finalement. Je ne peux pas la laisser tomber, encore moins prendre le risque de me faire radier du groupe d'entraide alors que je viens à peine d'y entrer. Un changement de cadre m'aiderait peut-être à y voir plus clair et à réfléchir à la proposition de Michael.

Les Monkton habitent dans la rue que l'on pourrait indiscutablement qualifier de plus jolie de Flinstead : Waterfield Grove. À cela s'ajoute leur gigantesque villa qui doit valoir près d'un million de livres.

Dire que je trouvais la chambre d'Alfie mal rangée… Celle de Ruby Monkton bat tous les records. Des piles de jouets et de vêtements jonchent le sol, pareils à des débris échoués sur la plage après une grande marée. C'est à peine si on distingue le tapis en dessous. Cela n'empêche pas la chambre d'être décorée avec goût, comme si elle sortait tout droit d'un conte de fées. Les murs sont tapissés d'un papier peint aux motifs de licornes galopant dans un jardin magique. Le lit en fer forgé couleur ivoire – tout en volutes et spirales – est surplombé d'un baldaquin en soie brodée. Enfant, j'aurais adoré avoir une chambre pareille.

La chambre d'Hamish, le camarade de classe d'Alfie, se trouve juste à côté. Plus petite, mais pas moins désordonnée, elle est pour sa part décorée sur le thème des pirates. Même le lit est en forme de bateau. Un bateau superbement réalisé, dans un bois noble évidemment, et qui a dû coûter une fortune à lui tout seul. Je pense à la minuscule chambre d'Alfie et à ses murs recouverts d'un papier peint aux motifs floraux désuets, à la moquette bleue délavée et aux rideaux de piètre qualité achetés à la boutique du coin. J'ai bien essayé de l'arranger en accrochant des posters de *Star Wars* ici et là, ainsi qu'une parure de lit *Star Wars*. J'ai même repeint sa commode en blanc afin qu'il puisse l'orner d'autocollants choisis par ses soins. Mais rien de tout cela ne peut rivaliser avec les chambres des enfants de Teri…

Les paroles de Michael me reviennent à l'esprit : « Un livre comme celui-ci ferait un carton. Imagine l'argent que ça nous rapporterait. » Écrire un livre a toujours fait partie de ses souhaits les plus chers. S'il arrive à retrouver Sally McGowan et à gagner sa confiance, les médias n'en auront que pour son livre. Notre vie en serait transformée à jamais. Nous pourrions revendre son appartement et ma maison, et nous installer ensemble dans l'endroit de notre choix. Nous pourrions offrir à Alfie un véritable foyer et enfin former une famille. Rien d'aussi grandiose que cette villa, bien sûr. Je doute que nous ayons un jour les moyens de nous acheter une si belle demeure. Mais quand bien même, plus je pense à ce que pourrait être la vie à trois avec Alfie et Michael, plus l'idée me paraît alléchante. Ce serait mentir que de dire que je n'en ai jamais rêvé.

Mais est-ce la bonne chose à faire ? Et si l'alchimie entre nous était bonne précisément parce que nous ne vivons *pas* sous le même toit ? De plus, comment puis-je être certaine que c'est ce qu'il souhaite réellement, qu'il ne cherche pas simplement la solution de facilité pour mener son enquête sur Sally McGowan dans les meilleures conditions ? Et que se passera-t-il s'il s'avère que sa source a tort et qu'il se retrouve coincé à Flinstead pour rien ?

Imaginons que sa source ait raison et qu'il vienne s'installer pour écrire son livre. Combien de temps s'écoulera-t-il avant qu'il ne se lasse de la ville et ne décide de rentrer à Londres ? Flinstead est le *dernier* endroit sur terre où il accepterait d'habiter. Il est le premier à se moquer de la ville et de ses habitants dès que l'occasion se présente. C'est un citadin dans l'âme. Rien ne le fera changer.

En y réfléchissant, l'idée qu'il puisse emménager à Flinstead dans le seul et unique but d'écrire un livre sur Sally McGowan me paraît totalement absurde. Londres n'est qu'à une heure de route et il serait tout à fait envisageable pour lui de faire le trajet tous les jours. Peut-être a-t-il lancé l'idée de manière spontanée, alors que nous étions en train de parler au téléphone. Mais je *connais* Michael. Il aborde toujours les sujets les plus sérieux d'une manière indirecte, presque détachée, comme si cela n'avait pas d'importance pour lui. Cela ne m'étonnerait pas qu'il ait passé des mois à préparer son coup. Depuis que j'ai quitté Londres, voire avant.

Je n'ai jamais cessé de l'aimer, depuis ce jour où nous nous sommes rencontrés à la fac, après qu'un idiot a balancé une bombe lacrymogène en plein milieu d'une soirée étudiante, me faisant avoir une crise de panique. J'étais convaincue que mon cœur aurait lâché s'il n'avait pas été là, me rassurant de sa voix douce et calme. Il disait que j'étais en sécurité. Il comprenait ce que je ressentais.

Je lui ai tout raconté, ce soir-là. À commencer par l'incendie qui avait failli me coûter la vie alors que j'étais à peine plus âgée qu'Alfie. L'odeur de brûlé dans mes narines. La terreur que j'ai éprouvée jusqu'à ce que les pompiers viennent m'extraire de la maison. N'importe qui d'autre aurait tiré profit de ma vulnérabilité, mais pas Michael. J'étais allée à cette soirée pour m'amuser et boire plus que de raison. Je venais d'entrer à la fac et ma seule préoccupation était de m'intégrer par tous les moyens possibles. Y compris les plus stupides. Michael est resté à mon chevet presque toute la soirée et n'a pas eu un seul geste déplacé à mon égard. Pas un. Il m'a réconfortée jusqu'à ce que je tombe dans les bras de Morphée, voilà tout.

À mon réveil, il n'était plus là. J'ai remarqué la bassine au pied du lit, ainsi que le verre d'eau et la boîte de Doliprane sur la table de nuit. J'ai également trouvé un petit mot.

Pour la belle et courageuse Joanna.

Rien de plus.

— Est-ce que vous rangez vos jouets avant d'aller au lit ? je demande à Ruby et Hamish avant que nous prenions place sur le lit de Ruby pour lire une histoire.

Les enfants échangent un regard interloqué.

— Non, répond Ruby. Ils aiment bien rester par terre.

— Et puis Lisa vient demain. C'est elle qui les range pour nous.

— Qui est Lisa ?

— La femme de ménage.

— Oh.

Plus tard, lorsque Ruby est enfin endormie et que Hamish est allongé dans son lit, écoutant l'enregistrement audio de *James et la Pêche géante*, je descends l'escalier sur la pointe des pieds pour rejoindre la cuisine. J'allume la bouilloire et ouvre le frigo américain ridiculement grand pour prendre du lait. Avant d'aller se coucher, Hamish m'a montré le déguisement de Dracula qu'il portera à la fête de Liam pour Halloween. Il m'a eu tout l'air d'avoir coûté une fortune à ses parents.

— C'est ma maman qui l'a fait, m'a dit Hamish. La maman de Jake lui a fabriqué un déguisement de loup-garou. Et toi, t'as fabriqué quoi pour Alfie ?

Bonne question, Hamish. Très bonne question. Je lui ai souri.

— C'est une surprise.

La veille au soir, j'ai écumé les sites de déguisements dans l'espoir de trouver quelque chose pour Alfie. Si un certain nombre de costumes abordables rendaient plutôt bien en photo, je savais qu'ils seraient en réalité de piètre qualité.

Cela doit être si facile pour Teri et Cathy. Elles vivent dans de grandes maisons et sont mariées à des hommes qui occupent des postes importants à la City et qui gagnent extrêmement bien leur vie. Et, surtout, elles ne travaillent pas, ce qui leur laisse tout le loisir de jouer à la parfaite mère de famille. De cuisiner des gâteaux, d'organiser des fêtes d'anniversaire grandioses et de confectionner des déguisements haut de gamme à leurs rejetons. Même de faire décorer leurs chambres en fonction de leur thème préféré.

Je n'irais pas jusqu'à dire que je les envie, loin de là. Je ne supporterais pas qu'Alfie estime qu'il n'a pas besoin de ranger sa chambre parce que la femme de ménage le fait pour lui. Je n'aimerais pas non plus l'esprit de compétition qui anime bien souvent ces mères au foyer. Moi qui déteste la confrontation. Et je n'ai jamais été douée pour les travaux manuels. Mais puisque les autres garçons vont avoir droit à des déguisements de toute première qualité, je ne peux décemment pas négliger celui d'Alfie.

Je prends ma tasse de thé et me dirige vers la salle à manger située dans une énorme véranda donnant sur le jardin. Je m'assieds à table, perdue dans mes pensées. Alfie a déjà du mal à s'intégrer à cause de son statut de petit nouveau et, à l'exception de Ketifa, il est le seul enfant non blanc de sa classe. La dernière chose dont il a besoin est d'une raison supplémentaire de se sentir marginalisé.

J'avale une gorgée de thé chaud et laisse mon regard vagabonder au-dehors. Le jardin est l'endroit parfait pour passer une soirée romantique à observer les étoiles. J'imagine Michael assis en face de moi, faisant tinter sa flûte de champagne contre la mienne pour célébrer le succès de son livre. Nous avons emménagé ensemble dans une grande et belle maison, et Alfie dort paisiblement dans sa nouvelle chambre richement décorée.

Je sors mon téléphone portable et vérifie mes messages. Michael m'a envoyé deux textos depuis notre dernier échange. Il serait temps de lui répondre.

Je rédige ma réponse : *Allez, c'est d'accord. Qui ne tente rien n'a rien ! Bisous.*

J'appuie sur « Envoyer » et regrette instantanément. Merde. *Qui ne tente rien n'a rien* ? Mais pourquoi est-ce que j'ai dit ça ? Je vais passer pour une pauvre idiote qui prend ses décisions à la légère.

La réponse de Michael ne se fait pas attendre : *Je t'aime, Jo. J'ai tellement de choses à te dire. J'arrive demain. Bises.*

Je t'aime, Jo. Ça y est, il l'a dit. Après toutes ces années. Dans un texto, certes, mais il l'a dit quand même. Je me lève et déambule dans la pièce, lisant et relisant le message. Juste histoire de m'assurer que je ne suis pas en train d'halluciner. J'ai l'impression de flotter, aussi légère qu'un nuage. Toutes mes inquiétudes au sujet de Sonia Martins et de Sally McGowan ont disparu. Au fond, ce n'est pas moi qui ai lancé cette rumeur, et je ne suis pas la seule à avoir contribué à la colporter. Je suis sûre qu'elle finira par se tasser sans que rien ne soit arrivé.

Les gens verront alors que les photos placardées sur la vitrine de Stones & Crones n'étaient qu'une mauvaise blague. N'oublions pas que nous sommes à Flinstead, la ville où tout le monde se connaît et s'apprécie. Et les gens apprécient tout particulièrement Stones & Crones. Pas seulement les touristes, tout le monde. Personne n'aimerait voir un autre commerce de proximité fermer ses portes.

Et si les tentatives de Michael pour retrouver Sally McGowan devaient tomber à l'eau, eh bien, qu'il en soit ainsi. Il n'aurait qu'à trouver un autre sujet pour son livre. Ce n'est pas ce qui manque de nos jours. Des sujets, il y en a partout. Il suffit de savoir où les chercher, m'avait un jour dit Michael.

Je me laisse tomber dans le canapé couleur crème incroyablement confortable. Teri a sorti quelques DVD, mais je doute de pouvoir me concentrer sur un film, quel qu'il soit. De toute façon, je n'ai pas envie de regarder la télévision. Je sors de nouveau mon téléphone portable et me rends sur Twitter. Peut-être vais-je trouver de quoi me divertir avec les nouvelles absurdités postées par Trump, ou encore les critiques de la dernière série télé en vogue. N'importe quoi qui soit susceptible de tuer le temps jusqu'au retour de Teri et de son mari.

J'ai reçu six notifications. La plupart m'avertissent simplement de qui a tweeté ou retweeté quoi. Mais j'ai aussi deux notifications indiquant que j'ai gagné deux nouveaux followers. Je décide d'aller jeter un coup d'œil à leurs comptes, avant de les suivre en retour. Je bloque immédiatement le premier, qui se révèle être un compte spam particulièrement actif. Quant au deuxième…

Un frisson remonte le long de ma colonne vertébrale. Les lettres vacillent devant mes yeux. Le deuxième compte appartient à une certaine SallyMac@lemoulinàrumeurs7.

J'essaye de déglutir, mais ma bouche est trop sèche. J'appuie sur la photo de profil pour l'agrandir. Il ne s'agit pas d'une photo mais d'un dessin d'une femme tenant un doigt devant sa bouche – le geste classique pour illustrer le secret. Mon cœur bat si vite que j'arrive à peine à déchiffrer le seul et unique tweet posté sur le compte.

Les rumeurs tuent.

15

Je fixe l'écran de mon téléphone portable, sous le choc. Un autre tweet vient de faire son apparition : *Un mensonge peut faire le tour de la terre le temps que la vérité mette ses chaussures – Mark Twain.*

Bon. Il y a très peu de chances que ce compte appartienne à la *vraie* Sally McGowan. Si elle avait eu vent de la rumeur et qu'elle craignait que son identité soit révélée au grand jour, il est évident qu'elle éviterait d'attirer davantage l'attention en se créant un compte Twitter au nom de Sally Mac. Ce serait de la folie.

Sonia Martins pourrait-elle être derrière tout cela ? Je revois la façon dont elle m'a regardée plus tôt dans la journée, et les poils de ma nuque se hérissent. On aurait vraiment dit qu'elle me tenait pour responsable de ce qui lui était arrivé. Impossible. Elle ignore jusqu'à mon prénom. Mais comment en avoir la certitude ? Mon Dieu. Barbara n'a pas exactement fait preuve de la plus grande discrétion. Sa voix résonne encore dans ma tête : « Est-ce la tueuse d'enfant dont tu nous as parlé l'autre jour, Joanna ? » N'importe qui a pu l'entendre et donner l'information à Sonia Martins. Du reste, il n'est pas très difficile de me retrouver sur Twitter, car je n'ai pas fait d'efforts particuliers pour garder mon identité privée.

Cela étant dit, je ne vois pas en quoi cela justifie de créer un compte au nom de la personne qu'on l'accuse d'être. Quelle absurdité. À moins qu'elle ne cherche à me faire peur.

J'essaye d'imaginer la jeune Sally McGowan avec quelques dizaines d'années de plus. Si quelqu'un passait un filtre de vieillesse sur la célèbre photo de la tueuse d'enfant, je ne serais pas étonnée de voir apparaître le visage de Sonia Martins. Peut-être a-t-elle informé ses protecteurs de la situation délicate dans laquelle elle se trouve et que ces derniers se tiennent prêts à l'exfiltrer si les choses venaient à empirer.

Ou alors il n'y a absolument aucun rapport avec tout cela et c'est une pure coïncidence si j'ai un nouveau follower du nom de Sally Mac qui publie des contenus en rapport avec les rumeurs. C'est possible, après tout. N'est-ce pas ? De nombreuses personnes portent le même nom. Surtout sur les réseaux sociaux. Il suffit d'aller sur Google pour s'en rendre compte. Et il pourrait bien s'agir d'un de ces comptes Twitter ennuyeux à mourir recrachant des citations toutes faites et ayant recours à des algorithmes pour suivre des gens au hasard. Il n'y a rien de personnel là-dedans, à n'en pas douter.

Je prends quelques profondes inspirations dans l'espoir de calmer un peu les palpitations de mon cœur. Bien sûr, il y a un autre cas de figure. À savoir qu'une des mères du groupe d'entraide pour la garde d'enfants a très bien pu créer ce compte pour se payer ma tête. En fait, plus j'y pense et plus cette possibilité me paraît être la bonne.

Je range mon portable dans la poche de ma veste

et me lève, bouleversée, mais plus du tout paniquée comme je l'étais il y a quelques minutes encore. Il faut que je bouge, que je trouve quelque chose à faire pour me changer les idées.

À l'étage, je trouve Ruby roulée en boule dans son lit, serrant son doudou contre elle. Hamish est allongé sur le dos, les bras écartés et les joues rosies de sommeil. Je poursuis mon chemin sans un bruit et m'arrête devant la chambre de Teri et de son mari, Mark. La porte entrouverte laisse filtrer un fin rayon de lumière. Je ne résiste pas à l'envie d'y jeter un rapide coup d'œil. C'est à croire que cette petite mise en scène a été faite dans le but précis de piquer ma curiosité. Autrement, Teri n'aurait pas laissé la lumière allumée et la porte ouverte.

La chambre est spacieuse. Des murs gris pâle et gris foncé, un parquet en chêne massif et des fenêtres équipées de volets roulants comme dans toute maison moderne qui se respecte. En bref, une chambre tout ce qu'il y a de plus chaleureuse et confortable. Avec salle de bains attenante, évidemment. J'aperçois brièvement les barreaux chromés d'un sèche-serviettes électrique. Rien à voir avec ma minuscule chambre au parquet grinçant et aux meubles dépareillés.

Je redescends dans le salon et allume la télévision. Plus qu'une demi-heure avant le retour de Teri et de son mari. À l'heure qu'il est, ma mère est probablement déjà en train de somnoler dans le canapé. Elle a perdu l'habitude de se coucher si tard.

Mon portable vibre dans ma poche. Je me prépare mentalement à un nouveau tweet de Sally Mac avant de me rappeler que je ne l'ai pas suivie en retour et que, par conséquent, je ne peux pas recevoir de notifications de sa part. Si je voulais avoir accès à ses derniers tweets, je devrais alors me rendre sur son compte, ce que je m'abstiendrai évidemment de faire. Il s'agit donc forcément d'autre chose. En effet, j'ai reçu un message de Michael.

Hâte d'être à demain. Cette fois-ci je reste pour de bon. Bises.

Je sursaute lorsque j'entends la clé tourner dans la serrure, quand bien même je m'étais préparée au retour imminent des Monkton. Teri m'avait promis qu'ils seraient rentrés pour vingt-trois heures trente maximum et ils sont pile à l'heure. Teri chancelle légèrement tandis qu'elle me questionne au sujet des enfants et de la soirée.

— Tout s'est bien passé, je réponds. Ils ont été très sages.

— J'espère que tu n'as pas hésité à te servir en chocolats et en vin, me dit Teri en articulant péniblement.

— J'ai eu assez d'une tasse de thé, merci.

Mark propose de me raccompagner chez moi et, l'espace d'un instant, je suis tentée d'accepter. Mais son regard est bien trop vitreux à mon goût. Lui aussi a dû un peu forcer sur la bouteille, et j'ai le sentiment que la proposition ne vient pas de lui, mais de Teri.

— C'est gentil, mais ne vous embêtez pas. J'habite au coin de la rue.

À peine le seuil franchi, je regrette aussitôt ma décision. Une atmosphère inquiétante plane sur Waterfield Grove tandis que je remonte la rue. Le silence est si lourd que j'en ressens presque le poids physique. Il pèse sur mes épaules et ralentit ma course, me plongeant dans une sorte de catatonie propice aux idées les plus sombres. Je pense alors à Sally Mac et à la personne qui pourrait se cacher derrière ce pseudo.

Je ressens soudain le besoin irrépressible de regarder par-dessus mon épaule, afin de m'assurer que je suis bien seule. Aucun signe de vie aux alentours. Être suivie sur Twitter et dans la réalité sont deux choses complètement différentes. La seconde étant nettement plus angoissante que la première. Néanmoins, le taux de criminalité à Flinstead est bien inférieur à la moyenne du pays. En dehors de quelques adolescents poussés au crime par leur profond rejet de la société, et de quelques actes de vandalisme perpétrés par des touristes alcoolisés, il ne se passe strictement rien dans cette ville.

Si seulement cela suffisait à faire disparaître la peur qui m'enserre la poitrine… Je presse le pas jusqu'à ce que j'atteigne le front de mer, désert à cette heure de la nuit. Je distingue à peine la masse sombre des vagues qui viennent s'écraser sur le sable. Je suis bien contente de ne pas avoir à pousser plus loin. Je me dépêche de dépasser la maison abandonnée non loin de chez Liz Blackthorne, et ne ralentis le pas que lorsque j'ai atteint Warwick Road et mon rassurant petit cottage.

Arrivée devant chez moi, ma décision est prise. Demain, je dirai la vérité à Michael. Je lui dirai que la rumeur s'est répandue plus rapidement que prévu et que je suis partiellement responsable de la tournure qu'ont pris les événements. Je lui montrerai les tweets de Sally Mac et lui demanderai de reconsidérer son projet de livre. Si – et je dis bien si – par miracle il parvenait à retrouver Sally McGowan et à recueillir son témoignage, alors la situation s'envenimerait inévitablement. Nous risquerions de nous heurter à l'hostilité de la famille de la victime, à la frénésie des médias et à des commentaires haineux venant de toutes parts.

Les gens sont tellement moins indulgents aujourd'hui que par le passé. Ou peut-être est-ce l'inverse, pour finir. Peut-être que la haine envers Sally McGowan était tout aussi forte au moment des faits, mais qu'elle a fini par se tasser avec le temps, en l'absence d'Internet et de couverture médiatique. Il est donc tout à fait normal que l'affaire ait suscité l'émoi pendant un moment, puis qu'elle n'ait plus fait parler d'elle. Jusqu'à aujourd'hui.

Michael ne sera évidemment pas ravi, mais il s'en remettra. Et s'il ne devait pas s'en remettre… S'il me reprochait d'avoir tout fait capoter et que notre couple ne survivait pas à cette épreuve, c'est peut-être que nous n'avions rien à faire ensemble de toute façon.

Au moins, je saurais ce qui compte le plus à ses yeux : redonner un souffle à l'affaire Sally McGowan, ou à sa vie de couple et son rôle de père auprès d'Alfie.

16

Sans grande surprise, je trouve ma mère endormie dans le canapé, le plaid rejeté sur elle en guise de couverture. La télé encore allumée murmure au volume le plus bas. Une tasse de thé est posée sur la table basse. Je l'effleure du bout des doigts, m'attendant à ce qu'elle soit encore tiède, mais je suis étonnée de la trouver froide. Presque glacée.

Je caresse doucement son bras.

— Maman, c'est moi. Je suis rentrée.

Elle ouvre les yeux et me regarde d'un air confus. Puis elle se redresse en bâillant.

— Bonsoir, ma chérie. J'ai dû m'endormir quelques minutes.

Elle tend la main vers sa tasse de thé et fronce les sourcils en la touchant.

— Excuse-moi, dis-je. Tu dois être épuisée. Et si tu restais dormir à la maison, cette nuit ? Je peux te préparer le lit d'appoint.

Elle secoue la tête.

— Mais non, voyons. Tu sais très bien que je préfère dormir dans mon propre lit.

Je le sais, cela ne fait aucun doute. Elle me l'a répété tant de fois. Quand je vivais encore à Londres et qu'elle venait me rendre visite, elle se plaignait sans arrêt du matelas trop mou à son goût. Des coussins aussi. Trop plats. Il n'a jamais été facile de la recevoir, ce qui rend le fait d'habiter à côté de chez elle encore plus pratique. Nous pouvons nous voir autant de fois que nous le désirons, sans avoir à nous supporter plus que nécessaire.

Mais ce soir, c'est différent. Je ne lui dis pas que je *voudrais* qu'elle reste. Que j'ai *besoin* d'elle à mes côtés. Juste cette fois-ci. Parce qu'elle me demandera pourquoi et je serais alors obligée de lui dire la vérité. Elle a un avis très arrêté au sujet de Twitter et des réseaux sociaux en général. J'ai beau avoir essayé de lui en expliquer l'utilité – la même chose pour Dave –, elle n'en voit pas l'intérêt. « Pourquoi vouloir raconter ta vie à des inconnus ? »

Et si je lui parle de la rumeur, elle risque encore moins de changer d'avis. Je devrais aussi lui parler de Michael, de son projet de livre et de sa proposition de venir vivre avec moi, mais j'avoue ne pas être prête à avoir cette conversation avec elle pour le moment. Je l'entends déjà me mettre en garde sur l'issue probable de cette histoire. Un commentaire pessimiste qui me ferait forcément sortir de mes gonds.

— Laisse-moi au moins t'offrir une autre tasse de thé avant de partir.

— Non, je suis trop fatiguée. Je préférerais rentrer, si tu veux bien.

Elle me dépose un baiser sur la joue et me serre dans ses bras.

— Est-ce que tu es sûre que tout va bien ? s'enquiert-elle en posant ses mains sur mes épaules. Tu as l'air préoccupée.

Elle a toujours eu cette capacité à deviner lorsque

quelque chose ne va pas chez moi. Mais je ne peux rien lui dire qui ne l'inquiéterait pas. Je crains d'être suivie sur Twitter par la femme qui a assassiné un petit garçon de cinq ans alors qu'elle-même en avait dix. Je crains d'être accusée d'avoir colporté une fausse rumeur au sujet de Sonia Martins et d'avoir en partie ruiné sa réputation.

Et je crains aussi que Michael ne se soit emballé un peu trop vite en me suggérant de venir s'installer avec Alfie et moi. Car je redoute qu'il ne fasse reposer tous ses espoirs sur le succès de son enquête sur Sally McGowan, alors que cette dernière disparaîtra dès qu'elle aura eu vent de la rumeur, à savoir très bientôt. Je crains que l'échec de son enquête ne le fasse revenir sur sa décision, et que nous nous retrouvions à nouveau à la case départ. Surtout, je crains qu'il soit *incapable* de reprendre les choses telles qu'elles étaient avant et que nous nous séparions pour de bon.

— Oui, ne te fais pas de souci pour moi, je réponds. Je suis juste fatiguée moi aussi.

Lorsque les aiguilles indiquent trois heures moins le quart, j'abandonne finalement tout espoir de m'endormir. Je tends le bras pour allumer la lampe de chevet. J'ai l'impression que mon anxiété a muté et qu'elle s'est dupliquée à la manière des cellules cancéreuses. J'ai peur de ce que je vais découvrir sur mon téléphone portable si je l'allume. C'est pourtant ce que je fais, faisant défiler les applications jusqu'à trouver l'icône si familière de Twitter. Un petit oiseau blanc, le bec entrouvert pour laisser échapper un pépiement.

Je retourne voir mes dernières notifications. Elle est toujours là. Tout en haut de la liste. SallyMac@lemoulinàrumeurs7. J'effleure l'écran du bout du doigt, hésitante, avant d'appuyer sur son nom. À en juger par ses derniers tweets, dont le plus récent a été posté il y a tout juste cinquante-sept secondes, elle aussi doit avoir du mal à trouver le sommeil. Je les lis tous sans exception.

La femme trop crédule en ses désirs se repaît vite de chimères ; mais les nouvelles qu'elle proclame périssent aussi vite – Eschyle
Le bruit s'accroît, à mesure qu'il court – Virgile
Les inventions sont diffusées par le plus grand nombre – Jonathan Swift
Un mensonge peut faire le tour de la terre le temps que la vérité mette ses chaussures – Mark Twain

Et puis il y a le premier tweet :

Les rumeurs tuent.

Des citations, à l'exception de la première phrase qui sonne davantage comme un proverbe. N'importe qui pourrait en être l'auteur. J'hésite à effectuer quelques recherches pour en trouver la provenance exacte. Après tout, ce tweet est le seul à se démarquer des autres. Plus court, plus percutant aussi. Menaçant ?

Oh ! que oui.

Je soulève la couverture et sors du lit. Je me dépêche de passer une robe de chambre et d'enfiler mes chaussons, et je descends dans le salon en prenant soin de ne pas faire grincer les lattes du parquet.

Trois heures plus tard, je regarde le soleil se lever par la fenêtre de la cuisine. J'ai les traits tirés et le visage endolori. La migraine qui bat derrière mes paupières depuis des heures me vrille les tempes et me raidit le cou. Je sais exactement ce qui me ferait le plus grand bien, en dehors des deux ibuprofènes que j'ai engloutis avec une tasse de thé fumante. Une promenade sur la plage. Là-bas, bercée par le bruit des vagues, je parviendrais à me calmer les nerfs. Enveloppée par l'odeur obsédante du sel marin, je chasserais les pensées négatives de mon esprit.

L'idée est tentante. Et puis Alfie ne se réveillera pas avant sept heures et demie. Je suis certaine qu'il n'aura pas bougé d'un pouce d'ici à ce que je rentre. Mes promenades matinales me manquent. Avant la naissance d'Alfie, j'avais l'habitude de marcher le long de la Tamise jusqu'à Greenwich où je m'arrêtais prendre un café. Adolescente, quand je vivais encore à Flinstead, il m'arrivait déjà de me réveiller plus tôt les jours de marée basse pour aller prendre un bol d'air sur la plage avant le début des cours. Certains jours, j'apercevais une barge traditionnelle remontant la Tamise, ou bien je trouvais un trésor enfoui dans le sable, comme un galet parfaitement lisse et rond, un joli coquillage qui viendrait enrichir ma collection, ou encore une planche de bois flotté que je pourrais suspendre dans ma chambre.

Mais je ne peux pas me résoudre à laisser Alfie seul à la maison. Un accident est si vite arrivé. Il pourrait se réveiller plus tôt que prévu et paniquer. Il pourrait se lever, trébucher sur un jouet et gravement se blesser. Pire encore, tomber dans l'escalier et se fracasser le crâne. Son petit corps recroquevillé sur le sol, seul.

Je peux également me tromper. Il serait aussi bien capable de ne pas avoir peur. Il se lèverait et irait prendre son petit-déjeuner comme un grand. Et il s'étoufferait avec ses céréales…

Et bien sûr il y a les risques d'incendie. Mon pire cauchemar. Si un feu démarrait, Alfie ne l'entendrait pas. Il serait rapidement asphyxié par la fumée… Tant de choses peuvent arriver. Il pourrait sortir de la maison et traverser la rue sans regarder. Quelqu'un pourrait le voir, un si beau petit garçon dans son pyjama *Star Wars* bleu, et l'attirer à lui. Le faire monter dans sa camionnette, me l'arrachant pour toujours. Tout ça parce que son égoïste de mère voulut faire une promenade sur la plage.

Non. Il est hors de question de le laisser seul. Ma promenade, je pourrai la faire *après* avoir déposé Alfie à l'école. Même pour quelques minutes seulement. C'est à prendre ou à laisser.

Je me dirige vers le salon et ouvre en grand les rideaux avant de m'installer dans le canapé, mon iPad en main. Si je parviens à résister à la tentation d'aller une nouvelle fois sur Twitter, je suis en revanche incapable de lutter contre mon envie d'en apprendre davantage sur Sally McGowan. Je ne tarde pas à tomber sur un article du *Guardian*.

LA PROTECTION DES TÉMOINS :
UNE CONDAMNATION À PERPÉTUITÉ ?

Par Martin Knight
Mercredi 12 mars 2014 à 13 h 35
Guardian

Le SPTRU (Service de protection des témoins du Royaume-Uni) a pour mission de protéger les civils en danger de mort, tels que les témoins de méfaits du crime organisé (souvent des malfaiteurs eux-mêmes), les meurtriers fraîchement sortis de prison (et plus particulièrement les tueurs d'enfants, ou les complices de ce genre de crime), ou encore les personnes menacées de crime d'honneur. Martin Knight, dont le documentaire Dans les limbes de l'identité *sera diffusé sur la BBC ce vendredi 14 mars, explore l'impact psychologique provoqué par l'adoption d'une nouvelle identité.*

Le fonctionnement du système de protection des témoins s'est toujours drapé d'un voile de mystère, à juste titre. Le peu que nous savons – ou plutôt que nous pensons savoir – est largement influencé par certains mythes et clichés de la croyance populaire. L'un de ces mythes consiste à croire que les individus bénéficiant de ce système vivent aux frais de l'État pour le restant de leurs jours, profitant d'un confort matériel que beaucoup estiment illégitime. Et la presse à scandale ne fait évidemment rien pour enrayer cette idée. En réalité, l'État encourage fortement ces individus à devenir financièrement indépendants le plus rapidement possible.

Oubliez, donc, tous les films hollywoodiens que vous avez pu voir sur le sujet. La protection des témoins s'apparente davantage à la réclusion à perpétuité qu'à un coup de pouce, et engendre bien souvent de graves séquelles psychologiques.

Imaginez un instant devoir laisser toute votre vie derrière vous : famille, amis, biens, maison. Absolument tout ce qui fait votre identité propre. Imaginez devoir emménager dans un lieu qui vous est étranger et endosser un rôle fabriqué de toutes pièces. Vous devenez alors quelqu'un d'autre, avec une nouvelle histoire, une nouvelle famille et même de nouveaux souvenirs. Vous n'avez pas le choix. Si vous voulez survivre, il vous faut devenir une nouvelle *personne. Seule une poignée d'individus saura qui vous êtes réellement. Vous ne parviendrez pas à vous faire d'amis, car vous serez conscient que vous ne pourrez jamais vous montrer honnête envers eux. Et plus vous vous rapprocherez d'eux, plus vous devrez leur mentir.*

— Maman ! Maman ! T'es où ?

Je me frotte les yeux en bâillant.

— En bas, mon chéri. Viens prendre ton petit-déjeuner.

Je m'extirpe tant bien que mal du canapé. Cela fait presque quatre ans que ce documentaire a été diffusé, mais j'ai bon espoir de le retrouver sur Internet. Je verrai ça plus tard. Peut-être Michael sera-t-il également intéressé ?

Mais pour le moment, le plus important est de parvenir à rester éveillée.

17

La mer est calme aujourd'hui. Anormalement calme. Une masse grise et uniforme qui s'étend jusqu'à l'horizon. En dépit de la brise glaciale qui me saisit au corps, je suis prise d'une envie irrépressible de me débarrasser de mes vêtements et de me jeter à l'eau. De plonger sous la surface lisse et de nager avec des mouvements lents et fluides. De sentir l'eau gelée glisser sur mon corps tout entier, aussi douce que de la soie. Mais bien que la plage soit déserte à l'exception de quelques mouettes, je n'ose pas me dévêtir par peur de m'exposer en plein jour, au beau milieu de la plage. Quelqu'un pourrait surgir du chemin côtier, un joggeur ou un promeneur avec son chien. Ou encore une personne comme moi, venue profiter du front de mer comme les gens aiment à le faire depuis des temps immémoriaux. Et quoi qu'il en soit, je dois être au travail dans vingt minutes.

Je marche en longeant la mer, les yeux baissés sur mes baskets qui laissent leur empreinte sur le sable humide. Il y a quelque chose d'irréel à se trouver dans cet espace entre terre et mer. Quelque chose de magique, même. Tandis que j'accorde le rythme de mes pas à celui de mon souffle, je sens les muscles de mon dos et de mon cou se détendre. La sensation de lourdeur qui pesait sur moi depuis la nuit dernière semble enfin se dissiper, accompagnant la marée. Elle se dissipe, oui, mais ne disparaît pas complètement. Je la sens encore, terrée tout au fond de mon être. Comme la marée, elle finira fatalement par remonter.

J'ai quasiment atteint l'épi divisant la plage en deux sections – des planches horizontales fixées à des poteaux en bois – lorsque j'aperçois une silhouette au loin. Une femme de grande taille qui se tient immobile face à la mer. J'ai le sentiment de l'avoir déjà vue. Quelque chose de familier dans sa posture, peut-être.

Je me rapproche. Ça y est, je sais. Mon instinct me dicte alors immédiatement de faire demi-tour. Trop tard. La femme a tourné la tête et remarqué ma présence. Si je m'arrête et repars dans la direction opposée, vers le chemin côtier, elle saura que j'essaye de l'éviter. Si elle n'était pas une de mes clientes, cela ne me poserait probablement aucun problème. Mais le fait est que si elle n'était pas une de mes clientes, je ne chercherais pas à l'éviter.

— Bonjour, dis-je sans avoir la certitude qu'elle me répondra.

— Mademoiselle Critchley, répond-elle en inclinant la tête vers moi, un sourire au coin des lèvres.

Elle paraîtrait presque sympathique.

Elle porte de nouveau le regard sur l'horizon.

— Il n'y a pas un jour où elle est identique, n'est-ce pas ? La mer.

Je n'arrive pas à croire qu'elle ait pris l'initiative de lancer la conversation. Je m'apprête à répondre lorsqu'elle reprend.

— Je voudrais vous présenter mes excuses, dit-elle.

— Pourquoi donc ?

Évidemment, je sais exactement à quoi elle fait référence. Sa froideur. Son manque apparent de politesse. Mais ma courtoisie professionnelle me pousse à feindre la surprise.

— C'est cette maison, reprend-elle. Elle renferme tant de mauvais souvenirs.

Elle s'éclaircit la gorge.

— Parfois j'ai l'impression qu'il est toujours là, avec moi.

Elle rit. Un rire nerveux et sec.

— Même s'il est mort et enterré depuis longtemps !

— Vous parlez de M. Marchant ? je demande, revenant sur ma théorie du mari infidèle.

Elle fait soudain volte-face et vient planter son regard dans le mien.

— Vous le connaissiez ? Mon père ?

— Votre père ? Je suis désolée, je pensais qu'il s'agissait de votre mari.

— La maison appartenait à mon père, dit-elle. Je l'ai héritée à sa mort.

— Je vois.

Le silence retombe. Je n'arrive pas à déterminer si la conversation a pris fin ou non. J'imagine que c'est le cas, et qu'il est donc attendu de moi que je prenne congé. Puis je me souviens de la requête d'Anne Wilson. J'aurais peut-être intérêt à lui en faire part maintenant, plutôt que d'attendre et de la rappeler à un moment moins propice à la discussion.

— Anne Wilson voudrait faire visiter la propriété à un architecte, je commence, incertaine de savoir comment terminer ma phrase. Vous n'êtes évidemment pas obligée d'être présente au moment du rendez-vous. Nous ne voudrions pas vous importuner. Vous n'aurez qu'à me confier les clés et je m'occuperai du reste.

— Elle ne va pas revenir sur sa décision, au moins ? me demande-t-elle.

Je sens l'agitation et la nervosité pointer dans sa voix.

— Absolument pas. Ce n'est pas du tout l'impression qu'elle m'a donnée.

— Dans ce cas, pouvez-vous me dire ce qu'elle compte faire ?

— Quelques petites modifications, rien de plus.

Susan Marchant détourne la tête et prend une profonde inspiration.

— Elle pourrait la raser intégralement que cela ne me ferait ni chaud ni froid. Cette maison n'a aucune valeur sentimentale pour moi. Aucune. Enfin, j'exagère. J'y ai vécu des choses que je ne suis pas près d'oublier. Mais ces souvenirs n'ont rien de positif, si vous voyez ce que je veux dire.

Non, je ne vois pas ce qu'elle veut dire, mais je suppose qu'elle n'a pas dû avoir une relation facile avec son père. Une enfance malheureuse, peut-être. Je repense à celle de Sally McGowan et à toutes les horreurs que j'ai pu lire sur Internet.

— Vous avez probablement déjà lu le poème de Philip Larkin, reprend-elle. Celui sur les parents qui foutent la vie de leurs enfants en l'air.

Elle tourne légèrement la tête pour voir ma réaction. Pour voir si je fais partie de ces gens qui s'offusquent à la moindre grossièreté. Ce n'est pas ce qui doit manquer dans le coin.

J'acquiesce pour l'encourager à continuer.

— Mon père a abusé de moi pendant près de dix ans. Dix longues années. Il le faisait dans l'intention de me *détruire*.

J'ai le souffle coupé. Non pas par la gravité du

sujet – il n'y a rien de plus horrible que les abus sexuels – mais par la facilité avec laquelle elle s'est confiée. À moi, son agent immobilier. Au beau milieu de la plage.

Mais au fond, pourquoi n'aurait-elle pas le droit de se confier à moi ? Pourquoi n'aurait-elle pas le droit de vider son sac après ce qu'elle a enduré ? Elle, ou n'importe qui d'autre ?

— C'est atroce, dis-je, en colère contre moi-même de n'avoir rien trouvé de mieux à dire.

— Je n'ai jamais voulu de cette baraque. À cause d'elle, j'ai l'impression d'être restée enchaînée à mon passé. Il me tarde de m'en débarrasser.

Elle renifle.

— Hors de question que je garde l'argent de la vente non plus. Il ira à des associations d'aide aux victimes d'agressions sexuelles.

Elle tourne les yeux vers moi, le sourire aux lèvres.

— Ça l'aurait rendu fou.

Elle sort un bonnet en laine de la poche de son manteau et l'enfonce sur sa tête en prenant soin d'y faire rentrer ses mèches rebelles.

— Je passerai déposer les clés tout à l'heure, dit-elle.

Elle parle de nouveau d'un ton ferme. La femme assurée que je connaissais est de retour. C'est comme si elle avait occulté notre conversation. Qu'elle ne m'avait jamais fait part de son secret le plus intime.

— Je pars pour Londres en fin de journée. Je doute que nous nous reverrons d'ici à ce que la vente soit finalisée.

Elle me tend la main. Un geste on ne peut plus formel et froid.

— Au revoir, mademoiselle Critchley.

Je serre la main tendue vers moi, puis observe Susan Marchant tandis qu'elle s'éloigne, tête baissée, comme si elle était déterminée à se tirer de cet endroit le plus rapidement possible. Pour ne plus jamais y remettre les pieds.

18

Je reçois un message de Michael environ une demi-heure après être arrivée à l'agence. Il me demande si je suis toujours disponible pour notre déjeuner de ce midi. Il est sur le point de quitter Londres.

Je m'assure auprès de Dave que cela ne le dérange pas que je parte du bureau.

— J'ai deux biens à visiter pour les évaluer, répond-il en enfilant sa veste et en attrapant son iPad. Mais je serai revenu pour le déjeuner. D'ici là, tu es la maîtresse des lieux, ajoute-t-il en m'adressant un clin d'œil. Ne fais pas de bêtises.

Il se fige soudain, la main sur la poignée de la porte d'entrée. Il se retourne lentement.

— Au fait, j'ai oublié de te dire que Susan Marchant est passée déposer les clés de sa maison à peine cinq minutes avant ton arrivée. J'ai même eu droit à un sourire.

Il secoue la tête.

— Cette femme ne cessera jamais de me surprendre.

Et le voilà parti rejoindre sa voiture garée un peu plus loin.

J'ai le temps de traiter plusieurs appels téléphoniques, de courir après deux administrateurs judiciaires qui traînent les pieds et de témoigner ma sympathie à un client dont la vente vient de capoter, avant de recevoir une notification.

Il s'agit d'un mail de Liz Blackthorne ayant pour objet : « Toutes mes excuses. »

Chères consœurs du club de lecture,

Je suis au regret de vous informer que je ne pourrai pas être présente à notre prochaine réunion, ni à la suivante. L'une d'entre vous aurait-elle l'amabilité de se charger d'organiser la prochaine réception à ma place ? Je vous tiendrai au courant de mon éventuel retour au sein du club.

Bien à vous,

Liz

P.-S. : j'espère que vous avez apprécié *Frankenstein*.

Bizarre. D'ordinaire, les mails de Liz sont bien plus chaleureux. Ce ton formel ne lui ressemble pas. Et que veut-elle dire par « éventuel retour » ? Serait-elle en train de nous annoncer son départ définitif du club de lecture ? Impossible.

Tout le monde sait que c'est *le* club de Liz. Elle a beau répéter que nous n'avons pas besoin de meneuse, que nous sommes parfaitement capables de prendre les décisions *ensemble*, elle sait que nous la considérons comme notre chef de bande. Et pour être honnête, si elle n'était pas présente, nos séances ne ressembleraient à rien. Les discussions prendraient inévitablement un tour personnel et Barbara ne pourrait s'empêcher de la ramener à tout-va. Sans parler de Maddie et de ses anecdotes interminables, ou encore de Karen et de sa curiosité déplacée envers la vie privée de chacune.

Je m'empresse de répondre à Liz.

Je suis désolée d'apprendre que tu ne seras pas présente aux deux prochaines réunions. J'espère que tout va bien pour toi. Je suis libre pour un café si tu as besoin d'en parler.

Bises,

Jo

Je devrais peut-être l'appeler pour demander des nouvelles. J'avais l'intention de le faire depuis que je l'ai aperçue l'autre jour. Elle avait déjà un comportement étrange à ce moment-là, et son mail me fait penser qu'il a effectivement dû lui arriver quelque chose. Un problème familial, qui sait ?

Raté. Je tombe immédiatement sur sa messagerie vocale. Tant pis, j'ai suffisamment d'autres chats à fouetter pour le moment. Et si elle ne répond pas à mon mail, je ferai un saut chez elle en fin de journée, pour m'assurer qu'elle va bien.

Michael est déjà installé à table lorsque je pousse la porte du restaurant. Il a proposé que nous nous retrouvions Chez Leonard, ce qui ne me surprend pas outre mesure. Chez Leonard est le dernier lieu en vogue de Flinstead, où tous les hipsters de la région se retrouvent. À vrai dire, j'ai du mal à comprendre pourquoi ce restaurant a ouvert ici, dans ce coin perdu de la côte anglaise, et non à Shoreditch ou Hackney. Avec sa décoration résolument moderne et urbaine, tout en brique rouge et pièces de récupération, il se distingue de tous les autres établissements de la ville.

Une bouteille de vin pétillant est posée sur la table. Un geste romantique assez surprenant de la part de Michael. Un signe de bonne volonté qui me rappelle le petit mot qu'il m'a laissé il y a de nombreuses années de cela. « Pour la belle et courageuse Joanna »... Depuis, le romantisme n'a jamais été son fort. Ni le mien, je dois bien l'admettre.

Je lève un sourcil.

— Je croyais qu'on était convenus d'un déjeuner rapide ? Je ne pourrai jamais boire tout ça. Au cas où tu l'aurais oublié, je dois retourner au *travail* cet après-midi.

Il se penche en avant pour m'embrasser. J'ai l'impression d'être à un rendez-vous galant et je ne suis pas à l'aise, soudain consciente des cernes sous mes yeux et de mes ongles rongés jusqu'au sang. Une manie qui s'est considérablement intensifiée depuis que Sally Mac a décidé de me suivre sur Twitter. Et une information dont je vais *devoir* faire part à Michael à un moment ou à un autre. Mais pas tout de suite. Pas maintenant. Il a l'air si détendu et heureux. Je ne voudrais pas gâcher son bonheur alors qu'il vient à peine de poser ses valises à Flinstead.

Je me surprends à penser qu'il est heureux parce qu'il vient enfin s'installer avec moi et Alfie. Que son enquête au sujet de Sally McGowan n'est qu'accessoire.

— Tu as une sale tête, me dit-il.

Bon, il y a encore du boulot niveau romantisme.

— Ce qui n'enlève rien à ton charme, ajoute-t-il en me servant un verre de prosecco.

Alors que nous faisons tinter nos verres, Michael vient coller sa cheville contre la mienne, la faisant remonter le long de mon mollet. Si je n'avais pas eu à retourner à l'agence, je sais exactement comment cette petite parade se serait terminée. Est-ce la raison pour laquelle je suis si disposée à le laisser emménager à la maison ? Par pur instinct primaire et sexuel ? Que je n'aille pas m'étonner ensuite si j'en sais plus sur les courbes de son corps et le toucher de sa peau que sur ce qui se passe dans sa tête. Cela dit, nous avons toujours été clairs à ce sujet. Notre relation se limiterait au contact physique. En aucun cas nous ne partagerions nos états d'âme, et encore moins nos sentiments. Mais *pourquoi* ? Pourquoi ai-je accepté un tel marché ?

Pendant le déjeuner, nous discutons de notre organisation à venir. De ce que Michael fera de son appartement, du nombre de meubles qu'il compte emporter à Flinstead, etc. Tout cela me paraît si irréel. Je n'arrive pas à croire que nous allons enfin vivre ensemble.

— Je pensais prendre un Airbnb pour y stocker mes meubles, dit-il. Comme ça, je n'aurais qu'à ramener quelques vêtements chez toi.

C'est une bonne idée, je le sais. Ce sera bien plus rapide que de louer un box *via* une agence immobilière et il est évident que ses meubles ne rentreront jamais dans ma minuscule maison. Pourtant, une agaçante petite voix dans ma tête essaye de me convaincre qu'il le fait parce qu'il n'a en réalité aucune intention d'emménager définitivement avec moi et Alfie. Qu'une fois son enquête et son livre terminés, il lui suffira de récupérer ses meubles et de disparaître de nouveau de ma vie.

Je ne peux pas me retenir plus longtemps.

— Es-tu *sûr* que c'est ce que tu veux ? Ou le fais-tu uniquement pour…

Je forme le nom de Sally McGowan avec ma bouche.

Sa réaction ne se fait pas attendre. Michael pose sa fourchette et me lance un regard noir, comme si je l'avais accusé du plus horrible des crimes.

— Pour qui tu me prends, Jo ?

Il parle un peu plus fort qu'il ne le devrait. La fin de sa phrase résonne dans l'air longtemps après avoir été prononcée. C'est tout du moins l'impression que cela me donne. Probablement parce que nous nous trouvons dans un espace public et que notre conversation tend dangereusement vers le privé.

Je sens ma poitrine se contracter sous le coup de l'émotion. Je n'aurais jamais dû le confronter là-dessus.

Mais il est trop tard pour faire marche arrière. Je suis incapable de me contenir plus longtemps. Je dois lui faire part de mes doutes et de mes inquiétudes avant qu'il soit trop tard. Avant que les regrets s'installent. Je ne peux pas laisser un déjeuner romantique me monter à la tête et me brouiller les idées. L'enjeu est beaucoup trop important. Il s'agit de mon avenir. Et surtout de celui d'Alfie. Il ne s'en remettrait pas si son père emménageait à la maison pour finalement repartir quelques mois plus tard. Il le prendrait comme un abandon.

Il serait dévasté. Je le sais.

— J'ai simplement été… surprise par ta proposition. Il y a quelques jours à peine, notre routine te convenait parfaitement, et tu n'envisageais pas une seule seconde de faire évoluer notre couple. Puis je te parle de cette rumeur et tu veux tout à coup venir vivre avec moi et Alfie.

— Écoute, je reconnais que j'ai un peu précipité les choses et que ma proposition peut te paraître intéressée.

Il prend une profonde inspiration et repousse un morceau de poulet du bout de sa fourchette.

— Mais pour être honnête, ça fait des mois que j'y pense.

Il repose sa fourchette et plante son regard dans le mien.

— Des années, même.

À mon tour de le dévisager.

— Des années ?

— Tu t'es toujours montrée si indépendante. J'avais peur de te perdre si je te demandais d'aller plus loin dans notre relation. J'avais peur que tu… me rayes définitivement de ta vie.

Je serre les poings sur mes genoux. Ai-je rêvé ce qu'il vient de dire ? Qu'il avait trop peur de m'avouer ses sentiments ? Que c'est globalement ma faute si notre couple n'a jamais évolué ?

— Je… J'ai toujours cru que tu…

Ma voix se brise. Je suis prête à éclater en sanglots d'un moment à l'autre. Je ferme les yeux et me concentre sur ma respiration. Ressaisis-toi, bon sang.

— J'ai toujours cru que tu ne voulais pas t'engager par souci de liberté.

Michael tend la main et me caresse la joue avec douceur.

— On forme une belle paire d'idiots, toi et moi.

— Tu peux répéter ça, s'il te plaît.

— On forme une belle paire d'idiots, toi et moi.

Je ris en dépit des larmes qui coulent le long de mes joues.

— Tais-toi et termine ton poulet avant qu'il ne refroidisse.

— Tu vois ? dit-il. C'est ce que j'ai toujours aimé chez toi, Joanna Critchley. Ta subtilité et ta gentillesse.

Lorsque la serveuse nous propose la carte des desserts, Michael recommence à me faire du pied. Un seul dessert saurait nous satisfaire, nous ne le savons que trop bien. Mais cela devra attendre ce soir. Nous secouons la tête et demandons l'addition.

Une fois sortis du restaurant, nous marchons main dans la main, le pas léger, comme si nous sortions tout droit d'une comédie romantique. Une comédie se terminant évidemment bien, où après avoir bravé quantité d'obstacles et manqué de faire imploser notre couple à de nombreuses reprises, nous parvenons enfin à nous avouer nos sentiments. Et à vivre heureux pour le restant de nos jours.

Les cris, en revanche, n'étaient pas prévus au scénario.

19

Une altercation vient d'éclater au coin de la rue. Le ton monte. Les curieux affluent.

— Qu'est-ce que c'est que ce bordel ? demande Michael en me lâchant la main.

Je reconnais immédiatement la chevelure brune et le teint laiteux de Sonia Martins. La fureur se lit sur son visage.

Je rattrape Michael par le bras.

— J'avais l'intention de t'en parler, mais quelqu'un a placardé des photos de Sally McGowan sur la vitrine du magasin rétro. Et maintenant tout le monde est persuadé que la gérante est bel et bien Sally McGowan.

Michael laisse échapper un juron et traverse la rue avant même que j'aie le temps de l'arrêter. Je n'ai d'autre choix que de lui emboîter le pas. Nous apercevons alors deux femmes pointant Sonia Martins du doigt et vociférant des menaces à son encontre. L'une d'entre elles n'est autre que la femme à la queue-de-cheval de la dernière fois. Elle porte toujours le même survêtement gris. À ses côtés se tient une femme au teint blafard secouant un enfant pleurnichard dans sa poussette. Les insultes fusent de toutes parts.

Elles accusent Sonia Martins d'être une tueuse d'enfant. Un monstre dont la place est en prison.

Sonia arrache les feuilles que les deux femmes brandissent sous son nez et les déchire une à une.

— De quel droit vous permettez-vous de m'accuser ? Allez-vous-en avant que j'appelle la police !

— C'est un lieu public, ici. Vous ne pouvez pas nous forcer à partir.

— Ouais, c'est plutôt vous qui devriez partir.

Contre toute attente, Michael s'interpose. Il saisit Sonia Martins par le bras et l'entraîne à l'écart, demandant à la foule de se disperser. Il s'adresse aux curieux d'un ton ferme et autoritaire, prétendant connaître Sonia depuis de nombreuses années et jurant qu'elle n'est *pas* Sally McGowan. Celle-ci le regarde avec étonnement, un mélange de confusion et de gratitude dans le regard. Elle finit alors par se laisser faire, et se dirige vers son magasin. Elle fait alors signe à Michael de la suivre. À moi également, puisque je me trouve juste derrière eux.

D'une main tremblante, elle fouille son sac à la recherche de son trousseau de clés. Puis elle ferme la porte de la boutique à double tour et s'empresse de retourner l'enseigne du côté indiquant « Fermé ».

— Merci, souffle-t-elle à l'adresse de Michael. Je devrais appeler la police. Ces femmes sont dans l'illégalité, n'est-ce pas ? Avec leurs photos et leurs fausses accusations. Elles risquent de ruiner ma réputation.

Elle jette un coup d'œil apeuré à l'extérieur.

— Si ce n'est pas déjà fait.

La plupart des curieux ont tourné les talons, mais quelques-uns sont encore présents, essayant d'apercevoir Sonia Martins à travers la vitrine.

— Désirez-vous une tasse de thé ou quelque chose ? demande Michael.

— Non merci, ça ira. Je suis déjà suffisamment reconnaissante de ce que vous avez fait pour moi là dehors. C'est gentil de votre part, d'autant que vous ignorez tout de moi.

Michael secoue la tête, l'air de dire : « Ne me remerciez pas. » Sonia tourne la tête vers moi.

— En revanche, nous nous sommes déjà vues. Vous êtes passée au magasin il y a quelques jours.

Elle plisse les yeux.

— Hier aussi. Pour tout vous dire, j'étais convaincue que vous étiez impliquée dans…

Elle lève les mains, l'air désemparé.

— Dans tout ça.

Michael me foudroie du regard.

— Moi ? Absolument pas ! Lorsque j'ai vu les photos sur votre vitrine, j'ai immédiatement suggéré de les retirer. Ce qu'a fait le monsieur du magasin d'à côté, d'ailleurs.

— Chris, oui. Il m'a appelée pour m'avertir de ce qui s'était passé. J'espérais que ça n'irait pas plus loin. Que ce n'était qu'une plaisanterie de très mauvais goût.

— Je peux vous aider à démentir cette rumeur, intervient Michael.

Ah ! je commence à comprendre son petit jeu. J'aurais dû m'en douter. Michael Lewis. Toujours là où on ne l'attend pas. Toujours prêt à vendre père et mère pour avoir la chance de saisir le sujet du siècle. Ou un sujet tout court.

Il attrape son portefeuille dans la poche arrière de son pantalon et en sort une carte de visite qu'il tend à Sonia Martins.

— Michael Lewis. Journaliste indépendant. Plus

vite vous me donnerez votre version de l'histoire, plus vite nous serons en mesure de tuer cette rumeur dans l'œuf. Il n'y a pas de temps à perdre.

L'expression sur le visage de Sonia change du tout au tout. Sa mâchoire se contracte. Elle serre les poings.

— C'est donc pour cela que vous m'êtes venu en aide. Pour dégoter votre petit scoop. Sortez d'ici ! Je ne veux plus vous voir !

Furieuse, elle se précipite vers la porte d'entrée pour la déverrouiller. Elle se retourne et nous fait signe de sortir.

— Vous avez intérêt à partir avant que j'appelle la police et que je vous traîne en justice pour harcèlement.

— Non ! proteste Michael. Vous vous méprenez. La situation ne fera qu'empirer si vous n'acceptez pas mon aide. Croyez-moi. Nous devons prendre les devants et publier un article maintenant. C'est la seule façon de vous tirer d'a…

— Dehors ! Tous les deux !

— Allez viens, dis-je. Je suis vraiment désolée pour ce malentendu, Sonia. Michael ?

Michael pose sa carte de visite sur le comptoir et m'emboîte le pas.

— N'hésitez pas à m'appeler si vous changez d'avis, ajoute-t-il avant de claquer la porte derrière lui.

— Mais qu'est-ce qui t'a pris, bon sang ?! Tu savais très bien qu'elle réagirait comme ça !

Il marche si vite que j'ai du mal à le suivre.

— J'ai vraiment merdé, hein ? Je n'aurais pas dû dégainer ma carte si tôt.

Il ralentit le pas pour se mettre à ma hauteur.

— Pourquoi ne m'as-tu rien dit de tout ça ? demande-t-il sur un ton limite accusateur. J'aurais pu me préparer avant d'aller la voir. Elle n'acceptera jamais de m'accorder une interview après ce qu'il s'est passé.

Il s'interrompt pour éviter un groupe d'adolescents rentrant de cours. Je n'imaginais pas une seule seconde que notre escapade romantique prendrait un tel tournant. L'ambiance coquine du déjeuner me paraît déjà un lointain souvenir. Tout ça à cause de cette rumeur. Cette foutue rumeur.

— Comment peux-tu être sûr qu'elle n'est *pas* Sally McGowan ?

— Parce qu'elle ne s'est pas enfuie à la première occasion. Et parce que ça ne concorde pas avec mes informations.

— Tu penses qu'ils vont la placer dans une autre ville ? Même si la rumeur ne la vise pas directement ?

— Aucune idée. Mais c'est fort probable, oui. Par souci de sécurité. Si seulement je pouvais m'emparer de cette affaire. Discréditer les accusations à l'encontre de Sonia Martins. Il me suffirait de me renseigner sur le cas d'autres personnes qui ont vécu des cas similaires et le tour serait joué. Mais si elle refuse de me parler…

— Elle changera peut-être d'avis une fois qu'elle se sera calmée.

Puis je me souviens de ce que m'a dit Maddie le jour où elle m'a coincée dans la cour de récréation de l'école d'Alfie. Comme quoi elle se sentait mal à l'idée de relayer les commérages au sujet de Sonia Martins parce qu'elle était très proche de Liz.

Je prends la main de Michael et la serre dans la mienne.

— Je connais quelqu'un qui pourrait nous aider.

La femme qui dirige le club de lecture. Je pourrais lui glisser un mot en ta faveur, si tu veux.

Il se fige et m'attire à lui en m'entourant de ses bras.

— Désolé de m'être comporté comme un con.

Je sens son souffle dans mon cou. Chaud et apaisant.

— Ce n'est pas la fin du monde. J'arriverai bien à sortir un papier sur cette histoire de fausses accusations. Témoignage de Sonia Martins ou non.

— Désolée de ne pas t'avoir mis au courant.

20

Lorsque je rentre de l'agence plus tard cet après-midi, il me suffit de mettre la clé dans la serrure pour constater que quelque chose a changé dans la maison. Je ressens la présence de Michael, plus vibrante que jamais. Son parfum flotte encore dans l'air. Un très léger effluve d'after-shave. Si reconnaissable. Sans oublier le fait qu'une maison vide ne dégage jamais la même odeur qu'une maison remplie. Vivante.

Je le retrouve penché sur son ordinateur portable, concentré sur sa prise de notes. Il est sûrement en train de préparer un éventuel entretien avec Sonia Martins, ou de se renseigner sur des cas similaires. Des cas de personnes innocentes subitement chassées de leur maison, licenciées, et même parfois poussées au suicide. Et tout cela à cause d'une rumeur.

— Tu as pu contacter ton amie ? me demande-t-il.

— Je suis tombée sur sa messagerie, mais je pense bientôt lui rendre visite. Pour le moment je dois aller chercher Alfie à la garderie. Tu m'accompagnes ?

Il pince les lèvres. Je sais qu'il hésite. Entre créer la surprise en allant chercher Alfie ou rester à la maison potasser son article.

Je ne me fais aucune illusion. C'est ainsi que les

choses vont se passer, désormais. Le métier de journaliste est loin d'être facile, même pour quelqu'un comme Michael qui a la chance d'avoir un réseau solide et des années d'expérience derrière lui. Ce métier, il l'a dans le sang. Je ne le sais que trop bien.

À ma grande surprise, il abaisse l'écran de son ordinateur et se lève.

— Tu ne lui as encore rien dit, n'est-ce pas ?

— Rien du tout. J'ai pensé que nous devrions lui annoncer la nouvelle ensemble.

— Excellente idée, dit-il en me serrant dans ses bras.

Son étreinte est si longue que je suis la première à me détacher.

— Tu crois que Sally McGowan s'est déjà fait la belle ?

Il soupire.

— Je me suis posé la question tout l'après-midi. Mais je pense que non. On ne la placerait ailleurs qu'en cas de danger, ce qui n'est pas le cas actuellement. Pas tant que les soupçons se portent sur quelqu'un d'autre. Je réfléchis malgré tout à une façon d'écrire mon livre dans l'éventualité où je ne la retrouverais pas. Il existe plein d'autres angles possibles à cette histoire.

J'enfouis mon visage dans le creux de son cou. Je ne lui ai toujours rien dit au sujet de Twitter bien que je le devrais. Je ne veux plus qu'il y ait de secrets entre nous. Les secrets sont la raison pour laquelle nous n'avons jamais eu le courage de nous avouer nos sentiments. Mais après l'incident de cet après-midi, je ne suis pas sûre de pouvoir encaisser une saute d'humeur supplémentaire de sa part. De toute façon, il n'y a pas eu de nouveaux tweets. C'était une simple plaisanterie. Ça ne pouvait être qu'une simple plaisanterie.

Sitôt qu'il aperçoit son père à côté de moi, Alfie laisse éclater sa joie. Il était déjà excité à l'idée d'aller pour la dernière fois à l'école avant les vacances. Le voilà extatique. Je surprends les regards étonnés des autres mères tandis que Michael hisse Alfie sur ses épaules. C'est la première fois qu'elles le voient, et il faut dire qu'il suscite bien souvent l'admiration partout où il va. C'est d'ailleurs l'une des raisons pour lesquelles il s'en est si bien sorti en tant que journaliste indépendant, j'en suis persuadée. De tous les autres pères présents ce soir, il est sans conteste le plus séduisant et le plus charismatique. Et je ne dis pas ça seulement parce que c'est mon homme.

Malheureusement pour lui, Sonia Martins ne semble pas avoir succombé à son charme. Si seulement je pouvais parler à Liz…

— Est-ce que tu restes à la maison ce soir ?

Je lève les yeux vers Alfie, perché sur les épaules de Michael, si fier que son papa soit venu le chercher à l'école.

— Oui, commence-t-il. Je…

Soudain hésitant, il cherche l'approbation dans mon regard.

— Papa a trouvé un travail à Flinstead. Il va donc venir habiter à la maison…

Je ne trouve pas de meilleure explication.

— Pendant quelque temps.

Alfie pousse un cri de joie et lève les bras en l'air en un geste de triomphe.

— Attention, Alfie ! Tu vas tomber.

Autant parler à un mur.

La sonnette résonne dans toute la maison de Liz. Un son aigu qui retentit huit fois avant de laisser de nouveau place au silence. Je patiente, m'attendant à tout moment à voir sa silhouette gracile se dessiner derrière le verre dépoli de la porte vitrée. C'est la première fois que je lui rends visite sans avoir été conviée au préalable. J'espère qu'elle ne m'en voudra pas. J'espère aussi qu'elle acceptera de parler de Michael à Sonia Martins, bien que l'entreprise me paraisse pour le moins délicate. D'autant que Liz pourrait me tenir responsable de ce qui arrive à son amie. Moi et ma grande bouche.

Je recule de quelques pas pour jeter un coup d'œil à l'étage. Les rideaux à la fenêtre de sa chambre sont fermés. Elle est peut-être dans sa salle de bains. J'appuie une nouvelle fois sur la sonnette. Elle retentit huit fois encore. Toujours aucun signe de vie à l'intérieur. Je m'approche de la porte d'entrée pour essayer de voir à travers la vitre. Ce faisant, j'ai la désagréable impression d'espionner Liz et de chercher à m'immiscer dans son intimité. Pourtant, j'ai la certitude qu'elle est là. Je serais bien incapable d'expliquer pourquoi. Je le sens au plus profond de moi, c'est tout.

J'arrive à distinguer le couloir au parquet vert foncé qui recouvre toute la surface de la maison. Puis mon œil est attiré par la lumière émanant de la petite station de recharge du smartphone de Liz. Son parapluie vintage est posé juste à côté. Mon regard dérive alors sur la balustrade de l'escalier et sur les cadres suspendus au-dessus des marches. Des photos en noir et blanc de maisons et devantures de magasin. Aucun mouvement à l'étage non plus. Je suis tout à coup prise d'un sentiment de malaise. Et si les voisins me voyaient ? Ils pourraient venir me poser des questions. Je sais qu'ils sont assez branchés « surveillance » dans le quartier.

Je tourne les talons, prête à partir. Elle doit sûrement être sortie. Je ne vois pas d'autre explication.

Je remonte la petite allée du jardin, m'arrêtant à la grille pour jeter un dernier coup d'œil par-dessus mon épaule. C'est alors que je vois une ombre apparaître derrière les rideaux de la chambre et me regarder directement. Cela ne dure qu'un court instant et l'ombre a déjà disparu.

Mon imagination me joue des tours. Le vent m'a décoiffée et une mèche de cheveux est venue se loger devant mes yeux, voilà tout. Cela m'arrive tout le temps et c'est agaçant au plus haut point.

Un coup de mon imagination, vraiment ? Ou bien Liz qui m'observait de là-haut ?

La première fois que je suis sortie, j'étais terrifiée. J'avais l'impression d'avoir une pancarte autour du cou avec mon nom écrit dessus. Au vu et au su de tous. Je ne me suis sentie de nouveau en sécurité que lorsque je suis rentrée chez moi et que je me suis enfermée à double tour ; que j'ai tiré tous les rideaux et bloqué la poignée de la porte d'entrée à l'aide d'une chaise. Alors seulement j'ai pu recommencer à respirer. L'isolement me manquait.

Le courage m'est venu avec la pratique. Peu à peu, j'ai réussi à marcher dans la rue sans être prise de tremblements incontrôlables chaque fois que je croisais la route de quelqu'un. J'ai réussi à m'adresser aux commerçants sans bafouiller ou buter sur chaque mot. Le tout était de ne pas paraître trop en retrait ou trop étrange. Deviens maîtresse de ton corps, m'ont-ils dit. Retrouve ta voix. Mais ne sois pas trop sûre de toi non plus. N'attire pas l'attention. Avoir l'air normal, c'est comme marcher sur un fil. Un pas de côté, et c'est la chute assurée. Les gens te remarquent. Toi, la fille qui parle trop fort ou celle qui est trop discrète. La jolie fille ou la fille laide. La fille avenante ou celle qui ne sourit jamais. Tu dois trouver un équilibre et ne plus jamais t'en départir.

Cela devient plus facile avec l'âge. La vieillesse m'a donné des armes. Des armes telles que l'invisibilité. Les personnes âgées sont bien souvent insignifiantes aux yeux des autres. Personne n'ira dire le contraire.

Mais aujourd'hui, le voile commence à se déchirer. Le piège se referme. Et je suis trop fatiguée d'avoir toujours peur. D'être toujours pourchassée.

S'ils veulent le monstre, eh bien qu'ils l'aient.

21

La maison de Kay est quasiment voisine de celle de Fatima. Je l'analyse rapidement avant d'aller sonner. C'est une modeste demeure mitoyenne à la façade en crépi. Une petite remise en forme ne lui ferait pas de mal. Si je devais la vendre, je dirais sans doute qu'elle se trouve « à proximité des principaux commerces de Flinstead ». Quand on n'a rien d'autre à mettre en avant, mieux vaut s'en tenir aux aspects pratiques. La géolocalisation, par exemple. Puis il ne reste plus qu'à espérer qu'un client se laisse séduire tôt ou tard, à condition que votre prix de vente soit évidemment raisonnable.

Alfie trottine gaiement jusqu'à la porte d'entrée. Il ne m'a pas laissé un seul moment de répit, aujourd'hui. Il fallait aller au parc, puis à la plage, puis chez mamie pour jouer avec Sol. Manque de chance, ma migraine ne m'a pas lâchée, elle non plus. Un mal de crâne comme je n'en avais pas eu depuis des lustres. Si j'avais pu, j'aurais fermé tous les rideaux et passé la journée au lit. Bien sûr, il a fallu que cela me prenne pile pendant la seule et unique semaine de congé que je me suis autorisée cette année.

L'arrivée de Michael n'y est pas pour rien. Si je

suis ravie qu'il ait emménagé à la maison, sa présence a néanmoins eu des effets néfastes sur mon sommeil. Jusqu'à présent, nous n'avions jamais dormi ensemble plus de deux nuits d'affilée, et j'ai encore du mal à m'adapter à ce nouveau rythme. Je ne doute pas que je finirai par y arriver, mais en attendant je suis bien contente que Michael reparte bientôt à Londres pour vider son appartement. Et tant pis si Alfie ne partage pas cet avis. Comme son père, il a cette capacité à s'endormir n'importe où et n'importe quand. La vie est injuste.

J'aurais bien demandé à ma mère de s'occuper d'Alfie, mais elle est en répétition avec sa chorale toute la journée. Et puis je me suis souvenue de l'invitation de Kay. Quand j'ai mentionné les poissons tropicaux à Alfie, il n'a pas été difficile de le convaincre.

Kay nous accueille vêtue d'un tablier de cuisine. Un large sourire illumine son visage.

— Vous tombez à pic, dit-elle. Je viens de faire des cupcakes.

À peine a-t-elle terminé sa phrase qu'Alfie se précipite à l'intérieur.

— Ils sont où les poissons ? hurle-t-il.

— Alfie, que tu es malpoli ! Tu ne peux pas rentrer chez les gens sans y avoir été invité d'abord. Reviens ici et enlève tes chaussures.

Kay rit doucement.

— Ne t'en fais pas, cela ne me pose aucun problème. Entre donc. Je vais mettre la bouilloire à chauffer.

Cinq minutes plus tard, je suis assise dans le salon de Kay, la regardant servir le thé. Je le trouve trop tiède et pas assez infusé, mais je n'en laisse rien paraître. Je jette un coup d'œil rapide autour de moi. La décoration est à la fois vieillotte et bien trop chargée. Sur les murs et au sol, un mélange de motifs tout droit sortis des années soixante-dix ; dans la pièce, des meubles anciens cirés et incroyablement kitsch. *Nécessite une remise en forme mais disponible pour acquisition immédiate sans condition.*

Les souvenirs resurgissent aussitôt. Je revois le salon de mes grands-parents à Romford. Moi, assise dans le canapé, un sandwich au thon posé sur les genoux. Le chien guide de papi – un labrador brun répondant au nom de Pepper – m'implorant du regard afin que je partage mon encas avec lui. Mamie, ses cheveux parfaitement coiffés, nous observe depuis son fauteuil favori. Papi est dans les parages également. Je me souviens encore de ses yeux recouverts d'un voile de cataracte roulant de gauche à droite. J'étais fascinée par ses yeux, et si je savais qu'il finirait par perdre définitivement la vue, je ne pouvais m'empêcher de prier pour qu'un miracle se produise.

Les rideaux de Kay se marient parfaitement avec le mobilier du salon. Exactement comme chez mes grands-parents, même s'ils étaient bien moins ordonnés. À la seule différence que ces rideaux-là sont équipés de cantonnières festonnées d'un goût plus qu'incertain. Deux armoires vitrées sont disposées de part et d'autre de la petite cheminée, l'une contenant des théières, l'autre des figurines en porcelaine ainsi que des photos encadrées. Je reconnais Ketifa sur l'une d'entre elles, dans son uniforme d'écolière.

L'aquarium occupe une place de choix sur le buffet. Alfie se hisse sur un tabouret pour ne pas rater une miette du spectacle. Ses yeux brillent d'émerveillement. Je ne l'avais jamais vu aussi fasciné par quelque chose.

— C'est Nemo et Marin ! lance-t-il plein d'admiration face aux deux poissons-clowns qui passent devant lui.

Kay vient s'accroupir à côté de lui et lui montre les autres poissons.

— Tu vois le petit poisson jaune là-bas ? Celui avec une drôle de bouche. C'est un gobie soufre. Et regarde celui-ci, avec ses écailles toutes dorées. Tu ne devineras jamais comment il s'appelle.

Alfie tapote doucement la vitre du bout du doigt, effrayant le poisson doré qui s'empresse de disparaître derrière les feuilles d'une algue marine.

— C'est un gourami réglisse.

Alfie laisse échapper un gloussement.

— Mamie adore la réglisse.

— Moi aussi, dit Kay en ébouriffant les cheveux d'Alfie. Mais je ne mangerai jamais mon adorable gourami.

Je prends place dans le fauteuil pour profiter de la scène. Kay ne semble avoir aucune difficulté à parler à Alfie. J'ai l'impression qu'il l'apprécie déjà énormément. Peut-être parce qu'elle a su trouver les mots justes pour s'adresser à lui et qu'elle ne lui parle pas de cette voix haut perchée et ridicule que prennent de nombreux adultes avec les enfants.

— Viens, j'ai quelque chose d'autre à te montrer, reprend Kay en se redressant.

Elle se dirige vers la table sous la fenêtre pour prendre un poster représentant différentes espèces de poissons tropicaux.

— Voyons si tu arrives à trouver certains de ces poissons dans mon aquarium, dit-elle en déroulant le poster sur le sol.

Alfie saute de son tabouret et étudie les photos avec attention.

Difficile de ne pas sourire tant il prend l'exercice au sérieux, allant du poster à l'aquarium en fronçant les sourcils.

Kay observe soudain Alfie d'un air penseur.

— J'aurais adoré être institutrice, dit-elle. Je pense que j'aurais été douée.

— Qu'est-ce qui t'en a empêché ?

Elle rit. Un rire teinté d'une légère amertume.

— Je n'ai pas vraiment eu le choix, ma belle.

— Pourquoi donc ?

Elle hausse les épaules.

— Oh ! tu sais comment vont les choses. Je n'étais pas assez bonne à l'école, je me suis mariée trop jeune… Et puis j'ai eu Gillian.

Son visage s'assombrit un court instant avant de retrouver sa bonhommie habituelle.

— En parlant de Gillian, j'ai promis de te montrer des photos.

Elle se dirige vers l'une de ses deux armoires et en sort deux photos encadrées. Elle me les apporte et s'assied à côté de moi, le souffle court.

Sur l'une d'elles figure une jeune femme blonde au teint hâlé, les joues constellées de taches de rousseur. Elle affiche un air radieux sur la plage de sable blanc où elle a été photographiée. J'aperçois la mer turquoise en toile de fond. La jeune femme est en train d'enlacer un homme incroyablement séduisant, vêtu d'un short de bain.

— Voilà ma petite Gillian, murmure Kay. Avec son mari, Carl.

— Quel beau couple.

— Et ces deux canailles sont mes petits-enfants, Callie et Marcus, ajoute-t-elle, le sourire aux lèvres.

— Ils sont adorables. Quels âges ont-ils ?

— Callie a trois ans et Marcus, six.

— Alfie aussi a six ans, dis-je en sachant pertinemment ce qui va suivre.

Alfie tourne alors la tête dans ma direction.

— J'ai six ans *et demi*, me corrige-t-il d'un ton sec.

Kay éclate de rire.

— Tu as bien raison de le préciser.

— Il y a quoi là-dedans ? demande Alfie en désignant un panier posé aux pieds de Kay.

Kay repose les photos sur la table basse et porte le panier à ses genoux. Elle défait le nœud qui le ferme.

— Ça, c'est mon kit de couture, répond-elle fièrement.

— Maman utilise une vieille boîte à gâteaux, dit Alfie.

Je ris.

— Tu parles ! Je dois avoir deux aiguilles et quelques morceaux de fil à coudre, rien de plus. Je serais bien incapable de faire autre chose que recoudre un bouton, et encore…

Kay extirpe un magnifique étui à aiguilles brodé et le caresse du pouce.

— C'est ma mère qui m'a appris à coudre. Avant…

Sa voix se brise. Elle ouvre l'étui comme s'il s'agissait d'un livre sacré.

— … avant qu'elle ne tombe malade et qu'elle ne puisse plus tenir une aiguille.

Alfie la regarde avec intérêt tourner les pages de l'étui, dévoilant les aiguilles de différentes tailles parfaitement alignées les unes à côté des autres.

— Et bien sûr, nous apprenions aussi à coudre à

l'école. Les filles étaient assignées à la couture et les garçons à la menuiserie. C'est ainsi qu'allaient les choses, à l'époque.

Elle sourit.

— Nous ne nous préoccupions pas de toutes ces histoires d'égalité comme aujourd'hui.

Alfie ne tarde pas à reporter son attention sur les poissons tandis que je m'efforce de passer outre la dernière remarque de Kay. Force est de constater que nous n'avons presque pas de points communs, elle et moi. Ce qui n'enlève rien à sa gentillesse. D'ailleurs, je ne vois aucun inconvénient à passer l'après-midi chez elle à boire le thé et à regarder des photos. D'autant qu'Alfie est tombé amoureux de l'aquarium. Et plus particulièrement de la petite tête de mort en plastique d'où jaillissent de minuscules poissons couleur turquoise. Il est comme hypnotisé.

— Pour être honnête, je ne serais pas mécontente de savoir coudre, dis-je.

Je baisse la voix.

— Alfie a été invité à la fête d'Halloween de son copain Liam la semaine prochaine. Je crains de devoir commander un déguisement sur Internet…

Kay repose le panier à ses pieds et soulève sa tasse de thé pour la porter à sa bouche.

— Et si je lui confectionnais son costume ?

— Oh, ce n'est pas du tout ce que je voulais dire. Je ne me permettrais pas…

— Allons, cela ne prendra pas longtemps, me coupe Kay en regardant Alfie avec tendresse. À moins, bien sûr, que sa grand-mère ne veuille lui coudre son costume elle-même.

Elle a soudain l'air pensive.

— C'est ce que je ferais pour Callie et Marcus, s'ils n'étaient pas si loin.

Je ris.

— Ma mère n'y est pas pour rien si je ne sais absolument pas coudre.

Kay pose sa main sur mon genou.

— Dans ce cas, je m'en occupe. Il ne nous reste plus qu'à décider du costume en question.

— Dark Vador ! crie Alfie. Je veux être Dark Vador !

Kay fronce les sourcils.

— Est-ce que tu as des vêtements noirs ?

— Oui, je réponds. Tu as un pantalon de survêtement noir et un T-shirt à manches longues de la même couleur, n'est-ce pas Alfie ?

Alfie hoche la tête.

— Et des gants noirs.

— Tes nouvelles bottes en caoutchouc aussi, je rajoute. Elles iraient parfaitement avec ton déguisement.

— Impeccable, dit Kay. Je pourrai teindre une vieille nappe en noir et la découper pour faire la cape. J'ajouterai de la mousse pour faire des épaulettes. Rien de bien compliqué. Maman n'aura plus qu'à t'acheter un masque et le tour sera joué !

— C'est génial. Je ne sais pas comment te remercier, Kay.

Elle ne répond pas. Elle semble perdue dans une rêverie, les yeux posés sur Alfie. Pauvre Kay. Ses petits-enfants doivent terriblement lui manquer.

22

Nous sommes mardi matin. Les vacances sont terminées et, une fois n'est pas coutume, Alfie est heureux d'aller à l'école. Il y serait volontiers allé la veille, si la journée n'avait pas été réservée aux enseignants. L'arrivée de Michael et la perspective d'aller fêter Halloween chez Liam ont suffi à faire la différence. À ce propos, Kay a fait un travail extraordinaire et son splendide déguisement de Dark Vador ne demande qu'à être porté.

— Tu as vu les photos sur le panneau d'information du préau ? me demande Fatima en me rejoignant dans la cour de récréation. Ils ont retouché les visages des enfants pour leur donner l'apparence de squelettes et de zombies. La maîtresse a même des cornes de diable sur la tête. C'est excellent !

Elle rit aux éclats.

— Tu verrais ta tête, me dit-elle. Tu n'as pas vraiment l'air d'apprécier Halloween.

Je baisse la voix pour ne pas me faire entendre des autres mères.

— C'est plutôt la perspective de passer la soirée chez Debbie, entourée de gosses complètement excités et gavés de sucre, qui me fout les jetons. Sans parler du moment où je devrai les accompagner sonner à la porte des voisins. J'ai hâte.

Fatima rit de nouveau.

— Allez viens, Alfie, dis-je. Allons voir à quoi tu ressembles en petit zombie.

Le préau dégage une odeur bien caractéristique. Celle des écoles primaires. Un mélange de lessive fraîche et de pâte à modeler. De clémentine et de superglue. Et, bien évidemment, de savon et de sueur émanant des bouts de chou eux-mêmes. Alfie me prend par la main et m'entraîne en direction du bureau de M. Matthews où un petit rassemblement s'est formé. Des enfants éclatent de rire en montrant le panneau d'information du doigt. Nous nous frayons un passage pour accéder aux photos de classe retouchées.

Bon sang. Ils n'y sont pas allés de main morte. Sur les photos, chaque élève porte désormais un chapeau de sorcière. Certains arborent même d'affreuses verrues. D'autres, des dents de vampire ensanglantées. M. Matthews, le directeur, n'a plus que deux globes blancs en guise d'yeux, ce qui ne l'empêche pas d'être toujours aussi sexy. Je suis certaine de ne pas être la seule mère à avoir un jour fantasmé d'être convoquée dans son bureau pour avoir été vilaine.

Alfie a trouvé sa photo de classe et rit aux éclats.

— Regarde maman ! Regarde !

— Mon Dieu ! je m'exclame.

La personne qui a retouché ces photos a dû y passer un temps fou. Cette fois-ci, les uniformes ont carrément été remplacés par des déguisements d'Halloween. Je parcours la photo du regard à la recherche d'Alfie, passant des squelettes aux zombies. D'ordinaire, je n'aurais pas eu de mal à le retrouver avec ses boucles blondes, mais même les visages ont été altérés, rendant la tâche plus ardue. Si je me souviens bien, Alfie doit se trouver à l'avant-dernier rang sur la gauche.

— Je suis là ! hurle-t-il. Tu me vois maman ?! Tu me vois ?!

Le voilà enfin. Mon cœur s'arrête de battre. Ma gorge se noue d'un coup, ne laissant plus filtrer qu'un mince filet d'air. Ce n'est pas possible. Je dois être en train de rêver. Pas de déguisement de squelette ou de zombie pour Alfie. Non. Mon Alfie porte toujours son uniforme d'écolier, sauf que sa chemisette blanche est recouverte de sang. Et là, juste au niveau du cœur, un couteau jaillit de sa poitrine.

J'essaye d'avaler ma salive mais ma bouche est trop sèche. Je passe de nouveau les autres enfants en revue. Un à un, rangée par rangée, en prêtant attention au moindre détail. Mais aucun n'a de couteau planté dans le cœur. Aucun à part Alfie. Ma poitrine se contracte douloureusement. J'ai le cœur qui bat à tout rompre. Pourquoi lui ? Lui, et personne d'autre ? Qui ferait une chose pareille ? Représenter un enfant avec un couteau jaillissant de son cœur ? Qui ?

Loin d'être perturbé, Alfie imite la démarche du zombie, les mains resserrées sur sa poitrine, là où le couteau imaginaire s'est enfoncé. Hilares, les autres enfants ne tardent pas à l'imiter.

— Qui a fait ça ? je demande à un père à côté de moi.

Mon ton est sec et accusateur. Ma voix, stridente. J'ai conscience de transpirer la colère, mais cela m'importe peu.

— Qui a retouché cette photo ? Une des maîtresses ?

Le père à côté de moi me lance un regard inquisiteur.

— Qu'y a-t-il ? Elle ne vous fait pas rire ?

Des murmures s'élèvent derrière moi. J'entends quelqu'un prononcer « Ligue pour la vertu » et je me retourne, furieuse.

— Vous trouvez ça normal, vous, que mon fils ait un couteau planté dans le cœur sur sa photo de classe ?

— On se calme, ma petite dame. C'est Halloween. Rien de tout cela n'est à prendre au sérieux. Je vous jure, les gens parfois…

La porte du bureau de M. Matthews s'ouvre. En sort Mlle Haynes, la secrétaire.

— Tout va bien ? demande-t-elle.

— Non, absolument pas. Appelez-moi le directeur.

La secrétaire ouvre la bouche pour me répondre, mais se ravise au dernier moment.

— Entrez dans le bureau afin de me faire part de ce qui vous préoccupe.

Tout le monde s'est tu et me dévisage avec insistance. Je me sens cernée de toutes parts. Dévisagée comme une bête de foire. Alfie, lui, ne fait pas attention à moi, trop occupé à jouer avec deux de ses copains. Il prétend toujours être un zombie, perdu dans son monde imaginaire. Je l'attrape par le bras et l'attire contre moi. La mâchoire serrée, je soutiens Mlle Haynes du regard, m'efforçant de lui parler avec calme.

— Je voudrais m'entretenir avec M. Matthews. C'est au sujet de la photo de classe de mon fils. Celle qui a été retouchée. Je vous en prie, c'est très important.

Elle pince les lèvres. Je devine qu'elle est en train de regarder quelqu'un d'autre derrière moi, tout en décidant qu'il serait préférable qu'elle accède à ma requête et me conduise au directeur avant que la situation ne dégénère.

Les larmes me montent aux yeux. Je ne peux pas craquer. Pas maintenant.

— Bien sûr, dit-elle. Je vous prie d'attendre un petit instant, le temps que j'aille chercher M. Matthews.

Elle parle calmement et distinctement, comme il est d'usage de le faire afin de faire baisser la tension. Mais je sais très bien ce qu'elle compte dire au directeur : « Monsieur, une mère hystérique demande à vous voir pour râler au sujet des photos de classe retouchées. » Je mettrais ma main à couper qu'elle a déjà suivi des cours sur la gestion du stress chez les parents d'élèves.

Teri me rejoint alors que j'attends le retour de Mlle Haynes. Elle affiche une mine préoccupée.

— Que se passe-t-il, Joanna ?

Je lui parle de la photo et elle se précipite vers le panneau d'information pour faire la constatation elle-même. Alors qu'elle s'apprête à revenir, j'entends M. Matthews s'adresser à moi sur un ton se voulant le plus diplomatique possible.

— Madame Critchley. Allons dans mon bureau, si vous le voulez bien. Désirez-vous un thé ou un café ?

— Non. Je vous remercie. Et c'est *Mademoiselle* Critchley. Je ne suis pas mariée.

— Veuillez m'excuser, répond-il en échangeant un regard avec Teri.

— Joanna, souhaites-tu que j'attende dehors avec Alfie ? me demande-t-elle. J'ai une réunion avec l'association des parents d'élèves à neuf heures, donc si tu n'es pas sortie d'ici là, j'emmènerai Alfie dans sa classe, d'accord ?

— D'accord. Merci beaucoup, Teri, je lui réponds en la regardant prendre mon fils par la main.

Alfie jette un coup d'œil par-dessus son épaule, l'air

de dire « Que se passe-t-il ? ». Mais je n'ai pas le courage de le réconforter pour le moment.

Le bureau de M. Matthews sent le café et l'after-shave. Il me fait signe de m'asseoir et referme la porte derrière moi.

— Cette photo, je commence. Je veux des explications.

M. Matthews pose ses mains à plat sur son bureau et prend une profonde inspiration.

— La question de savoir si nous devons fêter Halloween ou non à l'école primaire ne cessera jamais de diviser, dit-il d'un ton solennel.

Peut-être pense-t-il que je suis une catho coincée.

— Non, ce n'est pas ça. Je ne suis pas *du tout* opposée à l'idée de fêter Halloween. Je refuse simplement que vous représentiez mon fils d'une façon aussi choquante.

M. Matthews fronce les sourcils.

— Pardonnez-moi, mais je vais avoir besoin d'aller voir la photo pour comprendre de quoi il s'agit.

J'en profite pour reprendre mes esprits le temps qu'il revienne. Mais qu'est-ce que je fous ici ? Avais-je raison de réagir ainsi ? Ou ai-je laissé mon imagination me jouer de nouveau des tours ? Sans toute cette histoire autour de Sally McGowan – et ces stupides tweets –, cela me serait complètement passé au-dessus de la tête.

Je n'ai peut-être pas été assez attentive. Si ça se trouve, d'autres enfants avaient le même déguisement. Sous le coup de l'émotion, j'ai cru que seul Alfie avait eu droit à la chemise ensanglantée et au couteau planté dans le cœur. Mais à n'en pas douter, il n'était pas le seul. Non, il ne pouvait pas être le seul. Et ce couteau n'est qu'une horrible coïncidence. Le fruit d'un simple clic sur Photoshop. Rien de plus.

Ce n'est pas comme si Alfie l'avait mal pris. Au contraire. Il suffisait de le voir jouer au zombie avec les autres garçons. La vérité, c'est que je me suis emballée et que je suis passée pour une folle aux yeux des autres parents présents. Et pour couronner le tout, j'ai ruiné le moment de gloire de mon fils qui, pour une fois, semblait bien s'entendre avec ses petits camarades.

M. Matthews revient quelques instants plus tard avec la photo. Il prend place derrière son bureau et entreprend de l'étudier avec attention. Je vois le moment exact où il repère Alfie. Presque imperceptiblement, ses sourcils se froncent, et une ride apparaît au milieu de son front.

Il est en train de réfléchir à ce qu'il va me dire. Il relève la tête et fait glisser la photo vers moi. Je ferme les yeux, déjà mortifiée à l'idée de l'entendre me sermonner. Il faut absolument que je m'excuse d'avoir causé une scène et que je déguerpisse d'ici au plus vite.

Puis M. Matthews prend la parole.

— Je suis absolument confus, mademoiselle Critchley. Je comprends mieux votre mécontentement, désormais. Le problème est que personne ne sait qui a retouché ces photos. Ma secrétaire dit les avoir trouvées à son arrivée ce matin. Elle a pensé que c'était le fait d'un parent d'élève. Une sorte de plaisanterie. Elle les a montrées aux enseignants et ils les ont tous trouvées très drôles. Personne n'a remarqué que…

Il s'arrête et baisse les yeux sur la photo posée sur le bureau entre nous.

— Personne n'a remarqué qu'Alfie avait été traité si… différemment des autres.

Il pousse un soupir et se redresse.

— Ces photos n'auraient jamais dû être exposées. Je vous présente mes plus plates excuses.

Il me faut quelques instants pour digérer les paroles de M. Matthews. *Personne ne sait qui a retouché ces photos… Mlle Haynes les a trouvées ce matin.* Ce qui signifie qu'ils ne savent pas d'où elles proviennent.

J'ai la bouche sèche. Si sèche que j'arrive à peine à déglutir. M. Matthews n'a pas l'air de penser que je fais un scandale pour rien. Et s'il cherche à me calmer, il est évident que lui aussi est extrêmement perturbé par ce qu'il a vu. Parce que quelqu'un a porté *toute* son attention sur Alfie en lui attribuant un déguisement différent de tous les autres.

Mon estomac est saisi de crampes. Parmi une classe de plus de trente élèves, quelqu'un a délibérément choisi de représenter mon fils avec un couteau planté dans le cœur.

23

— Mais je veux dire à Jake et Liam que j'ai un super déguisement de Dark Vador ! se plaint Alfie en me tirant le bras.

Quelle ironie : le jour où Alfie est enfin heureux d'aller à l'école, je dois le ramener de force à la maison.

— Je suis désolée mon chéri, nous avons quelque chose d'autre de prévu aujourd'hui.

Je presse le pas, adoptant une allure bien trop rapide pour les petites jambes d'Alfie qui se met à courir pour rester à ma hauteur. Mais je ne peux pas ralentir. Pas tant que je n'aurai pas la certitude que nous sommes en sécurité.

— Tu as dit que si je ratais l'école, la police allait venir te chercher ! crie Alfie d'une voix pleine d'appréhension.

Sa voix se brise. Il est sur le point de fondre en larmes.

— C'est *vrai*. Mais seulement si tu rates trop souvent l'école. Dans ce cas, j'aurai effectivement des problèmes avec la police. Aujourd'hui c'est différent, Alfie. J'avais oublié que nous avions quelque chose de très important à faire.

— Et qu'est-ce qu'on doit faire, maman ?

Je me creuse la tête, à la recherche d'une réponse qui tiendrait la route. Je déteste lui mentir, seulement il est hors de question de le laisser à l'école après ce qu'il s'est passé. Je serais incapable de tenir en place jusqu'au soir. D'autant que la personne qui a retouché les photos a pu entrer dans l'établissement sans aucun problème. Ce qui m'amène à penser qu'il s'agissait d'un parent accompagné de son enfant, ou un membre du personnel. Une institutrice ? Mlle Haynes ? Ou alors un agent sanitaire ? Cela aurait pu être n'importe qui. Comment pourrais-je laisser mon fils dans cet endroit alors que je n'ai pas la moindre idée de qui a pu faire ça ? Et de ce qui pourrait arriver d'autre ?

On pense que les enfants sont en sécurité à l'école, mais le sont-ils ? Sont-ils vraiment en sécurité ?

— Je peux toujours aller à la fête de Liam, hein maman ?

Merde. La fête de Liam. Je ne vais tout de même pas l'empêcher d'y aller ? Lui qui est si excité à l'idée de montrer à ses copains le magnifique costume que Kay lui a confectionné…

— Ne t'inquiète pas, Alfie, je te promets que je ferai tout mon possible pour que tu puisses aller à cette fête.

Lorsque nous arrivons à la maison, Alfie a commencé à sangloter. Quelle mère indigne suis-je pour empêcher mon fils d'aller à l'école avec ses copains, le traînant presque derrière moi pour ne pas avoir à ralentir le pas ? Il me faut un quart d'heure pour parvenir à le calmer. Et *calmer* est un bien grand mot. À présent, le voilà qui boude et qui détourne le regard chaque fois que je m'approche de lui.

— Je veux papa, dit-il en faisant ressortir sa lèvre inférieure.

— Papa a dû rentrer à Londres aujourd'hui. Tu sais, pour rencontrer les gens qui veulent louer son appartement. Il sera de retour demain.

— Je veux mamie, alors.

Je soupire.

— Si tu es sage et que tu ne fais pas de bêtises, j'appellerai mamie pour lui proposer de venir prendre le goûter à la maison. Ça te va ?

Alfie hoche la tête. Sa mine boudeuse a presque disparu.

Je le soulève pour l'asseoir sur mes genoux et le serre fort contre moi.

— Et bien sûr que tu pourras aller à la fête de Liam.

Alfie se laisse glisser de mes genoux et exécute une danse de la joie, le sourire aux lèvres. Je suis pardonnée. Ce n'est pas trop tôt.

Je pousse un soupir de soulagement et me dirige vers la cuisine pour me préparer une tasse de café. Il est temps que je prévienne Dave que je ne pourrai pas me rendre à l'agence. Il me dit de ne pas m'inquiéter lorsque je prétends devoir amener Alfie d'urgence chez le médecin. Bien sûr, il n'est pas ravi à l'idée que je prenne un jour de congé, les affaires n'allant pas bon train en ce moment. Je m'en veux terriblement de le laisser tomber, mais ai-je vraiment le choix ? Je lui promets de revenir le plus rapidement possible.

Je sursaute en entendant sonner à la porte. L'espace de quelques secondes, j'envisage de ne pas répondre. Je n'attendais pas de visite aujourd'hui, surtout à cette heure-ci de la journée. Il s'agit donc très probablement d'un démarcheur quelconque. Pas de chance, Alfie est déjà à la porte en train d'observer l'invité surprise par le trou de la boîte aux lettres. Il me somme d'aller ouvrir.

Quel n'est pas mon soulagement de constater que le mystérieux visiteur n'est autre que Kay, tenant un sabre laser rouge à la main. La scène est tellement incongrue que je ne peux m'empêcher de glousser nerveusement.

Kay entre en brandissant le sabre laser au-dessus de sa tête. Une bien piètre imitation de Dark Vador.

— Un seigneur Sith digne de ce nom ne peut se passer de son sabre laser, dit-elle en tendant le jouet à Alfie qui s'en empare avec admiration.

— Mais tu dois faire très attention à celui-ci, car il est fait de carton, de ruban adhésif et de colle.

Alfie s'empresse de monter dans sa chambre en imitant le bruit du sabre laser.

Kay me suit dans la cuisine en riant de bon cœur.

— Je ne m'attendais pas à le voir ici. Ne devrait-il pas être à l'école ?

Je m'apprête à lui raconter le même mensonge que j'ai raconté à Dave, mais avant même que j'aie pu prononcer un mot, mes yeux s'emplissent de larmes et je lui parle de l'incident de ce matin.

— Écoute-moi, ma belle, me dit-elle après que j'ai terminé. La personne qui a retouché ces photos n'est *certainement pas* Sally McGowan. C'est tout bonnement impossible.

Elle m'ôte la boîte de café en poudre des mains et entreprend d'en verser dans nos tasses respectives.

— D'après ce que j'ai pu lire à son sujet, elle s'est rangée depuis longtemps, maintenant. Je suis sûre qu'elle ne souhaite qu'une chose : mettre le passé derrière elle et vivre sa vie tranquillement.

Je la regarde verser l'eau bouillante dans les tasses et sortir une bouteille de lait du réfrigérateur. Dans l'état dans lequel je suis, je serais capable de tout renverser sur le comptoir de la cuisine.

— Et si ce n'était pas le cas ? Si elle avait réussi à se dégoter un travail à l'école d'Alfie ?

Kay mélange le lait dans les tasses de café.

— Aucune chance. Elle est surveillée de près par la police. Même encore aujourd'hui.

— Bien sûr que non. La police n'en sait pas plus sur la nouvelle identité de cette femme que nous. Seules quelques personnes sont au courant. Selon la presse, elles se comptent sur les doigts de la main.

Kay lève un sourcil.

— Il existe sûrement un système d'alerte qui préviendrait son employeur si elle postulait à un emploi impliquant des enfants, objecte-t-elle.

Elle pose délicatement la main sur mon avant-bras.

— Non pas que je sois une experte en la matière, mais il me paraît très peu probable qu'elle puisse travailler dans une école.

Elle a raison. Évidemment qu'elle a raison. Comment une personne telle que Sally McGowan pourrait-elle se retrouver dans une école ? Le risque serait bien trop élevé.

— C'est arrivé il y a si longtemps, reprend Kay. Elle n'était qu'une enfant. Et ne penses-tu pas que nous aurions déjà entendu parler d'elle à l'heure qu'il est, si elle avait représenté un quelconque danger pour la population ? Je veux dire… Tu vois cet homme, celui qui a assassiné deux petites filles dans les années quatre-vingt-dix ? Il est souvent mentionné dans les journaux pour son comportement violent.

Nous allons nous asseoir dans le salon avec nos cafés. Je me sens déjà mieux.

— Tu as raison. Avec cette rumeur qui court, pourquoi prendrait-elle le risque d'aller dans une école ?

Je pose ma tasse de café sur la table basse entre Kay et moi.

— Mais cela n'enlève rien au fait que quelqu'un a représenté mon fils avec un couteau planté dans le cœur. Mon fils. Et personne d'autre. Quelqu'un qui pourrait très bien être la personne qui me suit sur Twitter.

Kay me lance un regard interrogateur.

— Sur Twitter ? Qu'est-ce que c'est que cette histoire ?

Je sors mon téléphone portable de mon sac.

— Quelqu'un du nom de Sally Mac me suit sur Twitter. Elle s'amuse à poster des citations sur les rumeurs.

Kay semble déroutée.

— Sally Mac ?

J'acquiesce et clique sur ma liste de followers, espérant secrètement qu'elle ne s'y trouve plus et que tout cela ne soit qu'une malheureuse coïncidence. Avec un peu de chance, cette soi-disant Sally Mac s'est rendu compte que je n'entrerais jamais dans son petit jeu et a fini par supprimer son abonnement à mon compte.

Mais elle est toujours là. Pas de nouvelles publications depuis la dernière fois, en revanche. Son compte semble être au point mort.

Kay jette un coup d'œil sur l'écran de mon téléphone.

— Reprenons les choses depuis le début, commence-t-elle. Je ne connais pas grand-chose à Twitter, mais d'après ce que je peux voir, cette personne essaye simplement de te faire peur. Réfléchis-y, Joanna. Ce soir, c'est Halloween. On a probablement voulu te faire une mauvaise blague, rien de plus. C'est sûrement une des autres mamans. Certaines d'entre elles sont de véritables pestes, si tu vois ce que je veux dire.

Je secoue la tête.

— Elles n'iraient pas jusque-là. Twitter, c'est déjà une chose. Mais cette photo… Quelle horreur.

Kay pince les lèvres et expire longuement par le nez.

— Je n'avais pas l'intention de t'en parler, mais…

— Me parler de quoi ?

Elle s'éclaircit la gorge.

— Fatima a traversé une période extrêmement difficile l'année dernière.

— Pourquoi ? Que s'est-il passé ?

Le visage de Kay se tord en une grimace.

— Debbie Barton a tenu des propos sur elle. Des propos… *racistes*.

— Mon Dieu. Vraiment ?

— Ce n'est arrivé qu'une seule fois, et Fatima ne s'est pas laissé faire. Je suis intervenue également.

Elle laisse échapper un rire bref.

— Debbie l'a évidemment très mal pris. Elle s'est offusquée et a prétendu qu'elle ne faisait que plaisanter. Que Fatima avait mal interprété ses propos. Ça n'est jamais allé plus loin, en définitive. Debbie et Fatima ont même fini par devenir amies. Bien que ce soit un bien grand mot.

Kay prend une gorgée de café.

— Elles ne sont jamais allées jusqu'à garder les enfants de l'autre.

— Es-tu en train de suggérer que Debbie essaye délibérément de me faire peur parce qu'elle est raciste et que j'ai un fils métis ?

Kay renifle.

— Je n'accuse personne en particulier. Je dis juste

qu'il s'agit très probablement de quelqu'un de stupide plutôt que de quelqu'un… eh bien, qui pourrait vraiment en avoir après toi.

Je suis en train de réfléchir aux paroles de Kay lorsque la sonnerie du téléphone retentit.

— Bonjour, ma chérie.

Ma mère a une petite voix aujourd'hui.

— Aurais-tu la possibilité de promener Sol tout à l'heure ? J'ai attrapé froid et je ne me sens pas bien du tout. J'ai des douleurs partout.

— Oh non, ma pauvre. Aucun problème pour Sol. Alfie est avec moi. Nous passerons un peu plus tard.

— Alfie n'est pas à l'école ? Est-ce qu'il a encore eu des problèmes avec ses camarades ?

Merde. Si elle apprend ce qu'il est arrivé ce matin, je n'ai pas fini d'en entendre parler.

— Non, non. Tout va bien. C'est une longue histoire, maman. Je te raconterai tout. Ne t'en préoccupe pas et va te mettre au lit. Je prendrai le double des clés.

Kay se lève sitôt que l'appel prend fin.

— On dirait bien que tu es attendue, ma belle. Je ferais mieux d'y aller.

Les bruits d'Alfie imitant toujours le sabre laser nous parviennent de l'étage.

— Merci encore pour le déguisement d'Alfie. Tu as été si gentille avec lui.

En remontant l'allée en direction de la rue, Kay se retourne pour me faire face.

— Un petit conseil, dit-elle. Arrête de te ronger les sangs au sujet de ce stupide compte Twitter. Et de la photo aussi. C'est Halloween, les gens font des blagues douteuses, c'est tout.

Je hoche la tête. Elle a raison.

— Au fait, ma belle. Si tu as besoin de quelqu'un

pour garder Alfie pour quelques heures, et que ta mère ne peut pas s'en occuper, comme aujourd'hui par exemple, n'hésite pas à me donner un petit coup de fil. Je serais ravie de te rendre service sans que tu aies à passer par ce foutu groupe d'entraide.

— Merci Kay. C'est vraiment adorable de ta part.

24

Après m'être creusé la tête pendant des heures, je décide de ramener Alfie à l'école après le déjeuner. À bien y réfléchir, aucune excuse ne tiendrait la route si je le gardais à la maison toute la journée, surtout si je l'amenais à la fête de son copain Liam ce soir. Par ailleurs, la visite de Kay m'a considérablement apaisée. Cette femme est un véritable don du ciel. Bien sûr qu'il ne s'agit que d'une simple blague. Une blague de mauvais goût, certes, mais une blague néanmoins.

Alfie saute de joie quand je lui annonce que nous allons promener Sol. Fini, la mauvaise tête de tout à l'heure. L'incident de ce matin semble déjà lui être complètement sorti de la tête. C'est quelque chose qui m'a toujours impressionnée chez les enfants. Cette capacité à oublier le passé pour profiter pleinement de l'instant présent, comme Alfie en ce moment même. Le voilà heureux, et c'est tout ce qui compte.

Arrivée chez ma mère, je l'appelle par le trou de la boîte aux lettres pour lui signaler ma présence. C'est la première fois que j'utilise le double de sa clé et Sol est à la fois confus et excité de me voir ouvrir la porte. Il se lance dans des allers et retours frénétiques entre l'entrée et la chambre de ma mère, en aboyant plus fort que de raison.

Lorsqu'il se calme enfin et retourne s'asseoir dans son panier, Alfie le rejoint pour le caresser. Je profite de ce moment de sursis pour me rendre au chevet de ma mère.

Allongée dans son lit, elle se redresse pour m'accueillir.

— Je suis désolée pour le bazar, je n'ai pas eu la force de faire le ménage.

— Ça ne me surprend pas du tout. Tu as vraiment mauvaise mine.

— Que s'est-il passé avec Alfie ? me demande-t-elle sans préambule.

J'hésite. Si je lui parle de la photo, elle sera inconsolable.

Je baisse d'un ton.

— Alfie a eu un petit accident quand nous sommes arrivés à l'école, ce matin. C'est ma faute, j'ai oublié de vérifier s'il était bien allé aux toilettes avant de partir. Il était tellement embarrassé… Mais ne dis rien, s'il te plaît. Y a-t-il quoi que ce soit que je puisse faire pour toi pendant que je suis ici ?

Elle secoue la tête en désignant la tasse sur sa table de chevet.

— Je me suis fait une tisane au citron.

— Je peux te préparer quelque chose à manger, si tu veux.

— Non, j'ai juste besoin de sommeil. À ton retour, peut-être.

Adossée à ses oreillers, elle me paraît plus âgée et plus faible que jamais.

— Pourquoi fallait-il que je tombe malade maintenant ? dit-elle. Il ne reste que deux semaines avant le concert et je ne pourrai jamais aller à la répétition de ce soir.

— Je suis certaine que vous êtes déjà au point, avec ou sans répétition, j'essaye de la rassurer.

— Nous sommes *loin* d'être au point, se plaint-elle. Notre chef de chœur insiste pour que nous apprenions toutes les paroles alors que nous avions toujours eu le droit de garder nos partitions jusqu'ici.

Elle soupire.

— Ça va être une catastrophe.

Elle me regarde du coin de l'œil.

— Tu devrais vraiment venir à l'une de nos répétitions, un de ces jours. Un peu de sang frais nous ferait le plus grand bien. Et puis tu as une si jolie voix.

Pas encore cette histoire de chorale. N'abandonnera-t-elle jamais ?

— Aucune chance.

Et voilà que j'ai encore droit au regard dont elle me gratifie quand je lui dis que je refuse de rejoindre la chorale de l'église de Flinstead. Mais je ne cède pas.

— N'oublie pas les sachets pour ramasser les crottes de Sol, me dit-elle avant de s'enrouler dans sa couette.

Le poids de la vieillesse commence à se faire sentir sur Sol aussi. Son museau, sa gueule et ses yeux sont désormais cernés de poils gris. Ses pattes aussi. Au moins, il n'est pas en surpoids, contrairement à la plupart des autres labradors de son âge. Et il apprécie toujours autant les promenades. Nous marchons en direction de la plage. Je suis sûre que Sol pourrait s'y rendre seul si je détachais sa laisse. Ce chemin, il le connaît par cœur.

Il commence à remuer la queue à mesure que nous approchons du front de mer. Je le libère de sa laisse et il accélère la cadence, se dirigeant droit vers le petit carré d'herbe devant la plage. Là, museau baissé, il explore les environs avant de faire ses besoins dans un coin. Comme d'habitude, Alfie l'observe avec attention tandis que je sors deux sachets en plastique noir de la poche de mon manteau. Je me débarrasse des paquets fumants aussi vite que possible. S'il y a bien une chose désagréable à faire lorsque vous promenez un chien, c'est ça. Je devrais y être habituée depuis le temps. J'ai ramassé les excréments des chiens de mes parents pendant des années.

— Mamie, elle utilise qu'*un seul* sac, fait remarquer Alfie.

— Eh bien moi j'en utilise deux.

— Mamie dit que c'est parce que t'es une chochotte.

— Tu m'en diras tant.

La marée basse offre à Alfie et Sol un immense terrain de jeu sur lequel ils se dépensent pendant de longues minutes avant que Sol ne rende les armes et vienne s'allonger dans le sable mouillé, face à la ligne d'horizon. Courir lui coûte de plus en plus et il préfère davantage s'arrêter pour renifler les trésors que la marée a déposés pendant la nuit. Un véritable festival d'odeurs, entre le goémon – mélange d'algues brunes, rouges et vertes –, le varech, les capsules d'œufs de raie, les bulots et les coquilles Saint-Jacques, les berniques et les moules, les couteaux nacrés luisant dans la lumière du soleil, ou encore les restes d'écume de mer ballottés par la brise.

Alfie essaye de les attraper, mais chaque fois qu'il est sur le point de réussir, le vent les emporte plus loin, provoquant son hilarité.

Je ris de bon cœur avec lui et visse mon bonnet

en laine sur mes oreilles que le froid a commencé à mordre. C'est alors que j'aperçois Maddie. Elle marche d'un pas rapide, le menton baissé, les bras se balançant en rythme, presque mécaniquement. Elle est en pleine séance de marche sportive, comme je l'ai vue faire à plusieurs reprises. Elle est si *concentrée* qu'elle me rentre presque dedans lorsqu'elle arrive à ma hauteur.

— Oh, bonjour Joanna. Je ne t'avais pas vue.

Elle a les joues rosies par l'effort et une fine pellicule de sueur recouvre son front. Alors qu'elle s'accroupit pour lacer sa chaussure, je ne peux m'empêcher de remarquer la beauté de sa silhouette. Je sens percer une légère pointe de jalousie, comme chaque fois que je vois une femme dans la cinquantaine avec un physique bien plus avantageux que le mien. Ça m'apprendra à ne pas faire de sport.

Elle se redresse et part d'un éclat de rire.

— Regarde-toi, tout emmitouflée tandis que je sue comme un cochon.

Elle tire sur le col de son sweat-shirt et le secoue pour créer un appel d'air.

— Tu tombes à pic. Il y a quelque chose dont je voudrais te parler.

Je me prépare mentalement à ce qu'elle remette l'affaire Sonia Martins sur le tapis. Pitié, que cela ne s'éternise pas. Je ne sais pas combien de temps encore je pourrai supporter d'entendre cette histoire. Je jette un coup d'œil à Alfie et Sol qui sont bien trop occupés à observer la carcasse d'un crabe à moitié enfouie dans le sable. J'espère qu'il s'agit vraiment d'une carcasse et non d'un crabe vivant, car Alfie la tient désormais entre ses mains pour procéder à une analyse plus approfondie.

— C'est au sujet de mon amie du cours de Pilates.

— Celle qui était dans la police ?

— Non, une autre.

Et c'est reparti. Que va-t-elle bien pouvoir me raconter cette fois ? J'en viens presque à regretter de ne pas m'être écartée pour la laisser passer.

— Elle achète la maison de mon voisin *via* l'agence Pegton. Tu dois sûrement la connaître. À vrai dire, c'est moi qui l'ai mise sur le coup avant tout le monde.

— Où se situe cette maison ?

— Maple Drive. Au numéro 24.

Alors comme ça, Anne Wilson est une amie de Maddie ?

— C'est vrai. J'avais oublié que tu habitais dans cette rue.

— Oui, je suis au numéro 22. Seulement…

Elle soupire.

— J'aurais dû me taire. Bien sûr, elle aurait peut-être vu passer l'annonce d'elle-même, mais si je ne lui en avais pas parlé, quelqu'un d'autre aurait fait une offre sur la maison avant qu'elle ait l'opportunité de la visiter.

— Tu ne veux pas qu'elle emménage à côté de chez toi ?

— Non. Plus maintenant. J'ai fait une découverte, vois-tu. Une découverte qui… comment dire ? Qui m'a fait reconsidérer la nature de ma relation avec elle.

Inutile de lui demander de quoi il s'agit, je peux voir qu'elle meurt d'envie de me raconter la suite.

— Elle et moi, cela fait des années que nous nous connaissons. Nous avons travaillé ensemble, c'est comme ça que nous nous sommes rencontrées. Martin a aussi été le comptable de son mari, Graham, et nous avons commencé à nous fréquenter. Nous sommes même partis en vacances tous les quatre, une année.

À Malte. Pas les meilleures vacances de ma vie, mais c'est une autre histoire. Et puis Anne a découvert que Graham lui avait été infidèle et l'a quitté. Dès lors, nous avons quasiment cessé de nous voir car elle a considérablement changé. Je crois qu'elle ne s'est jamais remise de sa rupture avec son mari. Elle est soudainement devenue aigrie et rancunière. Je ne dis pas que je ne réagirais pas de la même manière si Martin me trompait, mais je n'irais certainement pas jusqu'à espionner sa maîtresse et faire de sa vie un enfer. C'est ce qui lui est arrivé, à elle. Ça a même viré à l'obsession, au point qu'elle a presque perdu la raison. Elle n'avait plus aucune dignité.

Maddie renifle.

— Bien sûr, je serais bien incapable de savoir comment je réagirais à sa place.

Je regarde par-dessus son épaule pour m'assurer qu'Alfie et Sol sont toujours dans les parages. Alfie est désormais en train de lancer des bouts de bois à Sol qui se traîne pour les récupérer.

— Je l'ai revue ensuite à mon cours de Pilates, mais elle n'a plus jamais reparlé de son ex-mari et de sa maîtresse. Il semblait qu'elle avait enfin réussi à mettre toute cette histoire de côté. J'étais heureuse de retrouver ma vieille amie. D'autant plus heureuse qu'elle était de nouveau en couple. Avec un avocat. Même si, entre toi et moi, celui-là traîne aussi un certain nombre de casseroles.

Elle imite le geste de quelqu'un qui porte un verre à sa bouche.

— Chacun ses faiblesses, que veux-tu. Dieu merci, il est sobre aujourd'hui.

— Un homme de grande taille ? Aux cheveux grisonnants ? Il était présent lors de la première visite.

— C'est lui. Nouveau mec. Nouvelle maison.

Maddie laisse échapper un gloussement.

— Nouveau visage aussi. Anne a toujours été très portée sur ces choses-là.

— Mais pourquoi ne veux-tu pas qu'elle emménage à côté de chez toi, alors ?

— Eh bien, parce qu'une de nos connaissances communes m'a confié que la maîtresse du Graham en question, qui est soit dit en passant sa nouvelle compagne, n'est autre que Sonia Martins, la femme qui travaille chez Stones & Crones.

Je la dévisage, déroutée par cette nouvelle information.

— La femme que tu as accusée d'être Sally McGowan, j'ajoute.

Maddie rougit.

— À tort, je sais. Sonia Martins est née à Flinstead. Sa mère a toujours vécu ici. Je n'avais pas fait le lien lorsque je t'ai parlé d'elle pour la première fois.

Elle secoue la tête.

— Mais maintenant que je sais qu'elle est la nouvelle compagne de Graham, je suis persuadée qu'Anne est à l'origine de cette horrible vendetta contre cette pauvre femme. Et le pire, c'est que je suis responsable parce que c'est moi qui ai parlé de la rumeur à Anne. Elle serait parfaitement capable de faire une chose pareille. Moi qui croyais qu'elle était passée à autre chose…

Elle se tord les doigts, les yeux tournés vers l'horizon.

— Je n'ai aucune preuve qu'il s'agisse bien d'elle, mais j'en suis persuadée. Et je ne veux pas qu'elle s'installe à côté de chez moi. Pas après ce qu'elle a fait.

Elle se retourne pour me faire face.

— Tu savais que sa vitrine avait été cassée pendant la nuit ?

— Oh ! mon Dieu. Non !

— Elle était en train de ramasser les morceaux quand je suis passée devant sa boutique un peu plus tôt. Attention, je ne dis pas que c'est encore le fait d'Anne. Depuis que la rumeur court, cela pourrait être n'importe qui. Anne n'est que le point de départ…

Maddie pousse un long soupir.

— Je ne devrais pas te le dire étant donné que tu travailles chez Pegton, mais j'espère sincèrement que la vente ne sera jamais finalisée. Chaque fois que je croise Susan Marchant, je lui dis qu'elle a été folle de vouloir vendre cette magnifique demeure. Mais c'est *elle* qui me regarde comme si j'étais une folle. Après tout, qui peut lui en vouloir ? Elle a besoin de cet argent, n'est-ce pas ?

— Justement, non. Elle a l'intention d'en faire don à…

Je m'arrête, soudain prise d'hésitation. De quel droit puis-je me permettre de révéler des informations personnelles au sujet de mes clients ? J'ai déjà causé assez de dégâts en colportant la rumeur sur Sally McGowan. Autant se le dire, rien de tout cela ne serait arrivé si je n'avais pas ouvert ma grande bouche.

Maddie me lance un regard interrogateur. Heureusement pour moi, Sol se met à aboyer, détournant notre attention à toutes les deux. Je cherche Alfie du regard. À l'exception de Sol qui s'agite au bord de l'eau, il n'y a personne d'autre sur la plage. Mon cœur s'arrête de battre. Je jette des regards affolés autour de moi. Il ne peut pas être loin. Je l'ai vu jouer avec le chien à l'instant.

— Que se passe-t-il ? demande Maddie.

— Où est Alfie ? Je ne le vois plus ! dis-je pour moi-même.

Ma poitrine se serre.

— Pas de panique. Il n'a pas pu aller bien loin.

Nous nous mettons toutes deux à courir en direction du front de mer. Alfie ne serait pas allé à l'eau par ce temps. Et même s'il l'avait fait, il serait remonté aussitôt, saisi par le froid. Et de toute façon la mer n'est pas profonde de ce côté de la plage. Aucune chance qu'il…

Un souvenir me revient. Ces deux petits enfants en vacances à Norfolk Beach, qui se sont précipités dans l'eau pour ne jamais refaire surface. Du moins pas vivants. Mais Alfie ne serait pas assez bête pour faire ça. Pas un jour comme celui-ci.

Je crie à pleins poumons, totalement prise de panique.

— Alfie ! Alfie !

Le son de ma voix est étouffé par le vent. Je recommence à courir et me dirige vers les brise-lames en bois situés un peu plus haut. Toujours introuvable. Il n'y a plus personne sur la plage. Personne à l'exception de Maddie, Sol et moi.

— Je vais chercher de l'autre côté, crie Maddie.

Elle s'élance en direction de Mistden Pier. Sol aboie toujours.

— Où est-il, Sol ? Où est Alfie, bon sang ?

Je suis son regard et aperçois une femme en manteau bleu marcher d'un pas énergique le long de la promenade. Elle semble traîner quelque chose derrière elle.

Puis je le vois lui aussi. Sa petite tête se balançant de droite à gauche tandis qu'il presse le pas pour ne pas ralentir la femme qui le tient par la main. L'air emplit de nouveau mes poumons. Alfie.

25

J'ai l'impression de vivre un de ces cauchemars dans lesquels vous êtes pourchassé, mais vous n'arrivez pas à courir assez vite pour vous échapper. Sauf que ce n'est pas un rêve. C'est en train d'arriver pour de vrai, et je suis la poursuivante. Mes pieds s'enfoncent dans le sable humide, ralentissant ma course. Je bande les muscles pour ne pas trébucher. J'essaye de rejoindre les marches menant à la promenade, mais le sable est de plus en plus sec à mesure que j'avance, rendant ma progression difficile. Je fais presque du sur-place.

Quiconque se trouve avec Alfie a dû atteindre le haut de la colline où se poursuit la promenade, désormais. Si je ne la rattrape pas au plus vite, elle aura tout le loisir de traverser le coin d'herbe à côté de la plage et de rentrer dans une voiture garée le long de la rue. Mon cœur bat à tout rompre. Mais qu'est-ce qui m'a pris d'arrêter de le surveiller ? Pourquoi ai-je prêté attention aux stupides ragots de Maddie plutôt que de garder un œil sur lui ?

Lorsque j'atteins les marches, je les enjambe deux par deux pour gagner du temps, m'aidant de la rampe en métal afin de me hisser plus rapidement. C'est alors que je les revois enfin, longeant les cabines de plage.

La femme au manteau bleu et Alfie, lui tenant toujours la main. Combien de fois lui ai-je pourtant répété de ne jamais suivre les inconnus ? Je crie son nom, mais ma voix est étouffée par le vent qui me cingle le visage. Un murmure dans la tempête.

Mes pieds touchent enfin le béton et je me remets à courir. Je cours à en perdre haleine, passant à mon tour à côté des cabines de plage colorées. L'espace d'un instant, je manque perdre l'équilibre, me voyant déjà tomber la tête la première. Mais, par je ne sais quel miracle, je parviens à rester debout et je reprends ma course. Je n'ai pas couru comme cela depuis des années, et c'est douloureux. Affreusement douloureux.

Je parviens néanmoins à les rattraper, même si Alfie ne m'entend toujours pas crier son nom. Putain de vent. Je distingue mieux la femme au manteau bleu, à présent. Elle est grande et élancée. Je jurerais avoir déjà vu cette tignasse brune quelque part… Elle doit avoir le même âge que le mien. Je le vois à son style vestimentaire et à sa façon de marcher. Son profil m'apparaît brièvement tandis qu'elle tourne la tête pour jeter un coup d'œil à Alfie. Qui est-elle ? Pourquoi a-t-elle enlevé mon fils ? Je rêve ou elle vient d'accélérer le pas ?

— Alfie !

Cette fois, il m'a entendue. Il se retourne et son visage baigné de larmes se fend en un large sourire. Ni une ni deux, il lâche la main de la femme et se rue vers moi, manquant me renverser.

Je m'effondre à genoux et le serre contre moi. Lorsque je lève les yeux, Karen me surplombe de toute sa hauteur. Elle affiche un air contrarié. J'ai l'impression que quelque chose a changé chez elle.

— Je l'ai trouvé tout seul sur la plage, me dit-elle. Il pleurait à s'en rendre malade.

— Il n'était pas tout seul ! Il était avec moi et Sol ! Bon sang, où comptais-tu l'emmener comme ça ?

La mâchoire de Karen se crispe.

— À l'école. Je n'avais pas ton numéro de portable et je ne savais pas quoi faire d'autre. Je ne voulais pas appeler la police, alors j'ai…

— Ne me dis pas que tu ne m'as pas vue ! J'étais en train de discuter avec Maddie !

Ma voix est rauque, à cause de l'épuisement et la panique.

— J'étais *juste* à côté de lui. Ça n'a pas pu t'échapper.

Je pose mes mains sur les épaules d'Alfie et le regarde droit dans les yeux.

— Alfie, mon chéri. Tu n'as pas vu maman ? J'étais pourtant là pendant que tu jouais avec Sol, n'est-ce pas ?

Sa lèvre inférieure se met à trembler convulsivement.

— J'ai jeté le bâton mais c'est un autre chien qui l'a attrapé. Alors j'ai couru pour le récupérer…

Son corps entier est pris de tremblements violents.

— J'ai pas réussi à te retrouver ni à retrouver Sol. La plage était pas pareille.

Les larmes coulent le long de ses joues et je le serre contre moi. Il est encore si jeune et la plage si vaste à marée basse. Comme il a dû avoir peur.

— Oh, Alfie. Je t'avais pourtant dit de ne pas partir tout seul.

— Nous t'avons cherchée partout, intervient Karen.

Elle semble sincèrement désolée.

— Tu ne m'as pas dit que ta maman portait un bonnet.

— Elle avait pas de bonnet, grommelle Alfie, le menton à moitié enfoncé dans son manteau.

— Mon pauvre chéri. Je ne mets mon bonnet que lorsque j'ai trop froid aux oreilles.

Je lève les yeux vers Karen.

— Je viens de l'acheter. Alfie ne m'avait probablement encore jamais vue avec. Je n'aurais jamais pensé qu'il ne me reconnaîtrait pas.

C'est alors que je suis prise de sanglots incontrôlables. Sans doute les nerfs qui lâchent maintenant que j'ai retrouvé Alfie et que ma respiration est redevenue normale. C'est arrivé si vite. J'étais tellement absorbée par le récit de Maddie que je n'ai pas pensé une seconde à vérifier si Alfie et Sol étaient toujours dans les environs. En parlant de Sol, il doit être mort d'inquiétude à l'heure qu'il est. Ma mère ne me le pardonnerait jamais si je le perdais. Elle aime son chien presque autant qu'elle aime son petit-fils. Je reviens sur mes pas et rejoins la promenade surplombant la plage.

Je l'aperçois au loin, trottinant à côté de Maddie. Ils sont à bonne distance mais je les reconnais bien, surtout Maddie avec sa silhouette gracile. Je ne pensais pas avoir parcouru une telle distance. Maddie me voit à son tour et me fait de grands signes. Elle tire Sol par le collier pour le guider. Ma poitrine se serre sous le coup de l'émotion, et Karen pose délicatement sa main sur mon bras.

— J'ai perdu Hayley, un jour. Dans un Marks & Spencer. J'ai détourné les yeux quelques secondes et quand je me suis retournée, elle avait disparu. C'est un employé du magasin qui l'a retrouvée près des caisses. Elle cherchait les fameux bonbons en forme de cochon.

Elle soupire.

— Joanna, je suis désolée de ne pas t'avoir vue. Mes lunettes sont en réparation et je n'ai pas de paire de rechange.

Voilà pourquoi elle me paraissait différente. Les larmes lui montent aux yeux, à elle aussi.

— Je te promets que nous t'avons cherchée partout. J'aurais dû rester attendre sur la plage, mais je dois accompagner ma mère à son rendez-vous chez le médecin dans dix minutes. Je ne savais pas quoi faire. En été, j'aurais pu m'adresser à un surveillant de baignade…

— Ce n'est pas grave, Karen. Vraiment. Je suis juste heureuse que tu aies retrouvé Alfie.

Elle me serre la main et, l'espace d'un instant, nos regards se croisent. Deux femmes unies par un lien maternel et l'angoisse de perdre ce qui leur est le plus cher au monde : leurs enfants.

26

Mlle Haynes m'accueille avec un grand sourire quand je ramène Alfie à l'école cet après-midi. Elle doit probablement avoir peur que je mentionne de nouveau la photo. Pour être honnête, cette histoire me reste en travers de la gorge. Le simple fait d'y penser me donne la nausée. Qui a l'esprit assez tordu pour faire une chose pareille ?

Néanmoins, M. Matthews m'a présenté ses excuses et la photo a été retirée du panneau d'information. Et puis, je ne vois pas trop l'intérêt de déposer plainte contre l'école. Cela me ferait passer pour une mère hystérique, et c'est la dernière chose dont Alfie a besoin. Hors de question de le faire souffrir plus qu'il n'a déjà souffert.

Ou peut-être est-ce la présence de Sol qui met Mlle Haynes de meilleure humeur ? Les chiens ont cet effet sur les gens, et Flinstead est le paradis des amoureux des bêtes. À Londres, il était strictement interdit de faire entrer les chiens dans l'enceinte de l'école d'Alfie.

— J'ai déjà vu ce toutou quelque part, dit-elle en caressant les oreilles de Sol. Tu es un bon chien, hein, mon beau.

Beurk. Voilà qu'elle le laisse lui lécher le visage. Je n'ai jamais compris les gens qui aimaient ça. Surtout quand on sait où les chiens viennent fourrer leur museau et leur langue… Il m'est déjà arrivé de devoir empêcher Sol de manger ses propres excréments.

Cela avait bien fait rire ma mère qui s'était ensuite employée à me lister les différents types de scatophagie. L'autoscatophagie correspond au comportement constaté chez Sol. La scatophagie intraspécifique fait quant à elle référence aux animaux consommant les excréments de leurs semblables. La scatophagie interspécifique ne s'embarrasse pas de la distinction entre les espèces. Pourquoi je me souviens de cela en particulier ? Je n'en ai pas la moindre idée. Toujours est-il que cela ne m'étonnerait pas que Sol soit adepte de ces trois pratiques à la fois.

— Bien, Alfie. Tu dis au revoir à maman ? reprend Mlle Haynes en se redressant.

Je le serre dans mes bras et dépose un baiser sur le haut de son crâne.

— À ce soir, mon chéri.

— Oublie pas la fête de Liam, maman ! crie Alfie à mon attention avant d'être entraîné par Mlle Haynes.

Je lui fais un signe de la main.

— Bien sûr que non.

La fête de Liam. Je l'avais complètement oubliée avec tout ce qui est arrivé. Au moins Alfie est déjà passé à autre chose, lui.

Je le suis du regard jusqu'à ce qu'il disparaisse derrière la porte menant du préau à la cour de récréation, puis au bâtiment en préfabriqué abritant les salles de classe. Je ne suis pas rassurée à l'idée de le laisser seul, même si je sais qu'il ne pourra rien lui arriver dans cette école. Ici, il est en *sécurité*. Pas besoin de faire de recherches approfondies pour savoir qu'il ne s'y est jamais rien passé. Et il est *évident* que le directeur n'embaucherait jamais quelqu'un comme Sally McGowan. Kay a parfaitement raison là-dessus. Des mesures ont forcément été mises en place pour tenir cette femme éloignée des enfants.

Ma mère ne se porte pas vraiment mieux lorsque je lui ramène Sol. Elle a le teint aussi pâle que ses draps et le bout de son nez irrité à force de s'être trop mouchée.

— Ne t'approche pas trop, m'avertit-elle d'une voix enrouée. Je ne voudrais pas que tu tombes malade à ton tour et que tu contamines Alfie. C'est affreux. Je me portais encore très bien il y a un jour à peine. Ça m'est tombé dessus d'un coup.

Elle tend le bras pour prendre le verre d'eau posé sur sa table de chevet et boit une longue gorgée.

— Laisse-moi au moins te resservir, lui dis-je. Tu es sûre que tu ne veux toujours rien à manger ?

Son visage se tord en une grimace.

— Je peux repasser te voir ce soir, si tu veux. Après la fête.

— De quelle fête parles-tu ?

— Tu n'es pas au courant ? J'étais pourtant sûre de t'en avoir parlé. Alfie est invité à l'anniversaire d'un de ses copains. Aujourd'hui, après l'école. Le déguisement est obligatoire.

— Laisse-moi deviner, ils vont aussi fêter Halloween, grommelle ma mère.

— Malheureusement, oui. J'ai suivi tes conseils, en revanche. Je suis devenue amie avec les autres mamans.

Elle hoche la tête.

— J'espère que tu lui as trouvé un beau déguisement, parce que je parie que ses petits copains vont mettre le paquet.

Je la regarde, interloquée. Ai-je bien entendu ? Elle qui disait toujours que m'acheter de jolies robes était une pure perte d'argent et que les chaussures à la mode n'étaient pas bonnes pour ma croissance ? « Si tu penses qu'une paire de chaussures te fera rentrer dans le moule, tu te fourres le doigt dans l'œil », me disait-elle.

— Si tu te voyais ! lance ma mère en riant. Je sais exactement à quoi tu penses. Mais on ne voit plus les choses de la même façon lorsqu'on devient grand-mère. Tu comprendras un jour. Du moins, je l'espère.

J'hésite à lui dire que Michael a emménagé à la maison. Ce n'est qu'une question de temps avant qu'Alfie ne lui en parle et je ferais peut-être mieux d'anticiper pour éviter tout malentendu. Je m'assieds au bout de son lit. Elle va probablement me refiler son virus, mais peu importe, il faut que je sois honnête avec elle.

— Maman, il y a quelque chose dont je dois te parler. Michael a demandé s'il pouvait venir s'installer à la maison et j'ai accepté.

Je regarde mon reflet dans le miroir de sa coiffeuse, puis le sien, dans l'attente de sa réaction. Elle plie minutieusement son mouchoir en tissu, le temps de digérer l'information.

— Eh bien, commence-t-elle enfin. Si ton cœur te dit que c'est la meilleure chose à faire, et que c'est ce que tu veux…

Elle renifle.

— Je n'ai toujours voulu que ton bonheur, Jo. Tu le sais ?

Elle a les yeux qui brillent, et ce n'est pas dû à la maladie.

— *Évidemment* que je le sais. Et je sais aussi que tu as toujours pensé que Michael était incapable de s'engager dans une relation durable.

Je baisse les yeux sur mes genoux.

— Je ne te l'ai jamais dit, mais il m'a demandée en mariage il y a plusieurs années.

— Et tu as décliné ? s'exclame-t-elle.

— Oui.

— Pourquoi ?

— Parce que je ne voulais pas qu'Alfie soit la seule motivation de notre union, dis-je en soupirant. Et parce que j'avais peur qu'il me fasse ce que papa t'a fait, je suppose. L'idée qu'il puisse m'abandonner avec Alfie m'était insupportable.

Ma mère déplie son mouchoir pour se moucher.

— Je sais à quel point tu en as souffert, maman. Et je ne voulais pas…

— Finir vieille et aigrie comme moi ? me coupe-t-elle.

— Ce n'est *pas* ce que j'allais dire.

Elle rit.

— Tu as raison sur un point. J'en ai *terriblement* souffert et je suis désolée si je t'ai transmis mes inquiétudes concernant les hommes. Ce n'est pas juste pour toi.

— J'aurais tellement voulu qu'il ne se comporte pas comme un gros connard.

— Et moi donc, ma chérie.

Je serre sa main dans la mienne.

— Mais je peux t'assurer que si Michael ne s'investit pas dans notre couple et dans son rôle de père comme il a promis de le faire, ce sera définitivement terminé entre nous.

Ma mère acquiesce. Elle n'a *jamais* pu tourner la page. Mais je ne suis pas comme elle. Je suis bien plus forte. Et je couperai les ponts avec Michael s'il le faut.

J'espère juste ne jamais avoir à le faire.

27

Sartre, ou plutôt un de ses personnages, est célèbre pour avoir un jour déclaré : « L'enfer, c'est les autres. » Je sais que cette phrase n'est pas aussi simple à comprendre qu'elle n'y paraît, et que je n'ai pas les connaissances philosophiques nécessaires pour l'interpréter correctement. À cet instant précis, cependant, je la prends au pied de la lettre. L'enfer, c'est effectivement les autres, et plus précisément les personnes actuellement présentes dans la véranda de Debbie Barton, occupées à faire tinter leurs flûtes remplies de prosecco. Leurs enfants aussi. Des petits monstres insatiables dont l'attention a pu être retenue par un malheureux sculpteur de ballons dans la pièce d'à côté. Le bruit qui me parvient me donne la migraine.

Mes yeux passent d'un visage à l'autre, en commençant par la véranda jusqu'à la salle à manger. Un imposant miroir garni de faux diamants reflète la verdure du jardin et un lustre en verre se balance doucement au plafond. Colin, le mari de Debbie qui exerce le métier de plombier, boit une bière à table en compagnie de Rob, le mari de Karen. Ils font presque tache au milieu de ce décor féminin et tape-à-l'œil. Le violet et le rose sont les couleurs largement prédominantes, et tout n'est que paillettes et fourrure. Sur les murs, des plaques avec des citations « amusantes ». Je me demande si Colin a eu son mot à dire pour la décoration. Je mettrais ma main à couper que son avis ne lui a jamais été demandé.

Je reporte mon attention sur la conversation en cours. J'ai l'impression d'être dans une émission de téléréalité, genre *The Real Housewives of Flinstead-on-Sea*[1]. Tash va s'en donner à cœur joie quand je lui raconterai tout ça.

Pour être honnête, Debbie m'a proposé de rentrer et de revenir récupérer Alfie à la fin de la fête, mais il était hors de question d'être séparée de lui après ce qu'il s'est passé aujourd'hui. Et ce n'est pas comme si je connaissais intimement chacun des parents présents. Peu importe qu'ils aient l'air aimables, je n'arrête pas de penser à ce que Kay m'a dit ce matin…

Je croise le regard de Karen de temps à autre. À en juger par son expression, elle doit être aussi épuisée physiquement et psychologiquement que moi.

Je décide de me rapprocher d'elle.

— Comment va ta mère ?

Elle affiche une expression de surprise.

— Tout à l'heure, tu as dit que tu devais l'emmener chez le médecin. J'espère que tu n'as pas été retardée.

— Oh non, pas du tout, répond-elle. Nous sommes arrivées après l'heure du rendez-vous, mais cela n'a rien changé. Les médecins ne sont pas réputés pour leur ponctualité, pas vrai ? Ma mère va… Elle va bien.

Karen prend une gorgée de prosecco, les yeux perdus dans le vague. Quelque chose dans son regard

1. En référence à *The Real Housewives of…*, une émission de téléréalité américaine mettant en scène des femmes au foyer fortunées de villes différentes.

a changé. Je me souviens du visage de sa mère lorsqu'elle s'était retournée pour me saluer, le jour où elle m'a vue chez Pegton. Elle ne m'avait pas paru en grande forme. Merde, je n'aurais jamais dû remettre le sujet sur le tapis.

Autour de nous, la conversation a dévié sur la cohue devant Stones & Crones, ayant eu pour résultat la destruction de la vitrine du magasin.

Karen ferme les yeux et soupire. Lorsqu'elle les rouvre, elle me surprend en train de la dévisager.

— Où en es-tu de ta lecture pour le club ? finit-elle par me demander. Personnellement, je la trouve un peu indigeste avec toutes ces histoires à l'intérieur de l'histoire.

— De quel livre s'agit-il ? demande Debbie avant même que j'aie pu répondre.

— *Frankenstein* de Mary Shelley, répond Karen.

Debbie fait la grimace, l'air de dire « Quel ennui ».

— D'ailleurs, c'est étonnant que personne n'ait eu l'idée de venir déguisé en Frankenstein, ce soir.

J'échange un regard avec Karen. Un court moment de complicité. Je m'étais méprise à son égard. Je m'en rends compte désormais. Ce que j'avais interprété comme de la curiosité mal placée lors de la dernière réunion du club de lecture n'était sûrement qu'une tentative de sa part de faire la conversation et de se montrer amicale. Nous devons avoir beaucoup de points en commun, elle et moi. Et après l'épisode de ce matin, j'ai le sentiment que nous nous sommes rapprochées.

— Frankenstein est le nom du savant qui *crée* le monstre, je rectifie. C'est une erreur très répandue.

Je regrette aussitôt d'être intervenue. Personne n'aime les gens qui la ramènent.

— Même si certains considèrent que c'est lui le véritable monstre, continue Karen.

J'acquiesce.

— Pour lui avoir donné vie, oui.

Debbie lève les yeux au ciel.

— Oh, ça va, on n'est pas à une de vos réunions du club de lecture.

Des rires nous proviennent de la pièce voisine.

— On peut dire que j'en ai pour mon argent, avec ce sculpteur de ballons, dit Debbie. Et par-dessus le marché, il est plutôt agréable à regarder.

Des murmures d'approbation s'élèvent parmi les femmes présentes. Quelqu'un plaisante sur son habileté à manipuler le latex, provoquant des rires nerveux dans l'assistance.

— En parlant de beaux gosses, commente Cathy en baissant la voix pour ne pas être entendue de Rob et de Colin. Je n'ai pas pu m'empêcher de remarquer l'homme avec qui tu es allée chercher Alfie juste avant les vacances, Joanna.

Elle sourit.

— Est-ce que c'est le *père* du petit ?

Je serre les poings. Non pas que je sois gênée par sa question, bien au contraire. Je n'ai aucune honte à confirmer que Michael est bien le père d'Alfie. Mais c'est le ton qu'elle a employé en prononçant le mot « père » qui me met hors de moi. Cette façon d'insister dessus, comme si c'était une excentricité. Aurait-elle usé du même ton si Michael n'avait pas été noir ?

Je détecte un léger changement d'atmosphère autour de moi. Les gens se mettent soudain à parler à voix basse, comme s'ils cherchaient à épier ma conversation avec Cathy tout en ayant la politesse de ne pas le faire de façon flagrante.

— C'est le père d'Alfie, oui. Et c'est aussi mon compagnon.

C'est étrange de l'exprimer à voix haute. Habituellement, je me contente de dire que c'est un ami très proche. Mais dans ce cas précis, cela n'aurait fait qu'amener plus de questions. Mieux vaut ne pas être évasive pour mettre fin à l'interrogatoire le plus rapidement possible. Et puis les choses ont évolué. Depuis peu, Michael et moi sommes véritablement devenus un couple.

— Je ne savais pas, dit Cathy. Je pensais que tu étais célibataire.

Je souris. Les conversations autour de moi se sont presque toutes arrêtées. Un silence inconfortable s'installe dans la véranda. Voyant que je n'ai pas l'intention de répondre, les autres invités se détournent peu à peu. Mais il n'y a plus rien de naturel dans leur comportement, et leurs efforts pour raviver l'ambiance restent vains.

— Bon, reprend Cathy. Il est temps de passer à la suite.

Elle se lève et se dirige vers un placard d'où elle sort un énorme cadeau emballé dans du papier argenté.

— Un volontaire pour s'occuper de la musique pendant que les enfants jouent aux chaises musicales ?

Karen lève la main si vite qu'elle manque de renverser le verre de Teri.

Debbie désigne son iPad sur la table basse.

— J'ai créé une playlist sur Spotify. Il te suffit de cliquer sur « Chansons d'Halloween ».

Nous nous levons toutes pour passer dans la pièce d'à côté, où des dizaines de ballons en forme d'animaux s'entrechoquent dans un chaos de rires et de cris. Les filles de Karen et de Teri – Hayley et Ruby – sont les seules filles du groupe. Sans grande surprise, elles ont décidé de se mettre à part pour s'adonner à une activité bien plus calme consistant à faire trotter de petits chevaux en plastique le long des meubles.

Les cheveux d'Alfie luisent de sueur et ses yeux brillent d'une excitation à la limite de l'hystérie. Je m'assieds sur le bord d'un canapé, laissant aux autres mères le soin d'installer plusieurs chaises en cercle et de rassembler les enfants. Colin et Rob, quant à eux, ont eu la bonne idée de ne pas bouger du salon. Puis la bande originale du film *Ghostbusters* retentit et le jeu commence enfin.

Deux heures plus tard, et après avoir fait la quête de bonbons une bonne demi-heure dans les rues froides et humides du quartier avec des enfants incontrôlables, je ne rêve plus que d'une chose : rentrer à la maison. Néanmoins, lorsque Karen et Rob – enfin, davantage Karen que Rob – me proposent de prendre un thé chez eux, je décide de me laisser tenter. Ils habitent dans un ancien hôtel bourgeois qui portait le nom de The Regal, et je serais bien curieuse de découvrir à quoi il ressemble de l'intérieur.

L'un des appartements de l'hôtel a récemment été mis en vente, mais le propriétaire a retiré son annonce avant que j'aie le temps d'y jeter un coup d'œil. À ma grande déception, celui de Karen et de Rob n'est pas situé dans le vieux bâtiment, mais dans l'extension récente et, par conséquent, moderne. Trop tard pour me défiler. D'autant que Karen a fait gagner Alfie aux chaises musicales en arrêtant la musique aux moments les plus opportuns pour lui.

Karen me fait entrer dans un petit salon rectangulaire. Bien qu'il ne soit pas aussi sophistiqué que ce à quoi je m'attendais, il m'apparaît immédiatement chaleureux et décoré avec goût. Hayley s'empresse de grimper sur les genoux d'une femme âgée assise dans l'un des canapés, un ordinateur portable posé en face d'elle. C'est la femme que j'ai vue l'autre jour devant Pegton, en compagnie de Karen. Elle semble encore plus petite, emmaillotée dans un large peignoir blanc et duveteux. Elle porte aussi un bonnet rose ainsi que des chaussons rembourrés.

— Je te présente ma mère, dit Karen. Tu excuseras sa tenue, mais c'est Halloween après tout. N'est-ce pas maman ?

Je traverse le salon pour la saluer, et lui éviter au passage de devoir se lever alors qu'Hayley est assise sur ses genoux. Elle me serre la main, et je remarque à quel point elle a le poignet fin et le visage émacié.

— Ma fille est un amour, vous ne trouvez pas ?

Je suis surprise par le ton de sa voix. Grave, presque rauque. Je me serais plutôt attendue à une intonation douce et féminine, certainement à cause du bonnet rose et des chaussons en moumoute.

— C'est parce que j'ai tout appris de toi, ma chère petite maman, lance Karen.

Bien qu'il ne s'agisse que de petites moqueries, je perçois tout de même une légère tension entre les deux femmes. Cela doit être éprouvant pour Karen d'héberger sa mère dans un si petit appartement. Pour Rob aussi. Il n'y a qu'à voir la façon dont il s'est précipité vers sa chambre pour s'y enfermer.

Karen pioche un DVD dans une malle posée sur le sol et, quelques instants plus tard, Hayley et Alfie sont assis devant la télévision, absorbés par la scène d'ouverture de *La Reine des neiges*.

Karen me fait signe de la suivre dans la cuisine.

— Viens donc boire du thé. Ma mère gardera un œil sur les enfants. Elle adore *La Reine des neiges*.

Je la suis et me retourne une dernière fois pour regarder Alfie : un Dark Vador miniature et échevelé, accompagné d'une mariée macabre et d'une grand-mère disparaissant presque dans sa robe de chambre, occupée à tapoter sur son ordinateur.

Plus tard ce soir-là, tandis que je me détends devant une émission sans intérêt, je me repasse les événements de la journée. Je repense à la peur que j'ai ressentie lorsque j'ai vu cette horrible photo ; à la panique qui s'est emparée de moi lorsque j'ai perdu Alfie… Tout cela me semble déjà loin, à présent. Cela ne me gênerait pas de ne plus jamais fêter Halloween, mais je suis tout de même heureuse qu'Alfie ait pu profiter de sa soirée. Je suis aussi ravie d'être allée chez Karen après la fête. J'ai le sentiment que nous allons devenir amies, elle et moi. Véritablement amies.

Je prends mon téléphone portable pour vérifier si Michael m'a envoyé un message. C'est le cas.

Comment s'est passée la fête ? Je parie qu'Alfie s'est gavé de bonbons.

Nous échangeons des textos pendant quelques minutes, rechignant tous deux à mettre fin à la conversation. Je sais que je devrais lui parler de la photo et de l'incident à la plage, mais la tâche me paraît bien trop fastidieuse, alors je décide qu'il sera mieux de lui dire en face. Nous finissons par nous souhaiter une bonne nuit et je jette mon portable sur le coussin à côté de moi. Puis je le récupère pour aller sur Twitter. Juste un dernier petit coup d'œil au compte de Sally Mac avant de supprimer le mien pour de bon. Maintenant que Michael a emménagé à la maison, je ne trouverai de toute façon plus le temps de traîner sur les réseaux sociaux.

Sally Mac est toujours là et… tiens… elle a posté un nouveau tweet.

Je le lis et le relis, incapable de digérer la phrase qui se trouve sous mes yeux. Le son de la télévision me parvient de manière étouffée, et un long frisson me parcourt la colonne vertébrale. J'ai dû rêver. Mon Dieu, je vous en prie, dites-moi que j'ai rêvé.

Je n'ai pas rêvé. Les mots apparaissent toujours sur mon écran et le message est clair :

Regarde ce que tu as fait. Toi et ta grande bouche. Je te surveille. #JeSurveilleAlfie.

Je porte des chaussures à semelles épaisses pour ne pas faire de bruit en marchant. Ce soir, j'attends que les rues se soient entièrement vidées de leurs clowns maléfiques et autres morts vivants. Que les badauds sortis promener leurs chiens soient rentrés chez eux. Alors je m'enfonce dans la nuit noire, laissant l'obscurité m'envelopper, emplissant mes poumons de la pureté de son souffle.

Dans une petite ville telle que Flinstead, les nuits comme celle-ci s'accompagnent d'un silence profond. Pas de vent, pas de mer agitée. Même après toutes ces années, la joie d'avoir les rues pour moi toute seule reste intacte. Mon heure est venue. L'heure de Sally est venue.

Je me dirige fatalement vers la plage, où il fait encore plus sombre en dépit de la clarté de la lune. Le sentiment de liberté que j'éprouve lorsque je marche sur le sable – bien qu'imperceptible à l'œil nu – est grisant. Je n'ai peur ni de l'obscurité ni de l'immensité de l'océan. Je n'ai peur de rien ici-bas. J'ai l'impression d'être dans un rêve. De ne faire qu'un avec l'univers.

En apesanteur. Immortelle.

Invincible.

Ce soir, en revanche, je ne marche pas jusqu'à la plage. J'erre dans les rues aux maisons plongées dans le noir, à l'exception de quelques-unes où j'aperçois un peu de lumière. J'invente des scénarios dans ma tête à mesure que j'avance. Un jeune couple faisant l'amour sur un canapé, riant lorsque les ressorts grincent. Un vieil homme somnolant devant la télévision. Une mère allaitant son bébé, piquant du nez pendant que son petit tète, son mari ronflant depuis bien longtemps à l'étage.

Je suis tellement envieuse de la banalité de leurs existences que j'ai envie de crier. Je suis à deux doigts de ramasser une pierre et de la lancer à travers une fenêtre. Je voudrais pouvoir perturber leur tranquillité. Leur faire éprouver la peur que je ressens chaque jour. Qu'ils sachent ce que cela fait, ne serait-ce qu'un bref instant.

Mais ils ne sauront jamais ce que cela fait.

Chez elle, un faible rayon de lumière orangée me parvient depuis la fenêtre de la chambre.

28

Il est plus de minuit lorsque j'ose enfin aller me coucher. J'ai vérifié les serrures de chaque porte au minimum trois fois pour m'assurer qu'elles étaient bien verrouillées. J'ai aussi fermé les loquets de la porte d'entrée et de la porte de derrière alors que je me contente habituellement des serrures. J'ai la désagréable sensation que quelqu'un m'épie depuis la rue. *Que quelqu'un épie Alfie.* Je frissonne.

Je passe d'abord par la cuisine pour me servir un verre d'eau. L'obscurité reflétée par la fenêtre au-dessus du lavabo m'effraie. Et s'il y avait quelqu'un là-bas ? Il n'aurait aucune difficulté à me voir tandis que j'ouvre le robinet pour remplir mon verre d'eau fraîche. Je regrette de ne jamais avoir fait installer de rideau.

Je passe pour une idiote, je le sais. Mais la vue du bloc de couteaux posé sur le plan de travail me perturbe. Je revois ma mère me parler d'un article qu'elle a lu dans le journal. L'histoire horrible d'un cambrioleur qui a poignardé une femme avec ses propres couteaux de cuisine alors qu'elle tentait de le faire fuir. Depuis, elle planque tous ses couteaux.

À l'époque, je me souviens d'avoir pensé que cette

femme avait eu une réaction disproportionnée. Ce soir, je décide de ne pas tenter le diable et de ranger le bloc de couteaux dans un placard.

Dans ma chambre, j'essaye de nouveau d'appeler Michael mais tombe sur sa messagerie. Je n'ai pas arrêté de lui envoyer des messages depuis la découverte du tweet.

Appelle-moi dès que tu as ce message.
Il est arrivé quelque chose de terrible.
J'ai besoin de te parler.

Il doit sûrement être en train de dormir. Il m'avait dit qu'il irait faire du sport après avoir reçu les locataires de son appartement. Il n'y a donc rien d'étonnant à ce qu'il soit allé se coucher tôt à cause de la fatigue. Ou peut-être est-il allé boire quelques verres avec ses collègues. Auquel cas il est probable qu'il n'entende pas son portable sonner.

Je sais ce que penserait ma mère si elle savait que Michael ne répond pas à mes appels.

Après avoir ruminé et tourné en rond pendant une éternité, je décide d'aller voir Alfie. Je soulève sa couverture aussi délicatement que possible et viens me glisser à côté de lui, enroulant mon bras autour de son petit corps endormi et tout chaud. Je respire son odeur, les battements de mon cœur bourdonnant dans mes oreilles.

Au fond, je sais que la personne qui a posté ce tweet essaye simplement de me faire peur. Tout comme je sais que Michael n'est pas allé voir ailleurs ce soir. Quand bien même, je n'arrive pas à trouver le sommeil.

Il me faut un certain temps avant de comprendre que la sonnerie qui retentit dans le lointain ne fait pas partie de mon rêve, mais provient de mon portable dans la pièce d'à côté. Je m'extirpe doucement du lit pour ne pas réveiller Alfie. Le rai de lumière grise qui perce à travers le rideau indique que le jour est en train de se lever. J'ai finalement dû réussir à m'endormir.

C'est Michael.

— Je suis là. Je ne voulais pas sonner pour ne pas réveiller Alfie.

Je le retrouve sur le pas de ma porte, croulant sous les cartons et les sacs, et le soulagement que je ressens est indescriptible. Je me blottis contre lui un long moment. Il a dû se réveiller pendant la nuit, voir tous mes messages et partir sans réfléchir.

Je lui parle d'abord de la photo retouchée et je peux voir à l'expression sur son visage qu'il pense que j'ai réagi de manière excessive.

— Tu dis que les autres enfants avaient été grimés en zombies ?

— Oui.

— Tu en es sûre ?

— Merde, Michael ! Je sais à quoi ressemble un zombie ! Ils avaient le visage gris et leurs yeux étaient injectés de sang. Ils étaient aussi couverts de plaies sanglantes. Comme des zombies, quoi.

— Je suis désolé, mais je ne vois pas en quoi le couteau te choque plus que les plaies sanguinolentes. C'était Halloween, après tout.

— Le directeur était de mon avis, lui. Il trouvait étrange qu'Alfie ait été le seul représenté avec un couteau planté dans le cœur.

Michael lève un sourcil.

— Il a probablement dit ça pour te rassurer. Allez, Joanna. Ne me dis pas que tu accordes de l'importance à cette stupide photo ?

Je sors mon téléphone portable et ouvre Twitter.

— Attends un peu de voir ce qui va suivre.

Mais lorsque j'ouvre la liste de mes followers, le compte de Sally Mac a disparu. Je tape son nom dans la barre de recherche. Aucune trace d'elle.

— C'est étrange. Elle a disparu.

— Qui a disparu ?

Je lui parle de SallyMac@lemoulinàrumeurs7 et des tweets. Il m'écoute en silence, les yeux plissés. Quand je mentionne le hashtag faisant référence à Alfie, son expression change.

— C'est tordu, finit-il par concéder.

— Tu crois que ça pourrait venir d'elle ? Et si elle avait appris que j'ai colporté la rumeur et qu'elle cherchait à me punir ?

Je me rends compte trop tard de ce que je viens de dire.

Michael me dévisage.

— Tu as colporté la rumeur ? Qu'est-ce que c'est que ces histoires ?

Mes joues s'enflamment. Je suis gênée, mais pardessus tout, je suis mortifiée.

— J'en ai parlé à mon club de lecture avant même de t'en avoir parlé à toi.

Michael lève les yeux au ciel.

— Je voulais juste détourner l'attention de la pauvre Jenny qui subissait un véritable interrogatoire de la part de Karen. Elle avait l'air tellement mal à l'aise. C'est la première chose qui m'est venue à l'esprit. Je n'aurais jamais dû mettre le sujet sur la table. Si tu savais à quel point je m'en mords les doigts.

— Tu n'as rien dit de mes découvertes aux autres, n'est-ce pas ? Personne ne sait que je prépare un livre ?

— Personne ne sait pour le livre, mais…

— Mais quoi ?

— Une semaine après la réunion du club de lecture, une femme – Maddie – a mentionné une de ses amies qui était dans la police et qui saurait tout un tas de choses à propos du programme de protection des témoins. Depuis, elle est convaincue que Sonia Martins de Stones & Crones est en réalité Sally McGowan.

Michael secoue la tête en signe de désapprobation.

— Donc tout ça est ta faute.

— C'est ma faute si Maddie se fait des films ?

Il soupire.

— Bien sûr que non. Mais tu sais très bien comment ça se passe dans des villes comme Flinstead. Les rumeurs se répandent comme des traînées de poudre.

— De toute façon, Maddie est revenue à la raison et ne pense plus que Sonia Martins est Sally McGowan. Elle aurait trouvé une preuve que les accusations provenaient d'une autre de ses amies qui connaissait Sonia et qui s'était brouillée avec elle.

Je baisse les yeux.

— Ce qui n'a pas empêché quelqu'un de balancer une brique dans la vitrine de Stones & Crones.

— Putain de merde, grommelle Michael.

— Je sais. Cette histoire tourne au ridicule.

— Tu as d'autres confidences à me faire ou c'est fini ?

Il plonge son regard dans le mien. Il sait que je lui cache encore quelque chose.

Je prends une profonde inspiration. Après tout, si je veux donner une chance à notre relation, je me dois d'être honnête avec lui.

— Il se peut que j'aie parlé du fait que Sally McGowan avait été placée dans une ville sèche.

Michael pousse un long soupir et détourne le regard.

— Pourquoi ? demande-t-il. Pourquoi as-tu fait ça ? Je ne pensais pas que tu étais le genre de femme à aimer les ragots.

— Je n'aime *pas* les ragots. C'est juste que… Alfie a du mal à se faire des copains. Personne ne veut s'asseoir à côté de lui à la cantine et je ne voulais pas qu'il en souffre. Je ne voulais pas qu'il soit encore une victime, après tout ce qu'il a déjà vécu. Toutes ces moqueries qu'il a subies. Pour moi non plus, ça n'a pas été facile. Toutes les mères se connaissent déjà entre elles, ici. J'ai l'impression d'être de trop.

— Et donc, tout naturellement, tu t'es dit que prendre part aux commérages te permettrait de mieux t'intégrer.

— Figure-toi que ça a marché. J'ai rejoint leur groupe d'entraide à la garde d'enfants, et Alfie a été invité à l'anniversaire de Liam. Je fais tout mon possible pour étouffer la rumeur, je te le promets.

J'ai parlé les yeux baissés sur les paumes de mes mains. Je prends mon courage à deux mains et relève la tête pour me forcer à rencontrer le regard de Michael.

— Tu penses que Sally McGowan peut se cacher derrière ce compte Twitter ?

— Non. Elle n'aurait aucun intérêt à attirer l'attention sur elle. Je suis sûr qu'une de tes copines du groupe d'entraide cherche à te jouer un mauvais tour.

Il essuie une larme de ma joue. Un geste tendre qui ne fait que provoquer un nouveau torrent de pleurs.

— Ce n'est pas un hasard si le compte a disparu juste après Halloween. C'est juste une mauvaise blague, crois-moi.

— Je l'espère. Je l'espère de tout cœur.

Michael me prend dans ses bras. Je suis heureuse

de m'être confiée à lui. J'ai l'impression de m'être débarrassée d'un poids.

— Twitter regorge de crétins. De crétins, de trolls et de gens qui cherchent à te vendre tout et n'importe quoi.

— Et moi je fais partie de la catégorie des crétins.

Il rit.

— C'est toi qui l'as dit.

29

Ce soir-là, après avoir couché Alfie, Michael et moi partons à la recherche du documentaire à propos duquel j'ai lu un article il y a quelque temps. *Dans les limbes de l'identité*, écrit et réalisé par Martin Knight. Mais celui-ci est introuvable. Nous ne parvenons qu'à dégoter une poignée d'extraits sur YouTube – pour la plupart des interviews de témoins filmés de façon à ce qu'on ne puisse jamais les voir. De profil, plongés dans l'obscurité, leurs voix sont altérées et leurs visages floutés.

Si certains sont reconnaissants de s'être vus donner une seconde chance, d'autres regrettent d'avoir été contraints à laisser leur vie derrière eux. Selon leurs dires, le fait de vivre dans le secret et le mensonge a eu de terribles conséquences sur leur santé mentale. L'un des interviewés – nommé Peter pour les besoins du documentaire – explique à quel point il est difficile de ne pas rechuter lorsque vous adoptez une nouvelle identité. Ce qui l'a sauvé, dit-il, c'est d'avoir injecté une petite part de vérité dans chacun de ses mensonges ; un îlot d'authenticité auquel il pouvait lui-même se raccrocher.

Dans une autre vidéo, un psychologue cite « l'illusion de la vérité », un concept selon lequel plus un mensonge est répété, plus il est perçu comme réel par la personne qui le prononce. Exactement comme les rumeurs. Aussi les individus bénéficiant du système de protection des témoins finissent bien souvent par croire à leurs propres mensonges, oubliant peu à peu leur vie passée.

À bien y réfléchir, cela n'a rien de surprenant. Adolescente, il m'est arrivé de mentir. J'ai notamment fait croire à mes amies que j'avais perdu ma virginité avec un des garçons qui travaillaient à la fête foraine de Mistden Pier, alors qu'en réalité nous nous étions contentés de quelques baisers et câlins. En racontant ce mensonge, je pensais gagner en popularité et intégrer les groupes des élèves populaires. À l'époque, j'ignorais que cela finirait par me causer du tort. Toujours est-il que j'en ai parlé tant de fois – prenant soin d'ajouter toujours plus de détails – que j'ai fini par y croire moi-même. Mon fantasme me paraissait alors bien plus plausible que l'étreinte maladroite qui avait réellement eu lieu.

Les personnes interviewées dans les extraits vidéo ont pour la plupart contribué à faire tomber des individus appartenant au crime organisé. Certaines sont des victimes, d'autres des criminels repentis. Mais aucune n'est un tueur. Nous enchaînons avec un documentaire sur Sally McGowan. Réalisé dans les années soixante-dix, il a tout perdu de son caractère révolutionnaire et apparaît vite daté.

Je me rapproche de Michael dans le canapé. Sur ses genoux repose son ordinateur portable qui diffuse désormais une vidéo en noir et blanc datant des années soixante, dans laquelle des habitants de Salford prétendent avoir connu Sally lorsqu'elle était enfant.

Parmi les interviewés, d'anciens élèves et professeurs de son école maternelle, des voisins et des individus ayant pris part à son procès. Tous s'accordent à dire qu'elle avait un caractère bien trempé en dépit de son jeune âge, et qu'elle était aussi extrêmement intelligente. Elle avait l'étoffe d'un futur leader. Un petit nombre fait cependant remarquer qu'elle se montrait parfois violente. Pas étonnant, avec une famille comme la sienne.

La bande-son oscille entre une musique mélancolique et des bruits menaçants, le tout plombé par une voix off profonde et grave. Cela me rappelle les vieilles vidéos historiques que j'aime bien regarder, montrant l'évolution des maisons et des villes à travers le temps. On y voit des rangées interminables de maisons ouvrières collées les unes aux autres. Des enfants crasseux jouant dans la rue sans surveillance. Des femmes au foyer à genoux en train de nettoyer les marches de leur perron, ou bien de balayer devant leur maison tout en discutant avec la voisine. Ou encore des magasins et des bâtisses laissés à l'abandon. La parfaite représentation de la pauvreté du nord de l'Angleterre, en somme.

Et bien sûr, il y a les innombrables gros plans s'attardant sur le visage juvénile de Sally McGowan.

— Qu'est-ce que tu vois quand tu la regardes dans les yeux ? me demande Michael en mettant le documentaire sur pause.

— Je ne sais pas. Je crois que je vois ce que je veux bien voir.

— C'est-à-dire ?

Je tourne la tête de côté et réfléchis à la question.

— Au début, je croyais voir de la défiance dans son regard. De l'insolence, presque. Elle a l'air tellement sûre d'elle, tu ne trouves pas ? Comme si elle était pleinement consciente de sa condition. Ma mère dirait qu'elle en a déjà vu plus d'une. Une vieille âme coincée dans un corps d'enfant.

Michael m'écoute en silence.

— Je trouve qu'elle a l'air d'avoir peur mais qu'elle essaye de ne pas le montrer, finit-il par dire. Même si je ne suis pas sûr qu'on puisse tirer quoi que ce soit de ces vieilles photos. Qui sait si elle n'a pas immédiatement changé d'expression après le flash ?

— Tu as raison. En définitive, je pense qu'on projette simplement ce qu'on sait d'elle sur ces photos.

— L'autre jour, j'ai retrouvé de vieilles photos de moi, poursuit Michael. Je me suis demandé si quelqu'un qui ne voyait que ces photos serait capable de m'imaginer en tant qu'adulte.

Il rit.

— Je n'ai pas tant changé que ça, après tout.

— Physiquement, tu parles ?

Je reçois une légère tape sur la cuisse pour toute réponse.

— Apparemment, les transformations physiques chez les femmes s'observent le plus souvent lorsqu'elles sont jeunes et d'âge moyen. Chez les hommes, elles s'observent bien plus tard.

Comme pour illustrer ses propos, il se redresse et prend mon visage entre ses mains, faisant courir ses doigts sur mes joues à la manière d'un chirurgien plastique.

— Et je ne parle pas uniquement du vieillissement de la peau. Les os du visage changent aussi de forme avec le temps. Par exemple, les orbites s'élargissent, la mâchoire s'affaisse et le bout du nez pointe vers le bas.

— Je suis impatiente que cela m'arrive, j'ironise.

— Les joues se creusent, les paupières retombent, donnant l'impression que les yeux ont rétréci…

Il sourit.

— Mais ne t'inquiète pas, tu as encore une bonne dizaine d'années devant toi !

— Petit insolent !

J'attrape sa main et le force à se donner lui-même une petite tape sur la joue. Dans le feu de l'action, l'ordinateur portable manque de glisser de ses genoux et nous le rattrapons de justesse en riant.

— Tu ne fais pas les choses à moitié, quand tu te lances dans un projet.

— Oh ! je me suis juste renseigné là-dessus dans un moment creux, tu sais.

— Et ces transformations physiques touchent les femmes bien avant les hommes ? Pourquoi faut-il qu'on en bave toujours plus ?

Le silence retombe. Nous contemplons le visage figé sur l'écran de l'ordinateur. Un visage qui m'est désormais familier tant je l'ai vu ces dernières semaines. Et plus je l'observe, plus il m'apparaît pour ce qu'il est réellement : le visage d'une fillette de dix ans qui regarde l'objectif de l'appareil, comme elle a certainement eu la consigne de le faire. Le visage d'une fillette happée par le système judiciaire.

Mais elle n'avait rien d'une enfant ordinaire. Elle était née pour commettre le plus atroce des crimes.

En aurait-il été autrement si elle avait grandi au sein d'une famille aimante et qu'elle n'avait pas subi de violences physiques de la part de son père ? Si elle n'avait pas été affectée par l'éducation qu'elle avait reçue ? Ou plutôt par le manque d'éducation ? Je crains que nous n'obtenions jamais la réponse à ces questions. Et pourtant, Sally McGowan n'a pas récidivé. En dépit de son enfance misérable et de son crime monstrueux, on a cru en sa capacité de changer et de laisser le passé derrière elle.

Aujourd'hui, quelque part, probablement à Flinstead même, si les informations de Michael sont justes, sa couverture est sur le point de voler en éclats. À cause de gens comme moi. Et à cause de gens comme Michael dont le métier est de déterrer des secrets enfouis, sans nécessairement s'assurer de la véracité des faits. Car sous ses airs outrés, il a été à l'origine d'un certain nombre de rumeurs dans son temps.

Il relance la vidéo qui se penche désormais sur le cas des parents, Jean et Kenny McGowan. Si leurs visages sont légèrement floutés, on peut néanmoins facilement déceler la peur dans les yeux de Jean, ou encore la provocation dans la posture de Kenny tandis qu'il se dirige d'un pas menaçant vers le photographe qui le prend en photo avec sa femme. Je serais prête à parier qu'une altercation a éclaté suite à cela. Les mains de Kenny paraissent énormes. L'une d'entre elle s'est muée en un poing prêt à frapper.

— Le père aurait dû être jugé, dis-je. Il n'a peut-être pas assassiné le petit Robbie Harris, mais il a maltraité sa fille et abusé d'elle pendant des années. D'après ce que j'ai pu lire, il s'en prenait aussi à sa femme. Comment les autorités ont-elles pu le croire lorsqu'il a dit que Sally s'était infligé ses blessures elle-même ? Tout le monde savait qu'il était alcoolique et violent.

— Les mœurs étaient si différentes à l'époque, dit Michael. Les gens n'osaient pas briser les tabous. À croire qu'ils refusaient d'admettre que des choses pareilles puissent exister.

Je me remémore ma conversation avec Susan Marchant au sujet de son père et un frisson me parcourt.

Même si les maltraitances finissent par s'arrêter un jour, les séquelles psychologiques, elles, vous collent à la peau. Les souvenirs ne s'effacent jamais. Je revois son expression. La douleur dans son regard. Une pensée me vient alors. Et si, comme « Peter », elle avait injecté une petite part de vérité dans un gros mensonge ? Les maltraitances qu'a subies Sally McGowan étaient d'une violence *inouïe*. C'est à se poser des questions, comme dirait Maddie.

Le documentaire touche à sa fin. Michael éteint son ordinateur portable et se lève. À présent, il fait ce qu'il a pour habitude de faire lorsqu'il est plongé en pleine réflexion : appuyer sa langue contre sa lèvre supérieure. Bien qu'il ait l'air idiot ainsi, je dois avouer que cette petite manie me fait craquer.

— Je tuerais pour un verre, dit-il. Je crois que je vais aller faire un tour dehors pour acheter quelque chose.

— Pas la peine, il doit me rester une bouteille de vin rouge. Et un peu de cognac.

— J'ai plutôt envie de whisky, répond-il. La coopérative ne ferme pas avant vingt-deux heures, n'est-ce pas ? J'en ai pour cinq minutes.

Sitôt la porte d'entrée refermée derrière lui, je me précipite dans la chambre à l'étage et le regarde s'éloigner depuis la fenêtre. Je n'ai pas allumé la lumière par peur de me faire surprendre. Michael n'a jamais été un grand buveur. Et depuis quand est-il devenu amateur de whisky ? Je suis sûre qu'il a dit ça parce qu'il voulait avoir une excuse pour quitter la maison.

Je le suis des yeux tandis qu'il se dirige vers la coopérative. Au niveau du lampadaire, il sort son portable de sa poche. Le temps de traverser la rue, il est déjà en train de parler avec quelqu'un à l'autre bout du fil. Une de ses sources, peut-être ? Il ne voulait probablement pas que j'entende sa conversation, surtout depuis que je lui ai avoué avoir divulgué son information au sujet de la ville sèche. Il n'a plus confiance en moi.

Je recule d'un pas. Je ne peux pas lui en vouloir.

Je redescends dans le salon et compose le numéro de Liz. Elle doit être chez elle à l'heure qu'il est. Par ailleurs, elle n'a jamais caché qu'elle était plutôt casanière et qu'elle troquait rarement le confort de son canapé pour une soirée à l'extérieur. Si j'arrive à la convaincre de parler à Sonia Martins, il reste une toute petite chance que celle-ci accepte d'accorder une interview à Michael. Et au passage, je gagnerai de nouveau sa confiance.

30

Je perçois sa présence avant même d'ouvrir les yeux. Elle se tient au pied de mon lit. Une force irrésistible me pousse à la regarder. Son visage m'apparaît d'abord brouillé, éthéré, comme un portrait impressionniste. Puis les traits de son visage deviennent plus distincts et mon cœur s'arrête de battre. C'est elle. C'est Sally McGowan.

Sa tête se renverse alors en arrière et elle éclate d'un rire glaçant. Un rire frénétique. Je suis hypnotisée par le trou noir de sa gorge et le petit morceau de chair qui se balance à l'intérieur. Elle tend les bras vers moi. Deux bras affreusement pâles, à l'exception de ses mains. Je suis prise d'une nausée incontrôlable qui reflue en moi telle une vague. Ses mains sont couvertes de sang et je comprends immédiatement qu'il s'agit du sang d'Alfie.

Elle a tué mon bébé.

Je me réveille d'un bond, secouée par Michael.

— C'est juste un rêve, Jo. Juste un cauchemar. Tu es en sécurité, je suis avec toi.

Je me débats pour me libérer de la couverture. J'ai froid et ma peau est couverte d'un voile de sueur. Mes membres sont engourdis.

— Alfie ! Où est Alfie ?!

— Chuut. Alfie va bien. Il dort.

— Tu es allé vérifier ?

— Non. Mais que pourrait-il lui arriver dans sa chambre ?

Je suis complètement réveillée, désormais. Bien que consciente qu'il ne s'agissait que d'un cauchemar, je suis toujours prise d'un sentiment de terreur absolue. Je dois aller voir Alfie, c'est plus fort que moi.

Dans sa chambre, je le trouve plongé dans un profond sommeil, recroquevillé, dans son pyjama *Star Wars*. Sa poitrine se soulève au rythme de sa respiration. Je me penche au-dessus de lui pour respirer son odeur. Quelques mèches bouclées encadrent son visage d'ange. Je les repousse délicatement derrière ses petites oreilles roses. Il se met alors à renifler et, l'espace d'un instant, j'ai l'impression qu'il va se réveiller. Je m'accroupis au pied de son lit, pas encore prête à le quitter. Incapable, même. Il m'est littéralement impossible de sortir de sa chambre pour le moment. Je me revois des années en arrière, lorsqu'il n'était encore qu'un nouveau-né. Je pouvais passer des nuits entières à le regarder respirer, juste pour m'assurer qu'il ne lui arriverait rien.

Michael apparaît dans l'embrasure de la porte, complètement nu. On dirait une statue de bronze, immobile et magnifique.

— Allez viens te coucher, dit-il. Je te ferai un massage.

— Ça faisait des lustres que je n'avais pas cauchemardé comme ça.

— Chuut, murmure Michael, allongé derrière moi.

Je sens la chaleur de son souffle sur ma nuque.

La chaleur qui se dégage de son corps et me réchauffe. À présent, il fait glisser ses doigts le long de mes épaules, puis de ma colonne vertébrale. Son toucher me fait l'effet d'une plume.

— Pense à quelque chose d'agréable, me dit-il d'une voix profonde et sensuelle.

Ses lèvres effleurent mon oreille et mon corps entier est parcouru de frissons. Je ne suis pas encore tout à fait remise de mon cauchemar, mais les caresses de Michael m'apaisent déjà. Ses doigts continuent d'explorer mon dos, massant chacune de mes vertèbres avec habileté. Peu à peu, la peur laisse place au désir et nous faisons l'amour. Lentement, puis de plus en plus brutalement, comme si toute notre vie en dépendait. Je ne me souviens pas avoir changé de position mais me voilà sur le ventre, le visage enfoui dans l'oreiller, les mains de Michael m'agrippant fermement les hanches. Ses doigts s'enfoncent dans ma chair, me procurant la plus délicieuse des sensations.

Je ne remarque la présence d'Alfie qu'après coup. Il se tient au pied de notre lit, l'air grave. Il paraît déboussolé, avec son pantalon de pyjama presque retourné.

— Tu fais quoi, maman ? demande-t-il.

Quand j'avais à peu près son âge, je me souviens avoir surpris mes parents au lit une fois. Je me souviens de l'expression de surprise et d'amusement sur leurs visages. Le rouge était monté aux joues de ma mère et mon père m'avait portée jusqu'à mon lit en sifflotant une berceuse pour m'aider à retrouver le sommeil. Ce souvenir est aujourd'hui teinté d'une certaine amertume, car je me suis toujours demandé si ses autres enfants avaient bénéficié du même traitement.

Je dis à Alfie que papa et maman souhaitaient simplement échanger de côté dans le lit, et que pour ce faire, papa devait passer au-dessus de maman. Je lui dis aussi que papa et maman avaient très chaud et que c'est la raison pour laquelle ils avaient retiré leur pyjama. À mon grand soulagement, ces explications semblent lui convenir. Après avoir bu un verre d'eau et fait un tour aux toilettes, il accepte de bonne grâce de retourner se coucher. De retour dans la chambre, je croise le regard de Michael et nous partons tous deux d'un fou rire silencieux, les mains plaquées sur nos bouches pour faire le moins de bruit possible.

Plus tard, lorsque nous avons repris nos places respectives dans le lit – Michael sur le dos et moi sur le côté, l'oreiller replié sous mon épaule –, les souvenirs de mon cauchemar reviennent, me privant de sommeil pendant de longues heures.

Je me réveille au son de la radio et de Michael prenant une douche. Son côté du lit est froid, donnant à penser qu'il est debout depuis longtemps déjà. *Son côté du lit.* Comme c'est étrange de penser ainsi si peu de temps après son installation à la maison.

Je m'étire à la manière d'un chat en bâillant la bouche grande ouverte. J'entends la douche s'arrêter et Michael apparaît, une serviette enroulée autour de la taille, cachant à peine son intimité. Une autre pend négligemment sur son épaule.

— Bonjour Chewbacca, me lance-t-il. Tu n'aurais pas de serviettes plus grandes que celles-ci par hasard ?

— Non, dis-je en essayant de lui arracher la serviette de la taille.

Il m'attrape le poignet avant que j'aie pu commettre mon méfait et sourit.

— Ne commence pas quelque chose que tu ne peux pas terminer. Alfie est réveillé et peut nous surprendre à tout moment.

En bas, j'ai l'impression de me retrouver dans une publicité de Ricoré, avec le père homme au foyer, la mère habillée pour le travail et l'enfant versant du lait dans ses céréales. La parfaite représentation de la famille mixte et moderne. Même le soleil a répondu présent aujourd'hui. Et si l'angoisse de ces derniers jours ne m'a pas complètement quittée, je me sens néanmoins sereine.

— J'ai quelques visites à superviser ce matin, dont une à côté de chez Liz. J'en profiterai pour lui rendre visite et lui parler de Sonia Martins. J'ai essayé de l'appeler hier quand tu es sorti, mais elle était toujours injoignable.

Michael hoche la tête.

— Est-ce que tu veux que j'emmène Alfie à l'école ?

— Oh oui ! s'exclame Alfie.

Je souris.

— Je n'y vois aucune objection.

Michael me gratifie d'un clin d'œil. Ce foutu clin d'œil. Est-il au courant de l'effet que cela a chaque fois sur moi ? De la réaction physique que cela provoque systématiquement chez moi ? Ce clin d'œil, il est hors de question qu'une autre femme en bénéficie. Jamais.

J'essaye de ne pas repenser à hier et à son mystérieux coup de téléphone. Si je veux que cela fonctionne entre nous, je vais devoir apprendre à lui faire confiance. Ce n'est pas comme si j'avais des raisons de me méfier. Il ne m'a jamais trompée, même si nous étions convenus d'une relation libre. Comme je l'ai dit à ma mère, j'ai accepté cet arrangement de mon plein gré, et je ne peux pas dire qu'il ne me convenait pas. Un homme qui ne vous fait pas de promesses ne peut pas vous briser le cœur.

Mais les choses ont changé, désormais. Il m'a dit que notre relation avait évolué et c'est le cas. C'est forcément le cas.

31

PORTES VERROUILLÉES, AFFECTION ET AUTORITÉ : UNE IMMERSION DANS LE QUOTIDIEN DE GREY WILLOW GRANGE

Par Susan Piercy
Dimanche 21 août 2016
The Observer

Alors que Carl Bargiel, douze ans, encourt la prison pour avoir violemment agressé un professeur, nous avons décidé de plonger dans le quotidien d'un centre sécurisé pour mineurs.

Grey Willow Grange n'est pas un internat comme les autres. Là-bas, les élèves ne rentrent pas chez eux les week-ends et aux vacances scolaires. Du moins, pas tant que leurs périodes de détention arrivent à terme et que la Commission des libérations conditionnelles ait jugé qu'ils ne représentaient plus une menace pour la société.

C'est dans cet établissement où de nombreux tueurs d'enfants ont séjourné que Sally McGowan a été envoyée après avoir assassiné le petit Robbie Harris, alors âgé de cinq ans. Certains nous sont familiers, d'autres nous sont inconnus. Des enfants ayant tué et torturé. Des enfants ayant commis des crimes atroces alors qu'ils n'étaient encore qu'en culotte courte.

Le Dr Winifred Quilter – criminologue et président de la fondation Malcolm J. Cottee dédiée à la réhabilitation des délinquants juvéniles – explique que les enfants qui commettent des crimes violents répondent presque tous au même profil type : pauvreté, manque d'éducation, etc. La plupart ont évolué dans une structure familiale instable, avec bien souvent des parents sans emploi et consommateurs de substances illicites. Témoins de violences domestiques, ils ont également été victimes de négligences et/ou de maltraitances psychologiques et physiques, mais aussi d'abus sexuels dès le plus jeune âge.

« Ces enfants ont grandi en l'absence de cadre et ne connaissent aucune limite, confie le Dr Quilter. Leurs parents dysfonctionnels n'ont appliqué aucune discipline dans leur éducation, allant de l'indifférence totale à l'humiliation, en passant par le passage à tabac. »

Nigel Gildersleeve, directeur de Grey Willow Grange, partage cet avis. « Nous repartons de zéro avec eux. Beaucoup souffrent de malnutrition et n'ont même jamais appris à s'asseoir à table pour manger ou à utiliser une fourchette et un couteau. Ils ignorent le concept du "chacun son tour". Ils sont incapables de faire preuve d'empathie ou d'interagir convenablement avec les autres, car personne n'a fait preuve d'empathie ou n'a interagi convenablement avec eux. Ils ne réussissent pas à l'école car les professeurs ne savent pas comment gérer leur agressivité. Si vous voulez réhabiliter ces enfants, il faut commencer par défaire des années de dégâts avant même *de vous pencher sur la nature de leurs crimes. Les punir sévèrement ne fait que renforcer la violence déjà profondément ancrée en eux. Ce dont ils ont besoin, c'est d'encadrement et d'éducation. D'affection et d'autorité, en d'autres termes. Et oui, cela inclut parfois des récompenses pour bonne conduite. »*

« Le cerveau des enfants se développe et évolue constamment, et plus particulièrement pendant la puberté, déclare le Dr Lavinia Molyneux, psychiatre pour enfants et adolescents. Avec le traitement adéquat, nous pouvons provoquer un changement comportemental leur permettant de réintégrer le système scolaire, mais surtout de devenir des citoyens responsables et respectueux de la loi. »

Bien sûr, il y aura toujours des exceptions : en grandissant, un certain nombre de ces enfants développeront des tendances psychotiques et récidiveront à l'âge adulte. « Il serait néanmoins contre-productif, objecte M. Gildersleeve, de changer ces méthodes qui ont nécessité des années de recherches et d'expérimentations dans l'unique but de satisfaire la soif de justice du public dans quelques cas exceptionnels. »

ART-THÉRAPIE, TENNIS DE TABLE,
SORTIES À LA PLAGE,
COURS DE MUSIQUE ET DE NATATION :
VOICI CE QUI VOUS ATTEND
LORSQUE VOUS ASSASSINEZ UN ENFANT

Par Katie Hamlin
Samedi 12 juin 1976
Daily Express

Des photos montrant une Sally McGowan le sourire aux lèvres, s'amusant dans la piscine de sa maison de correction, ont provoqué l'ire de la famille du petit Robbie Harris, brutalement assassiné par la jeune fille sept ans auparavant.

« Je ne supporte pas de la voir prendre du bon temps comme si de rien n'était, alors que mon bébé gît six pieds sous terre », déplore Sylvia Harris, les yeux baignés de larmes.

À en croire Deirdre Mason, une ancienne employée de cuisine au centre éducatif fermé pour mineurs de Grey Willow Grange, les détenus ont le droit de jouer et de regarder la télévision. « Et la cantine est de bien meilleure qualité que celle de l'école où mes propres enfants sont scolarisés, ajoute-t-elle. Ils ne paient pas pour les horribles crimes qu'ils ont commis. Bien au contraire, ils reçoivent un traitement de faveur qu'ils ne méritent pas. Des cours particuliers pour certains, et plein d'autres choses que la plupart des parents ne peuvent pas offrir à leurs enfants même s'ils travaillent très dur. »

Sylvia Harris secoue la tête de désespoir. « Où est la justice pour mon Robbie ? » déplore-t-elle.

Je suis garée devant un des immeubles de l'esplanade qui porte le nom peu original de place de la Mer. J'attends deux couples pour leur faire visiter l'appartement numéro 33 dont le propriétaire est malheureusement décédé.

La quête d'informations sur Sally McGowan semble devenue un automatisme chez moi. Surtout dans des moments comme celui-ci, où je n'ai pas grand-chose d'autre à faire. En quelques secondes, me voilà en train de taper son nom sur mon téléphone portable et d'éplucher les sites faisant mention d'elle, dans l'espoir de tomber sur un article que je n'aurais pas encore lu.

Je me demande ce que Michael peut bien faire en ce moment. Son mode opératoire m'inquiète parfois. La façon dont il obtient certains renseignements. Je ne suis pas naïve au point de croire qu'il reste toujours dans les clous. J'espère juste qu'il ne fera jamais rien qui lui causera de sérieux ennuis avec la justice. Dans un article que j'ai lu, un journaliste et auteur russe a certifié que la presse britannique parvenait plus efficacement à retrouver des individus que le KGB lui-même. Quoi qu'il en soit, Michael n'aurait aucun intérêt à dévoiler l'identité de Sally McGowan s'il la trouvait. Il risquerait la prison pour violation de l'injonction interdisant aux médias de publier quoi que ce soit au sujet de cette femme. Tout ce qu'il veut, c'est écrire son livre et avoir l'opportunité de se faire un nom en tant qu'auteur. Gagner de l'argent serait un plus, il faut bien se l'avouer.

J'appréhende déjà la réaction de la famille de Robbie Harris lorsqu'elle apprendra la nouvelle. Ils reprocheront certainement à Michael de chercher à exploiter leur tragédie à ses propres fins. De laisser une nouvelle fois leur chagrin être étalé dans la presse, au vu et au su de tous. Et de remettre encore une fois Sally McGowan au centre de l'attention au détriment de leur enfant. Robbie Harris. Le petit garçon qui a perdu la vie.

L'appartement numéro 33 de la place de la Mer est étriqué et fade. Les meubles de l'ancien propriétaire semblent avoir été achetés pour une habitation beaucoup plus grande et ne conviennent absolument pas à ce si petit espace. Peu importe, l'argument de vente ne se situe pas là, mais dans la localisation de l'appartement. Le balcon en béton pouvant accueillir une table et deux chaises est aussi à prendre en compte. Pourtant, ce n'est pas comme si les gens passaient tout leur temps sur leur balcon, même en plein été. En tout cas, c'est une habitude que je n'ai jamais prise lorsque j'étais encore à Londres.

J'ouvre la porte vitrée donnant sur le balcon et m'écarte pour laisser M. et Mme Frankis y jeter un coup d'œil. M. Frankis sort et observe la pelouse parfaitement entretenue qui s'étend à ses pieds.

— Le jardin est très beau, dit-il.

Mme Frankis ne bouge pas d'un poil. Il n'y a aucune chance qu'elle accepte d'acheter cet appartement, peu importe ce que son mari dira. Il suffit de la regarder pour le savoir.

— Comme vous pouvez le constater, dis-je, ce balcon est parfait pour le café du matin. Ou pour l'apéro du soir, en profitant bien sûr du coucher de soleil.

— Quel est le prix de vente ? s'enquiert Mme Frankis en se décidant enfin à sortir pour voir la chose de ses propres yeux.

Je la vois guetter le balcon de l'appartement voisin. Celui dont les fenêtres sont condamnées avec des planches de bois. Ce n'est qu'à ce moment-là que je remarque que les planches ont été forcées et qu'une des fenêtres a été brisée. Sûrement un adolescent qui n'avait rien de mieux à faire. Rien de pire pour refroidir un client. Je le sais.

— Le prix a été fixé à 350 000 livres, je m'empresse de dire. D'autres clients ont déjà manifesté leur intérêt. Je pense que cela va aller très vite.

Mme Frankis ne répond pas, même si son sourcil redressé traduit parfaitement le fond de sa pensée. Quelle perte de temps. Plus vite nous passerons à la visite des chambres à coucher, mieux je me porterai. Le deuxième couple est déjà en train d'attendre. Avec un peu de chance, ils ne resteront pas plus de quinze minutes et j'aurai le temps de faire un saut chez Liz sans que Dave se demande où je suis passée.

Après avoir remercié M. et Mme Frankis, je descends accueillir M. et Mme Enright, ou plutôt Steve et Fiona, puisqu'ils insistent pour que je les appelle par leur prénom. Steve et Fiona *adorent* l'appartement. Fiona n'a aucune difficulté à imaginer l'espace sans ses meubles en acajou monstrueusement grands et ses rideaux hideux. Elle imagine une décoration au style épuré et minimaliste. « Il faudra refaire la cuisine, déclare-t-elle. Mais à part ça, tout est parfait. » Satisfaits de leur visite, ils sortent sur le balcon pour profiter un instant de la vue.

— Je nous vois déjà siroter un Gin to' par une soirée ensoleillée, dit Steve.

Ce bon vieux Steve. Il fait tout le boulot pour moi. Et ils sont tellement charmés par la vue sur la mer qu'aucun d'eux ne semble remarquer la fenêtre cassée de l'appartement d'à côté.

À mon grand désespoir, ils restent une éternité à discuter dans l'une des chambres. Ils n'arrivent pas à se décider si un lit ou un canapé convertible conviendrait mieux. Un futon, peut-être ? C'est très bon signe quand les clients se mettent à parler mobilier. Cela veut dire qu'ils s'imaginent déjà vivre dans l'habitation. Cependant, aujourd'hui, je ne suis pas d'humeur à les écouter débattre pendant des heures.

Lorsqu'ils se décident enfin à partir en promettant de me recontacter avant la fin de la journée, je regarde ma montre. Si je me dépêche, j'ai encore le temps de passer chez Liz.

32

Cette fois-ci, j'évite de lever les yeux vers les fenêtres de l'étage. Je marche d'un pas décidé en direction de la porte d'entrée et sonne directement. Je recule d'un pas et attends, mais Liz ne vient pas m'ouvrir. Les rideaux de sa chambre sont toujours fermés, et alors que je jette un coup d'œil à travers la porte vitrée, je crois apercevoir une pile de courrier sur le paillasson.

Quelque chose ne tourne pas rond. J'en suis convaincue. Un frisson me parcourt la colonne vertébrale. Et si elle était tombée et qu'elle s'était gravement blessée ? Peut-être gît-elle au sol depuis des jours, incapable d'atteindre le téléphone pour appeler de l'aide. Pour autant que je sache, elle pourrait même être morte.

Je devrais aller toquer chez les voisins. Ils savent peut-être où Liz se trouve. Je serais au moins fixée une bonne fois pour toutes. Mais alors que je m'apprête à tourner les talons, je remarque que la grille donnant sur le côté de la maison est entrouverte. Ce n'était pas le cas la dernière fois, j'en mettrais ma main à couper.

J'essaye de la pousser mais elle semble bloquée. Elle est visiblement très ancienne, et le métal a rouillé à certains endroits. Les gonds n'ont pas été épargnés.

— Il y a quelqu'un ? j'appelle en tendant le cou. Liz, tu es là ?

Silence.

Une main sur le loquet, j'utilise l'autre pour agripper le côté de la grille et la soulever légèrement afin de la faire bouger. Elle s'ouvre enfin et je parviens à me glisser de l'autre côté, en continuant d'appeler Liz.

Toujours aucune réponse.

Son jardin est gigantesque. Il s'étend au moins sur plusieurs dizaines de mètres. Comme l'intérieur de sa maison, il est un parfait reflet de sa personnalité. Créatif et original. Un peu bohème, avec ses carillons et statuettes de Bouddha, la profusion de pots en terre cuite de toutes les couleurs et les buissons qui poussent aléatoirement le long de la petite allée de gravier menant jusqu'à la porte de derrière. Pas de pelouse impeccable ni de beau parterre de fleurs pour Liz.

Une brouette en piteux état chargée de sacs de compost a été abandonnée là, une paire de gants de jardinage encore posée dessus. Au fond se trouve un vieil abri de jardin disparaissant presque sous la vigne vierge. Voilà pourquoi elle ne m'a pas entendu sonner. Elle est occupée à faire du jardinage, tout simplement.

Mais quand j'atteins l'abri, je remarque que celui-ci est verrouillé. Je me retourne pour regarder la maison. Elle a dû rentrer chercher quelque chose. Si elle regarde par la fenêtre, elle risque d'être étonnée de me voir au beau milieu de son jardin.

Je reviens sur mes pas et frappe à la porte de derrière aussi fort que possible en l'appelant. Où est-elle, bon sang ?

Je tourne la poignée et, à ma grande surprise, la porte s'ouvre. Je passe ma tête dans l'entrebâillement et appelle de nouveau.

— Liz ? Liz ? Est-ce que tu es là ?

La maison est si calme qu'une bouffée d'angoisse m'envahit. Elle ne serait tout de même pas sortie en oubliant de fermer la grille et la porte de derrière… Je ne vois qu'une seule explication : alors qu'elle faisait du jardinage, elle a soudainement eu un besoin pressant et elle est rentrée à l'intérieur pour aller aux toilettes. C'est pour cela qu'elle ne m'entend pas depuis tout à l'heure. Mais je ne peux pas me rendre à l'étage et la surprendre ainsi. Ce ne serait pas correct. Je devrais attendre devant la grille jusqu'à ce qu'elle ressorte. L'idée n'est pas de l'effrayer mais de lui parler. Pas seulement de Sonia Martins, mais aussi du club de lecture et d'elle-même, pour m'assurer que tout va bien. Son dernier mail me trotte toujours en tête, ainsi que la fois où je l'ai aperçue devant la coopérative. Préoccupée et épuisée.

Les minutes passent et toujours aucun signe d'elle. Peut-être qu'elle ne sortira pas, après tout. Peut-être est-elle occupée à tout autre chose et qu'elle a complètement oublié de verrouiller la grille du jardin. Autant réessayer de sonner à la porte d'entrée. Mais là encore, mes appels restent sans réponse. Cela devient ridicule. Je sors mon téléphone portable et compose son numéro. J'entends le téléphone sonner à l'intérieur. Encore et encore. Lasse, je contourne de nouveau la maison.

Et si elle s'était vraiment blessée ? Je ne vois pas d'autre explication possible. Si ça se trouve, la grille du jardin est ouverte depuis plusieurs jours. Il m'avait semblé qu'elle était fermée lors de ma dernière visite, mais à présent je ne suis plus sûre de rien. À tout bien y réfléchir, je n'ai pas le souvenir d'avoir vraiment prêté attention à cette grille.

J’entre par la porte de derrière. Dans la cuisine, je vérifie la température de l’eau dans la bouilloire. Froide. Je longe le couloir jusqu’à la salle à manger où, il n’y a pas si longtemps, je riais et buvais du vin avec mes camarades du club de lecture. Un goût amer m’envahit soudain la bouche. C’est aussi ici que j’ai commencé à répandre la rumeur sur Sally McGowan.

Une pensée inquiétante me vient tandis que je jette un coup d’œil derrière la porte. Impossible de m’en débarrasser. J’appelle Liz, sans grand espoir de recevoir une réponse. La salle à manger est vide. Je décide alors de pousser mon exploration jusqu’au salon. Vide, lui aussi.

— Liz, est-ce que tu es là ? C’est moi, Joanna.

Me voilà au pied de l’escalier. Je regarde vers l’étage, mais ne perçois aucun mouvement. Le bois craque sous mes pas à mesure que je monte. Éclairée par les rayons de soleil qui traversent la porte vitrée, la rampe projette son ombre sur le mur d’en face où sont suspendues les photos en noir et blanc.

Le silence m’oppresse et je tremble malgré moi. Je ne devrais pas m’introduire chez Liz de cette façon. En dehors du club de lecture, nous ne sommes pas si proches, elle et moi. Faire demi-tour et appeler la police, voilà ce qui serait sensé. Mais une force invisible me pousse à avancer. Pourquoi ? Que puis-je bien m’attendre à trouver ?

À l’étage, j’ai de plus en plus la certitude que quelque chose d’affreux est arrivé. Les portes des chambres sont fermées. Je n’ai jamais eu l’occasion de les voir, car elles ont toujours été ainsi. Lors des réunions du club de lecture, nous avions uniquement accès aux toilettes et à la salle de bains. J’ouvre les portes une à une, me préparant chaque fois à faire une sinistre découverte. Liz étendue sur le sol. Inconsciente. Ou pire encore…

Mais la salle de bains est vide, ainsi que les deux chambres donnant sur la rue. J'ai le cœur qui bat à toute allure. Il ne reste plus qu'un seul endroit à vérifier. La chambre du fond.

Je tourne la poignée en retenant mon souffle. Il faut un certain temps pour que mes yeux s'habituent à l'obscurité. Il ne s'agit pas d'une chambre, mais d'un atelier d'artiste. Plusieurs toiles inachevées sont empilées contre le mur. Je distingue aussi une vieille table en chêne qu'elle utilise certainement comme plan de travail. D'innombrables crayons, pinceaux et pots de peinture sont posés dessus, ainsi que des piles de journaux, des carnets de croquis et des images découpées. En dessous de la table, le sol est jonché de morceaux de papier. Dans un coin, des ciseaux ont été alignés par ordre de taille, figés avec du Blu Tack.

Je me repose un instant contre l'encadrement de la porte. Non, je ne suis pas dans un épisode d'*Inspecteur Barnaby*. Liz ne gît pas morte dans une mare de sang ou pendue au lustre. Elle a probablement eu besoin de faire un saut dans une boutique et a oublié de refermer la grille derrière elle. C'est une artiste. Les personnes comme elle, qui débordent de créativité, ont souvent la réputation d'être tête en l'air. Je me retiens d'éclater de rire face à ma propre bêtise.

J'ai intérêt à sortir d'ici avant que Liz ne revienne. Si elle me surprenait dans son atelier, je crois que je ne me remettrais jamais de la honte que j'éprouverais. Me croirait-elle si je lui disais que je pensais qu'elle s'était blessée ?

Sur le point de sortir, je remarque un étrange tableau posé contre le mur. Il est différent des autres. Il s'agit d'un autoportrait. Un autoportrait inachevé, lui aussi. Si peu flatteur qu'il en serait presque laid. Je suis incapable d'en détacher les yeux. Ce portrait si brutalement honnête d'une Liz que je n'avais encore jamais vue, mais que je reconnais immédiatement en dépit de son apparence. Il y a quelque chose d'anormal dans ce tableau, comme s'il avait été réalisé avec autre chose que de la peinture.

Je me rapproche pour l'examiner de plus près. Mais oui, je comprends mieux pourquoi le sol est recouvert de morceaux de papier, à présent. Le tableau a en fait été réalisé à l'aide de minuscules coupures de papier noir et blanc. Le noir a été utilisé pour créer les zones d'ombre : les cernes sous les yeux, les pupilles, le creux des joues et les narines. Quel travail minutieux. Cela a dû lui prendre une éternité pour arriver à un tel résultat.

C'est alors que mon regard se pose sur une coupure issue d'un des journaux empilés sur la table. Mon cœur s'arrête aussitôt de battre. « "Je me souviens encore de tout le sang", témoigne Margaret Cole, ancienne voisine et amie de la tueuse d'enfant Sally McGowan. » Cette phrase, je l'ai lue dans un article du *Daily Mail* au sujet de Sally McGowan, datant du 3 août 1999. L'article a été imprimé sur une feuille au format A4 et l'emplacement de la photo de Sally McGowan laisse désormais place à un trou béant.

Mes oreilles bourdonnent. Je rêve ou Liz a utilisé la photo en noir et blanc de Sally McGowan pour son autoportrait ?

Le plancher derrière moi grince et je me retourne d'un bond. Liz se tient dans l'embrasure de la porte, brandissant un couteau de cuisine.

33

Le couteau tombe sur le sol dans un fracas assourdissant. Liz me dévisage.

— Joanna ! s'écrie-t-elle. Qu'est-ce que tu fabriques chez moi ?

J'ouvre la bouche pour m'expliquer, mais je n'arrive pas à oublier l'autoportrait et ce avec quoi il a été réalisé.

Je déglutis avec difficulté, les yeux rivés sur le couteau.

— Je t'ai prise pour un cambrioleur, dit Liz en se penchant pour le ramasser.

Mon corps se raidit.

— J'ai eu tellement peur.

— J'ai essayé de t'appeler des dizaines de fois, je finis par dire. Je t'ai envoyé des mails. Je me faisais du souci, alors j'ai décidé de te rendre visite et…

Elle me regarde les yeux plissés, le couteau se balançant mollement au bout de sa main.

— Tu n'as pas répondu quand j'ai sonné donc j'ai… j'ai fait le tour de la maison. La grille était ouverte. Je t'ai appelée mais tu n'étais pas dans le jardin. C'est là que j'ai vu que la porte de derrière était ouverte aussi.

J'ai eu peur que… que tu te sois blessée et que tu aies besoin d'aide.

Ses épaules s'affaissent tandis qu'elle pousse un long soupir de soulagement.

— Oh ma chérie, j'étais derrière l'abri de jardin en train de retirer les mauvaises herbes.

Elle désigne son oreille gauche.

— Je n'avais pas mon appareil auditif.

— J'ignorais que tu étais sourde.

Elle fronce les sourcils.

— Pas sourde. *Malentendante*. Allez, dit-elle en tournant les talons, puisque tu es là, viens donc boire un café. Nous avons toutes deux eu de la chance de ne pas avoir fait d'infarctus.

Je lui emboîte le pas jusqu'au salon. Pourquoi n'a-t-elle rien dit au sujet du tableau ? Elle a pourtant dû remarquer que je l'avais vu. Mon visage n'était qu'à quelques centimètres quand elle est entrée dans l'atelier. Elle sait forcément que j'ai lu le contenu des coupures de journaux.

Les pensées se bousculent dans ma tête. Se pourrait-il que Liz soit en réalité qui je pense ? Se pourrait-il qu'elle soit Sally McGowan ? Pourquoi, sinon, utiliserait-elle la photo d'une tueuse d'enfant pour réaliser son autoportrait ? A-t-elle aussi retouché les photos de classe de l'école d'Alfie ? Se cache-t-elle derrière le compte Twitter qui nous a directement menacés, mon fils et moi ?

Mes genoux tremblent tellement que je peine à garder l'équilibre. Je suis obligée de prendre appui sur la rampe de l'escalier pour descendre sans encombre. Mes yeux se posent alors sur les photos en noir et blanc suspendues dans la cage d'escalier, et c'est comme si je les découvrais pour la première fois. L'une d'entre elles montre un homme trapu se tenant devant une boucherie, vêtu d'un tablier à rayures. Jambes écartées, bras croisés, comme s'il cherchait à en découdre. Une autre expose une petite fille portant une culotte en coton et un gilet en tricot, en train de pousser un landau pour poupée dans une rue sale.

Mon estomac se tord douloureusement. Les autres photos montrent des toits de maisons collés les uns aux autres. Une mer de toits et, au loin, d'énormes cheminées industrielles crachant de la fumée. Et puis des enfants jouant accroupis dans des caniveaux, à côté de carcasses de voitures carbonisées, ou encore au pied de maisons abandonnées et réduites à la ruine.

Elles me rappellent le documentaire que Michael et moi avons regardé l'autre soir. Pourquoi ne m'en suis-je pas rendu compte plus tôt ?

Liz est arrivée en bas de l'escalier. Si elle se retournait et se précipitait sur moi avec son couteau, je n'aurais aucune chance de lui échapper.

Mais elle n'en fait rien, et se dirige simplement vers la cuisine. Je pourrais en profiter pour m'enfuir par la porte d'entrée. Lui dire que j'ai une urgence et que je ne peux pas m'attarder. Trop tard, me voilà dans la cuisine, en train de la regarder qui range le couteau dans un tiroir et le referme avec précaution.

L'air emplit à nouveau mes poumons. Liz allume le feu sous la bouilloire, dévisse une cafetière italienne et… rouvre le tiroir. Je recule d'un pas. Elle sort une petite cuillère qu'elle utilise pour verser le café en poudre dans la cafetière. Enfin, elle sort deux tasses d'un des placards.

C'est Liz et personne d'autre. Liz du club de lecture. Une femme intelligente et drôle, qui ne jure que par la littérature, l'art et la bonne compagnie. Elle n'est pas Sally McGowan. Impossible. Et pourtant… J'ai un mauvais pressentiment. L'invitation à boire un café cache quelque chose, à n'en pas douter. Je le vois à sa façon de se mouvoir. Lentement. Avec des gestes délibérés. Elle essaye de gagner du temps.

Elle pose la cafetière et les tasses sur un plateau.

— Tu prends du sucre et du lait avec ton café ?

— Juste du lait, merci.

Elle se fige à mi-chemin entre le comptoir et le réfrigérateur.

— Oh, dit-elle, l'air contrit. Je crois que je n'ai plus de lait. Je suis désolée.

— Ce n'est pas grave. Je le prendrai noir.

— Tu es sûre ?

— Oui.

— Je me suis forcée à apprécier le café noir quand j'étais en école d'art, dit-elle.

Elle parle d'une voix calme et chaleureuse, comme si elle m'avait véritablement invitée à prendre le café et que je ne m'étais pas du tout introduite chez elle par effraction. J'essaye de me convaincre de la même chose. D'oublier ce dérangeant autoportrait reposant dans l'atelier à l'étage, ainsi que la pile d'articles sur Sally McGowan.

— Je pensais que ça me rendrait plus cool, poursuit-elle. Tout comme les litres de vin rouge et les innombrables coups d'un soir.

Elle sourit et me tend le plateau.

— Peux-tu porter ça dans la salle à manger pendant que je coupe un gâteau ?

Je prends le plateau et me dirige vers la porte, sentant son regard froid posé sur moi tout du long. Mais qu'est-ce que je fous encore ici, bordel ? Et puis Dave va finir par se demander où je suis passée.

Après avoir posé le plateau sur la table de la salle à manger, je sors mon téléphone portable de ma poche et compose le numéro de l'agence.

— Je suis désolée, Dave, j'ai été retenue à l'appartement de la place de la Mer. J'arrive dans une vingtaine de minutes.

— Aucun problème, répond Dave. C'est calme au bureau, ce matin.

Après avoir raccroché, j'en profite pour jeter un coup d'œil aux tableaux exposés dans la salle à manger. *Ses* tableaux. Intenses et abstraits. Un kaléidoscope de formes et de couleurs. Rien à voir avec le réalisme de l'autoportrait.

— Mon travail ne fait pas toujours l'unanimité.

Je sursaute. Je ne l'ai pas entendue arriver. Pourtant, elle se tient si près de moi que nos épaules se touchent presque.

— Je n'y connais pas grand-chose en art, dis-je.

Mon cœur cogne si fort dans ma poitrine que j'ai peur qu'elle l'entende.

Est-ce d'elle que j'ai peur ? Ou plutôt du fait que je *sais* que je dois avoir peur d'elle. J'ai l'impression d'être dans un rêve, et que rien de tout cela n'est réellement en train de se passer. C'est bien réel, pourtant. Bien trop réel.

— Mais ils sont magnifiques, finis-je par ajouter. Même si je ne sais pas très bien ce qu'ils représentent, ils me plaisent énormément.

— C'est pour ça que je préfère ne pas nommer mes œuvres, dit-elle. Je trouve que les noms incitent les spectateurs à appréhender ce qu'ils voient d'une manière bien trop spécifique. Moi, ce qui me plaît, c'est qu'ils se fassent leur propre idée de ce qu'ils ont sous les yeux.

Elle se retourne et commence à verser le café dans les tasses.

— J'ai tout de même une idée des noms que je leur donnerais.

Je me demande quel nom elle a bien pu choisir pour son autoportrait. Accepterait-elle de me le dire si je lui demandais ? Si ça se trouve, elle refusera tout net d'en parler. Je peine à me retenir. J'ai besoin de satisfaire ma curiosité. Et puis, nous n'allons pas rester des heures à boire du café et manger du gâteau en discutant d'art comme si de rien n'était ? Le malaise est bien trop palpable.

C'est décidé, je tente ma chance.

— Tu es sûrement au courant de ce qu'il s'est passé chez Stones & Crones ?

Liz croque dans sa part de gâteau et avale une longue gorgée de café avant de répondre.

— Oui. C'est affreux. Pauvre Sonia.

Je gigote sur ma chaise, de moins en moins à l'aise. Me tient-elle pour responsable de ce qui est arrivé à son amie ? J'ai envie de lui dire que la responsable est Anne Wilson, l'amie de Maddie, mais cela donnerait l'impression que j'essaye de faire porter la faute à quelqu'un d'autre. Par ailleurs, Anne Wilson n'aurait jamais agi de la sorte si je n'avais pas évoqué la rumeur auprès de Maddie en premier lieu.

En parlant de Maddie, comment être sûre qu'elle ne m'a pas fait marcher ? Qui dit qu'elle ne déteste pas Anne Wilson et qu'elle n'a pas cherché à lui causer du tort en l'accusant de la sorte ? Peut-être Anne a-t-elle flirté avec le mari de Maddie, la rendant folle de jalousie. Ce n'est pas comme si j'étais proche d'elle en dehors du club de lecture. Elle pourrait très bien m'avoir menti sur toute la ligne.

Si seulement j'avais fermé ma bouche à cette réunion du club de lecture… Si seulement je n'avais pas répété à Cathy et Debbie ce que Michael m'avait dit au sujet de la ville sèche… Alors Cathy n'aurait jamais colporté la rumeur auprès des autres et rien de tout cela ne serait arrivé. La rumeur serait déjà tuée dans l'œuf à l'heure qu'il est.

— Michael et moi avons essayé de l'aider, dis-je.

Liz me regarde avec des yeux ronds.

— Michael ?

— Oui. Le père d'Alfie. Mon… compagnon. Nous vivons ensemble, désormais.

Liz se fige sur sa chaise.

— Et comment pourrait-il venir en aide à Sonia ?

— En écrivant un article sur les fausses accusations à son encontre. En prouvant qu'elle n'est *pas* Sally McGowan.

— Il est journaliste ?

— Oui.

La mâchoire de Liz se contracte imperceptiblement. Quelque chose a changé dans son comportement. J'ai une désagréable sensation dans l'estomac.

— Nous nous demandions si… si tu accepterais de parler à Sonia. De la convaincre que Michael peut l'aider. Elle est devenue folle de rage quand elle a appris qu'il était journaliste. Je ne peux pas lui en vouloir, mais Michael dit que la situation ne fera qu'empirer si elle refuse de lui parler. Des gens ont été contraints de quitter leur foyer à cause de rumeurs infondées.

— Je sais, dit-elle.

Elle parle tout bas, les yeux baissés sur sa tasse à café.

J'ai envie de lui dire que je suis désolée d'avoir colporté la rumeur et que ça n'est arrivé qu'une seule fois, pendant la réunion du club de lecture. Mais je me connais, mes joues vireraient aussitôt au rouge pivoine et elle saurait que je mens. Mon visage me trahit tout le temps. Je ferais mieux de ne rien dire plutôt que de risquer un nouveau drame. Par ailleurs, une question plus urgente me brûle les lèvres.

Une question que je ne trouve pas la force de lui poser.

34

— Il y a quelque chose que tu ne sais pas à mon sujet, dit Liz.

Je retiens mon souffle. Ça y est. Elle va me révéler sa véritable identité. Nos regards se croisent un bref instant, mais nous nous empressons de détourner la tête, comme si nous trouvions un quelconque intérêt à nos tasses de café. Une partie de moi ne veut pas entendre ce que Liz s'apprête à dire. Cette partie ne pense qu'à fuir cette maison. Fuir cette femme. Retourner à l'agence et retrouver le cours normal de mon existence. Mais une autre partie de moi veut évidemment rester. Pour connaître la vérité. Pas seulement pour aider Michael dans son enquête – mon Dieu, que ne donnerait-il pas pour être à ma place en ce moment même ? – mais parce que j'ai *besoin* de savoir.

— Je mène une vie très particulière, reprend-elle enfin. J'aime la solitude. C'est la seule chose qui me permet de travailler.

Elle repousse sa tasse et croise les bras sur la table.

— Cela ne veut pas dire que je ne veux voir personne. Au contraire. Malgré tout, je ne me sociabilise que lorsque j'en ressens le besoin. Tu vas sûrement me trouver prétentieuse quand je dis que c'est parce que je suis une artiste, mais…

Sa bouche se tord en un sourire étrange.

— C'est bel et bien parce que je suis une artiste.

Je demeure silencieuse, attendant la suite. J'ai le sentiment que si je parle, je briserai cette atmosphère propice à la confidence. Si tant est qu'on puisse dire que Liz est en train de se confier à moi.

— Quand je travaille sur un projet, c'est comme s'il s'emparait de moi. Il devient ma seule et unique priorité. Plus rien d'autre n'a d'importance. Plus rien. À commencer par les interactions sociales. Raison pour laquelle je me suis retirée du club de lecture.

Elle désigne sa chevelure en bataille et sourit.

— J'en oublie même mon hygiène personnelle. Je relègue absolument tout au second plan. Le jardinage de ce matin a été la seule exception à la règle depuis des jours. J'avais besoin de prendre l'air. De faire un peu d'exercice physique. Et je ne ferme jamais la porte de derrière.

Elle fait une pause, le temps de prendre une gorgée de café.

— C'est gentil de t'être fait du souci pour moi, Jo. Je suis désolée de t'avoir fait peur avec ce couteau.

Je me force à sourire. Quand va-t-elle évoquer ce foutu autoportrait ? Elle ne va tout de même pas en rester là ?

— Je parlerai à Sonia, reprend-elle. Mais je doute qu'elle accepte de recevoir Michael pour une interview. Comme moi, elle est très attachée à sa vie privée.

Elle plisse les yeux.

— Parfois, il est préférable de laisser les choses suivre leur cours. Si Sonia ne leur donne pas de grain à moudre, ils finiront bien par se lasser de cette histoire. Un article dans la presse ne ferait qu'attiser la flamme, tu ne crois pas ? À mon avis, Sonia devrait passer à autre chose, point à la ligne.

C'en est trop. Je ne peux me retenir une minute de plus.

— Le projet sur lequel tu travailles actuellement…

Ma phrase reste comme suspendue dans les airs. Liz me foudroie du regard.

— S'agit-il de l'autoportrait que j'ai aperçu dans ton atelier ?

Elle se redresse dans sa chaise.

— Je n'ai pas pour habitude de parler de mes projets. Du moins, pas tant qu'ils ne sont pas terminés, dit-elle en rassemblant les tasses et les petites assiettes sur le plateau.

Le signal est clair. Elle n'en dira pas plus.

— Puis-je te poser une dernière question avant de partir ?

Je me jette à l'eau. Je n'ai pas la moindre idée de comment je vais m'en sortir, mais maintenant que j'ai commencé, il n'est pas question d'abandonner.

Liz se laisse retomber contre le dossier de sa chaise et me dévisage avec insistance. Elle cligne plusieurs fois des yeux, signe qu'elle perd patience.

— J'ai vu les coupures de journaux, dis-je. Je sais de quels articles elles proviennent.

Je manque cruellement d'air. Les mots qui sortent de ma bouche sont à peine audibles.

— Tu n'es pas… Tu n'es pas *elle*, n'est-ce pas ?

Un léger sourire se dessine au coin des lèvres de Liz. Je n'arrive pas à croire ce que je viens de demander. Je n'arrive pas à croire que j'ai demandé à Liz du club de lecture si elle était en réalité Sally McGowan.

Je serre les poings sous la table, si fort qu'ils ont dû virer au blanc.

— Connais-tu l'œuvre de Marcus Harvey intitulée *Myra* ? me demande-t-elle.

— Non. Mais je crois avoir déjà lu quelque chose à son sujet, dis-je. Quelqu'un a balancé de la peinture dessus, si je me souviens bien.

— Elle a été vandalisée, oui. Elle a créé la controverse, vois-tu, quand elle a été exposée à la Royal Academy pour la première fois. Pas seulement à cause de son sujet, mais parce qu'elle avait été réalisée avec les empreintes d'une main d'enfant. Le public a crié au scandale, et les familles des victimes ont exigé qu'elle soit enlevée par respect pour eux. Myra Hindley [1] elle-même voulait qu'elle soit retirée, mais elle ne l'a pas été. Elle est restée exposée pendant toute la durée de l'exposition. Ce fut la bonne décision à prendre, si tu veux mon avis. L'art *doit* diviser. Il *doit* provoquer l'émotion. Il *doit* nous faire réfléchir.

« Quand tu nous as parlé de cette rumeur, j'ai trouvé les différentes réactions de nos camarades extrêmement intéressantes. Ça m'a pas mal donné à réfléchir. À vrai dire, ça m'a *obsédée*. C'est de cette façon que je sais qu'une idée a du potentiel. Elle ne me lâche plus une seule seconde.

— Mais… pourquoi en faire un autoportrait ?

— Tu te souviens de la citation de Nietzsche ? « Celui qui combat les monstres doit veiller à ne pas le devenir lui-même. Et si tu regardes au fond de l'abîme, l'abîme aussi regarde en toi. »

1. Myra Hindley est tristement célèbre pour avoir assassiné, avec son mari Ian Brady, cinq enfants dans les années soixante. « Les meurtres de la lande » – comme l'affaire a été surnommée – ont profondément choqué l'opinion publique britannique.

Elle me regarde droit dans les yeux, et j'ai envie de détourner le regard. Mais j'en suis incapable.

— Il y a une part d'obscurité en chacun de nous, dit-elle. C'est ce que j'ai voulu dire à travers mon œuvre. Que nous sommes *tous* capables d'envisager le mal et de faire le mal dans certaines circonstances. Je suis une artiste, Jo. Là est mon dessein.

— Je ne voulais pas t'accuser…

— Tu n'as accusé personne. Tu as posé une question.

— Ça revient au même.

Elle joint les mains sous son menton, les coudes sur la table. Ses yeux brillent d'une lumière inhabituelle.

— Et si j'avais confessé être Sally McGowan ?

Je ris, bien que le son qui sort de ma bouche s'apparente davantage à un gémissement.

Ce n'est qu'après avoir salué Liz et rejoint ma voiture que je réalise qu'elle n'a tout simplement pas répondu à ma question.

35

À l'agence, je retrouve Dave en compagnie d'un client. Je me glisse derrière mon bureau et allume mon ordinateur, prête à me replonger dans la routine de mon travail. Peu importe, pourvu que je parvienne à oublier la dernière demi-heure.

Dois-je croire ce que Liz m'a raconté ? Son autoportrait représente-t-il vraiment notre part d'ombre à tous ? Le monstre qui vit au fond de chacun d'entre nous ? Elle a été honnête sur un point, cela dit. Il arrive effectivement que les artistes soient obsédés par certains sujets. J'ai regardé une série documentaire à ce propos sur la BBC : « *What Do Artists Do All Day*[1] *?* » J'ai été fascinée par leur approche du processus créatif. En revanche, je ne m'attendais pas à la réaction de Liz quand j'ai dit que Michael était journaliste. Son attitude a changé du tout au tout.

Son client parti, Dave se laisse retomber dans son fauteuil en croisant les mains derrière la tête.

— Steve Enright a appelé, dit-il. Je pense qu'ils vont faire une offre pour la propriété de la place de la Mer, mais ils voudraient une seconde visite avant de

1. « Que font les artistes de leurs journées ? »

prendre leur décision. Je leur ai donné rendez-vous à quatorze heures, c'est bon pour toi ?

Il faut que j'arrête de penser à Liz et que je me concentre sur autre chose. Comme les taches sous les aisselles de Dave. Des résidus de déodorant, peut-être ? Ou bien des auréoles causées par la transpiration. Bon, et si je trouvais plutôt une autre distraction ?

— C'est parfait, dis-je en notant le rendez-vous dans mon agenda. Est-ce que tu as eu des nouvelles des Frankis ?

— Oui. Mme Frankis a exprimé son inquiétude au sujet de l'appartement voisin. Tu sais, celui laissé à l'abandon. Elle a peur que ça attire des squatteurs.

— Pour être honnête, je suis étonnée que ça ne soit pas déjà le cas. Je mettrais ma main à couper que cet appartement a été visité dernièrement.

— Il faut absolument que j'en parle au syndic pour éclaircir la situation. J'arriverai peut-être à négocier une autorisation de mise en vente malgré l'absence du propriétaire. Au fait, ton amie de la dernière fois est revenue. Celle qui cherchait du travail.

— Kay ?

— Elle voulait te demander des nouvelles d'une certaine fête et si le déguisement de ton fils avait eu du succès.

Merde. Je m'étais juré de passer chez elle pour la remercier. Mais j'ai été tellement obnubilée par les récents événements que ça m'est sorti de la tête. La pauvre, elle s'est donné tant de mal pour m'aider. La moindre des choses serait de lui envoyer une carte de remerciements accompagnée d'une boîte de chocolats.

Les heures qui suivent ne sont pas des plus palpitantes, et il devient de plus en plus difficile de ne pas ressasser ma mésaventure de ce matin. J'ai beau essayer de me forcer à penser à autre chose, mon esprit finit toujours par me ramener à Liz et son autoportrait aussi énigmatique que glaçant.

La femme de Dave, Carol, passe à l'agence aux alentours de treize heures trente les mains chargées de deux énormes éclairs au chocolat.

— J'ai pensé que ça vous ferait plaisir, dit-elle.

Ce n'est pas la première fois qu'elle nous rend visite de façon inopinée. Dave dit que c'est parce qu'elle veut s'assurer qu'il n'a pas l'intention de se faire la belle avec une autre femme. Et curieusement, depuis que je lui ai dit que je vivais seule avec Alfie, ses allées et venues semblent s'être multipliées. Un rendez-vous chez le dentiste ou le coiffeur, une sortie ciné avec une amie, tout est prétexte à ce qu'elle passe régulièrement nous voir. Cela changera peut-être si Dave lui dit que je me suis mise en couple. *Si* Dave décide un jour de le lui dire. Je l'ai toujours soupçonné de prendre un malin plaisir à susciter une forme de jalousie déplacée chez sa femme. Et puis, il ne dit jamais non à un éclair au chocolat.

Je mords dans la pâtisserie, savourant la fraîcheur de la crème pâtissière et de la pâte à choux qui emplit ma bouche. Pendant ce temps, Carol Pegton s'est penchée sur le bureau de son mari et lui parle à voix basse. Elle fait souvent ça. C'est sa façon à elle de marquer son territoire. Une simagrée à laquelle je n'accorde habituellement aucune importance, sauf que cette fois-ci, je l'entends chuchoter les mots « Stones & Crones ».

— Cela faisait des années qu'elle travaillait dans ce magasin, dit-elle.

Je fais semblant d'être concentrée sur mon ordinateur, me contentant de bouger le curseur de ma souris afin de tendre l'oreille à la conversation sans crainte d'être démasquée.

— Je n'arrive pas à croire qu'elle soit cette tueuse d'enfant. Mais bon, qui aurait pu s'en douter ?

Elle parle de nouveau à voix haute, délaissant temporairement sa jalousie maladive pour se concentrer sur les derniers ragots. Je repense à ce que Liz m'a dit plus tôt ce matin. Les gens cesseront-ils réellement de harceler Sonia Martins s'ils constatent qu'elle ne se laisse pas démonter par la rumeur ? Pas si sûr.

Dave soupire.

— Je prie pour que cette pauvre femme ne soit pas jetée en pâture aux médias et à tous ces charognards qui essaieront de tirer profit de sa situation pour se glorifier.

— Qui dit qu'elle ne voudra pas les voir elle-même pour dénoncer une fausse accusation ? je demande.

Carol se tourne vers moi.

— Quoi qu'il en soit, ça n'est pas près de s'arranger pour elle. Avec la police qui se pointe dans son magasin au vu et au su de tous. Les gens vont forcément se faire des idées. J'ai du mal à la voir reprendre les affaires comme si de rien n'était après ça.

— Ça pourrait tout aussi bien lui faire de la publicité, je rétorque.

Carol me dévisage.

— Elle n'a pas tort. Il est possible que cette affaire attire les curieux, intervient Dave.

— Et qu'ils se laissent tenter par un lot de pierres divinatoires, j'ajoute.

Dave glousse. Carol pince les lèvres.

— Qu'est-ce qui te fait croire qu'il s'agirait d'une fausse accusation ?

L'heure de mon rendez-vous avec les Enright approche. Soulagée d'avoir une excuse pour m'enfuir de l'agence, je me lève et commence à rassembler mes affaires.

— Si la rumeur disait vrai, cela ferait longtemps qu'elle aurait mis les voiles. Le gouvernement l'aurait placée dans une autre ville, je réponds en enfilant mon manteau et en jetant mon sac sur l'épaule. Bon, il est temps que je file.

— Évite de dire aux clients qu'ils auront potentiellement une tueuse d'enfant pour voisine, me lance Dave sur le ton de la plaisanterie.

Carol lui jette un regard noir.

Ma voiture est garée dans le sens de la plage, ce qui signifie que je vais devoir passer devant Stones & Crones avant de faire demi-tour. Une voiture de police stationne sur le trottoir de gauche, juste à côté de la boutique. Je roule doucement, profitant de l'absence de voiture derrière moi pour essayer de jeter un coup d'œil à l'intérieur. Mais la vitrine brisée a été remplacée par une planche de bois et il m'est impossible de voir quoi que ce soit.

C'est alors que j'aperçois Kay un peu plus loin. Elle attend au feu, postée entre deux voitures. Je lui fais de grands signes, mais elle ne semble pas remarquer ma présence. Elle a les yeux rivés sur la devanture de Stones & Crones. Lorsqu'elle me reconnaît enfin derrière la vitre de ma voiture, elle sursaute légèrement et m'adresse un large sourire. Elle me salue d'un geste de la main.

Un van arrive derrière moi, m'obligeant à avancer. Je jette un dernier coup d'œil à Kay dans le rétroviseur, et je la vois regarder la voiture de police aussi fixement qu'elle regardait la vitrine de Stones & Crones quelques instants auparavant. Son visage ne traduit plus aucune expression. Figé, il est pareil à un masque.

36

— Il est si différent de ses autres tableaux. C'est ce qui a tout de suite attiré mon attention.

Michael verse de l'huile dans une poêle et y jette les oignons pour les faire revenir. Il n'a toujours pas parlé, préférant écouter mon récit jusqu'au bout pendant qu'il prépare son fameux poulet au curry. Comme il est agréable d'avoir quelqu'un qui cuisine pour vous. Et la perspective de partager mon dîner avec une personne civilisée, et pas seulement Alfie, me ravit au plus haut point. Cela change tout d'avoir un autre adulte à la maison. Surtout un adulte qui aime faire la cuisine.

— J'ai halluciné quand j'ai compris qu'il avait été réalisé à partir de coupures de journaux et de certains articles bien précis…

Michael m'écoute toujours. Il épluche une gousse d'ail et l'ajoute dans la poêle.

— Comment a-t-elle réagi quand tu lui as demandé si elle était Sally McGowan ?

— Elle est restée très calme.

Je lui raconte ce qu'elle m'a dit au sujet de Myra Hindley et de la peinture et il hoche la tête.

— C'est passé aux infos quand j'étais ado, dit-il.

— Elle a parlé de la part d'ombre qui se trouverait

en chaque être humain et du fait que nous soyons tous capables de faire le mal. C'est le concept qu'elle veut illustrer à travers son autoportrait. Le message qu'elle veut faire passer.

Michael verse des épices dans la poêle et une délicieuse odeur vient me chatouiller les narines.

— Je ne suis pas sûr que nous soyons tous capables d'enfoncer un couteau dans le cœur d'un petit garçon, finit-il par dire. Mais je vois où elle veut en venir.

C'est au tour des morceaux de poulet et des tranches de tomates d'être jetés dans la poêle. Je m'émerveille face à sa capacité à cuisiner un plat tout en menant une conversation sérieuse.

— Ce qui m'a le plus interpellée dans cette histoire, je poursuis, c'est qu'elle paraissait presque trop calme. En tout cas, je n'aurais certainement pas réagi de la sorte si on m'avait plus ou moins accusée d'être une meurtrière. Elle cache forcément quelque chose. J'en suis persuadée. Et elle n'a pas semblé apprécier quand je lui ai dit que tu étais journaliste.

Michael arrête un instant de remuer le poulet dans la poêle. Un tout petit instant, mais suffisamment long pour que je comprenne que ma dernière phrase a tout particulièrement retenu son attention.

— Qu'est-ce qui te fait dire ça ?

— C'est difficile à expliquer, mais c'est comme si son visage s'était tout à coup fermé. C'est ensuite qu'elle a dit que Sonia n'accepterait probablement jamais de t'accorder une interview.

— Il n'y a rien de surprenant à sa réaction. Peu de gens font confiance aux journalistes. Avec les agents immobiliers, nous faisons partie des espèces les plus détestées de Grande-Bretagne.

Il rit.

— Je sens qu'on va se faire beaucoup d'amis, dans cette ville.

J'ouvre une bouteille de vin et remplis deux verres. Michael pose un couvercle sur la poêle et ajuste le feu afin de laisser mijoter son plat quelques minutes. Je lui tends un des verres et nous prenons la direction de la chambre.

— Et puis il y a les photos dans la cage d'escalier.

— Les photos ?

Je les lui décris en faisant le parallèle avec le documentaire que nous avons regardé ensemble.

— Quel âge a cette Liz ?

— Je ne sais pas. Je ne lui ai jamais demandé et elle ne l'a jamais mentionné non plus. Elle doit probablement approcher la soixantaine. Mais c'est difficile à dire. Avec ses cheveux blancs, elle pourrait être plus âgée.

Le verre de Michael s'arrête à quelques centimètres de sa bouche.

— J'ai déjà rencontré des gens de quarante ans dont les cheveux sont devenus blancs en l'espace d'une nuit.

Il boit une gorgée de vin avant de reprendre.

— C'est quoi, son nom de famille ? Tu sais si elle a déjà exposé ses œuvres ?

— Aucune idée. C'est possible. Certains de ses tableaux mériteraient d'être vus, en tout cas.

Il pose son verre et attrape son ordinateur portable posé sur la table de chevet.

— Voyons si on peut trouver des infos sur elle et sur son travail.

— Blackthorne, dis-je. Son nom est Liz Blackthorne.

Michael se fige, les mains posées sur le clavier de son ordinateur. Il fronce les sourcils.

— Qu'y a-t-il ?

— Rien, dit-il. C'est juste que… rien.

Il tape son nom dans la barre de recherche et trouve plusieurs femmes du nom de Liz Blackthorne, mais pas celle que nous cherchons. Il essaye Elizabeth Blackthorne, puis E. Blackthorne, et elle apparaît enfin sur quelques sites de galeries d'art sous le pseudonyme « E. K. Blackthorne ». Un des sites affiche une miniature de Liz ainsi que des descriptions de certaines de ses œuvres. Aucune ne porte de titre. Enfin, nous trouvons son blog intitulé « L'art dans une ville de bord de mer ».

— Regarde, dis-je, elle est diplômée de l'École d'art de Manchester. L'année n'est pas précisée, par contre. Au moins, on a la certitude qu'elle ne peut pas être Sally McGowan. Autrement, elle n'aurait jamais été autorisée à étudier à proximité de Manchester, tu ne crois pas ?

— Je suppose que non.

Le silence retombe après la réponse de Michael. Il semble plongé dans une réflexion intense, comme s'il essayait de résoudre un problème de mathématique d'une rare complexité.

— Et le fait qu'elle ait étudié dans cette ville explique les photos dans l'escalier.

— Peut-être.

Il abaisse soudain l'écran de son ordinateur et se lève, un peu perdu. Quelque chose a changé dans son comportement. Je le connais par cœur. Il est persuadé que Liz est Sally McGowan.

Il se dirige vers la porte de la chambre et se retourne avant de quitter la pièce.

— Je vais surveiller le curry et mettre le riz à cuire, dit-il.

Il sourit.

— Ça doit te faire du bien d'avoir quelqu'un pour te mijoter de bons petits plats. À quand mon tour ?

Je ris. Mais à peine Michael est-il sorti de la chambre que l'horrible photo montrant Alfie un couteau planté dans le cœur ressurgit dans mes pensées. Il m'est impossible de l'oublier. Liz aurait-elle été capable d'une horreur pareille ? Mais comment aurait-elle pu se procurer les photos de classe. Non, Kay et Michael ont raison sur ce point. Il s'agissait simplement d'une plaisanterie de mauvais goût de l'une des mamans. Rien à voir avec Sally McGowan. Du moins, pas directement.

Le compte Twitter, en revanche, toutes ces citations littéraires, voilà qui ressemble davantage à Liz. Elle aurait très bien pu échafauder ce plan pour m'effrayer et me faire taire.

37

Il est deux heures et demie du matin et je suis réveillée. Michael n'est plus dans le lit.

Après le dîner, nous avons commencé à regarder un film à la télévision, mais face à notre incapacité à nous concentrer, nous avons préféré abandonner et terminer la bouteille de vin. Ensuite, nous sommes allés nous coucher et nous avons fait l'amour. Le plus discrètement possible pour ne pas être entendus d'Alfie. Après ça, je n'ai plus que de vagues souvenirs du reste de la soirée. J'ai dû m'endormir, fatiguée par l'activité sexuelle accrue des derniers jours.

Je me lève et ouvre la porte de la chambre. Voyant qu'il n'est pas aux toilettes, je décide de descendre pour voir où il se trouve. Il y a de la lumière dans la salle à manger, et la porte est fermée.

Michael relève brusquement la tête lorsque je fais irruption dans la pièce.

— Salut toi, dit-il. J'espère que je ne t'ai pas réveillée.

Je secoue la tête.

— Ça va ? Tu n'arrives pas à dormir ?

— C'est toujours la même chose. Quand je commence un nouveau projet, je suis incapable de penser à quoi que ce soit d'autre.

Il tend le bras, m'invitant à venir me lover contre lui. Je m'assieds sur ses genoux et pose ma tête sur son épaule.

— C'est plus ou moins ce que m'a dit Liz hier, je réponds.

Il se raidit tout à coup et je me redresse. L'expression qui passe dans son regard – aussi brève et subtile soit-elle – ne me trompe pas. Le simple fait de mentionner le nom de Liz suffit à provoquer une réaction chez lui.

— Tu crois que c'est elle, n'est-ce pas ?

— Je ne sais pas quoi croire pour le moment, répond-il. J'ai l'impression qu'il manque une pièce au puzzle.

Il désigne les papiers étalés devant lui d'un mouvement du menton. Des pages et des pages de notes manuscrites. De rapports griffonnés et soulignés.

— Mais je sais qu'elle existe et je peux la trouver.

Il pointe son ordinateur portable du doigt.

— J'ai parlé à un journaliste de la *Gazette de Flinstead et de Mistden* un peu plus tôt. Jette un œil à ça et dis-moi ce que tu en penses. Il sera publié sur leur site demain matin.

Il regarde l'heure qui s'affiche en bas de l'écran.

— Enfin *tout à l'heure*, corrige-t-il. C'est une synthèse de l'article que je voulais écrire. J'arriverai peut-être à vendre la version longue à un journal national.

UNE COMMERÇANTE LOCALE
DANS LA TOURMENTE

Une fausse rumeur menace d'ébranler la tranquillité de Sonia Martins, commerçante à Flinstead.

Le mercredi 18 octobre dernier, une photo placardée sur la vitrine du magasin de souvenirs new age, Stones & Crones, a laissé entendre que Sonia Martins serait la tueuse d'enfant Sally McGowan.

La boutique a été de nouveau prise pour cible lorsqu'une brique a été lancée à travers sa vitrine. L'incident s'est produit le jeudi 31 octobre, entre minuit et demie et six heures et demie du matin. Les services de police sont toujours à la recherche d'éventuels témoins.

L'inspecteur Bob Sanderson affirme que « toutes les vérifications sur le passé de Sonia Martins ont été effectuées et qu'il est désormais possible d'affirmer que la rumeur à son sujet n'a aucun fondement ».

« Mme Martins est un membre respectable de la communauté. Elle est née à Flinstead, où sa mère a vécu toute sa vie, a-t-il ajouté. Nous vivons dans une petite ville où les rumeurs comme celle-ci se répandent à une vitesse folle. J'encourage les personnes qui ont colporté cette rumeur à réfléchir attentivement à leurs actes, car les conséquences pourraient être extrêmement sérieuses. »

Bouleversée par les récents événements, Sonia Martins envisage déjà de quitter Flinstead.

« Je sais que beaucoup ne croient pas à cette rumeur, mais d'autres y croient dur comme fer. Je ne me sens plus en sécurité, que ce soit chez moi ou au travail. Je veux juste qu'on me laisse vivre en paix. »

On dénombre quatre cas similaires de femmes ayant été accusées à tort d'être Sally McGowan. L'un d'entre eux s'est soldé par le suicide tragique de la victime.

Quiconque disposerait d'informations sur cet inci-

dent est invité à contacter les autorités en composant le 101.

— Donc tu as réussi à l'interviewer. Pourquoi me l'as-tu caché ?

Il hausse les épaules.

— Ça m'est sorti de l'esprit, désolé. Elle est revenue sur sa décision quand sa vitrine a été fracassée.

— Ça ne me surprend pas. Pauvre femme. Espérons que cet article mettra fin à cette histoire.

— Bon, dit Michael en rassemblant ses notes et en les rangeant dans son attaché-case, allons nous coucher.

Je me réveille au petit matin et le sentiment de malaise ne m'a toujours pas quittée. Par chance, je suis en congé et Dave a refusé que je vienne travailler pour rattraper la journée de mardi dernier. Mon programme n'en reste pas moins chargé pour autant. Premièrement, je dois aller chez ma mère m'assurer qu'elle se nourrit bien malgré la maladie qui s'éternise. Ensuite, je dois aller acheter une carte de remerciements et un petit cadeau pour Kay. Sans oublier le ménage et le repassage qui traînent depuis trop longtemps déjà. Si seulement je pouvais retourner me coucher et dormir jusqu'au soir…

— Et si tu restais prendre un bon bain chaud pendant que j'emmène Alfie à l'école ?

Je serre Michael dans mes bras.

— J'ai bien fait de te laisser emménager à la maison.

— Que veux-tu, entre ça, les parties de sexe incroyables et mes talents de cuisinier, tu es une femme comblée.

— Hum, je n'ai pas à me plaindre, en effet. Est-ce

que ça te dirait de m'accompagner chez ma mère tout à l'heure ?

Il éclate de rire.

— Faut pas pousser non plus.

— Sol serait tellement heureux de te voir. On pourrait en profiter pour faire une petite balade avec lui.

Il se penche et me dépose un baiser sur le bout du nez, le front et, pour finir, la bouche. Ses lèvres ont un goût de dentifrice.

— Ta mère sera peut-être heureuse de me voir aussi, après tout.

— Et c'est toi qui me dis de ne pas pousser ?

Ma mère est assise devant *Homes Under the Hammer*[1] lorsque nous arrivons chargés de sacs de courses. Un bonnet en laine vissé sur la tête, elle disparaît presque sous ses couches de pulls et de vestes superposés.

— Il fait un froid de canard, dit-elle en débarrassant Michael de ses sacs. Les radiateurs ne chauffent pas assez.

Il pose la main sur un radiateur à côté de lui.

— Pas de panique, ils ont sûrement besoin d'être purgés.

— Je sais comment fonctionne un radiateur, merci. Je n'arrive pas à retrouver ma clé à molette, c'est tout.

Elle se dirige vers la cuisine et je lui emboîte le pas, Michael étant visiblement trop occupé à jouer avec Sol dans le salon.

— Pourquoi faut-il toujours que tu sois si *sèche* avec lui ? je lui demande après m'être assurée d'être

1. *Homes Under the Hammer* est une émission de télévision britannique consacrée à la rénovation factuelle de biens immobiliers à la suite de leur acquisition aux enchères.

hors de portée des oreilles de Michael. Tu m'avais pourtant promis de faire des efforts, la dernière fois qu'on a parlé de lui.

— Je suis désolée si je t'ai semblé sèche, me répond-elle sans grande conviction.

Michael apparaît dans l'embrasure de la porte.

— Je pourrais me débrouiller avec un tournevis, si vous en avez un.

Ma mère le regarde avec surprise.

— Tiens, je n'y aurais jamais pensé.

Elle ouvre un tiroir et commence à farfouiller dedans.

— Lequel ferait l'affaire ?

Michael s'approche et jette un coup d'œil aux tournevis avant de porter son choix sur l'un d'entre eux. Il revient quelques instants plus tard pour demander une serpillière.

— Je ne voudrais pas salir votre salon avec de l'eau sale, explique-t-il.

J'aide ma mère à ranger les courses tandis que Michael purge les radiateurs de la maison en chantonnant.

— Merci pour votre aide, dit-elle âprement lorsqu'il revient une fois sa tâche terminée.

Michael ôte un chapeau imaginaire en se penchant vers l'avant.

— À votre service, Mme C.

Ma mère lui répond avec un très léger sourire. Elle y met du sien. Enfin.

Alors que nous nous apprêtons à partir, elle nous appelle depuis le salon.

— Michael, je suppose qu'il est inutile de vous proposer de rejoindre la chorale de l'église de Flinstead ? demande-t-elle.

Il me lance un regard terrifié et je manque éclater de rire.

— Vous m'avez l'air d'être un assez bon baryton, d'après ce que j'ai pu entendre tout à l'heure. Nous n'avons que trois hommes dans la chorale et aucun d'entre eux ne sait chanter.

Michael affiche un air faussement contrit.

— Je ne suis pas sûr de trouver ma place dans une chorale d'église, Mme C. Mais je vous promets d'y réfléchir.

Lorsque nous arrivons au bout de la rue, Sol trottinant devant nous, nous nous autorisons enfin à rire.

— Reconnais au moins qu'elle fait des efforts !

— Hum, dit Michael. Je me passerais bien de ce genre d'efforts, si tu vois ce que je veux dire.

38

Kay m'ouvre après la deuxième sonnerie. Son visage affiche une expression troublée, qui s'efface aussitôt qu'elle m'aperçoit.

— Bonjour ma belle, me dit-elle. Désolée pour la tête d'enterrement, je viens de terminer ma conversation Skype avec Marcus et Callie. Il est vingt et une heure à Melbourne.

— J'espère que je ne t'ai pas interrompue.

— Absolument pas. Nous avons longuement discuté et il était temps pour eux d'aller au lit. Gillian les couche bien trop tard, si tu veux mon avis. Entre donc prendre une tasse de thé. J'ai un délicieux gâteau aux carottes qui ne demande qu'à être mangé.

— C'est très gentil de ta part, Kay. Mais je voulais simplement te déposer ceci.

Je lui tends le sac contenant les cadeaux. Elle jette un coup d'œil à l'intérieur.

— Des chocolats. Comme c'est adorable. Tu n'aurais pas dû, dit-elle en secouant la tête.

Je constate néanmoins qu'elle a l'air ravie.

— Dave m'a dit que je t'avais ratée quand tu es passée à l'agence l'autre jour. Et puis je n'avais pas eu le temps de te remercier pour le déguisement d'Alfie. Il a fait fureur en Dark Vador.

— Ne me remercie pas, ma belle. Es-tu sûre de ne pas vouloir rester pour le thé ?

Non, pas nécessairement. Je ne suis pas d'humeur. Mais elle a déjà fait un pas de côté pour me laisser entrer, ce qui ne me laisse pas vraiment le choix. La pauvre, elle est si adorable. Je lui dois bien ça.

— Pourquoi pas. Mais je ne m'attarderai pas.

Je retrouve le salon de Kay exactement dans la même disposition que la dernière fois. Impeccable, et sans la moindre trace de poussière. Une odeur de spray nettoyant parfumé au citron vient me chatouiller les narines.

Je suis en train d'admirer ses poissons tropicaux lorsqu'elle revient avec le plateau de thé.

— Je te laisse couper le gâteau pendant que je vais mettre l'eau à chauffer.

Je m'exécute, et alors que mon couteau s'enfonce dans le glaçage du gâteau, j'aperçois mon reflet dans l'écran de l'ordinateur portable de Kay qu'elle a laissé ouvert sur la table basse. Une relique, à en juger par son apparence. Ce n'est pas comme si elle avait les moyens de s'en acheter un neuf, étant donné qu'elle n'arrive pas à trouver de deuxième emploi.

J'en profite pour glisser une mèche rebelle derrière mon oreille. Puis je remarque quelque chose d'étrange. Il n'y a pas de webcam intégrée à l'écran de l'ordinateur. Il y a quelques minutes à peine, Kay jurait pourtant être en pleine conversation Skype avec ses petits-enfants. Je jette un coup d'œil autour de moi à la recherche d'une éventuelle webcam amovible. Rien.

Bizarre. Peut-être utilise-t-elle uniquement la fonction appel de Skype.

Je suis interrompue dans mes pensées par le retour de Kay avec un autre plateau.

— Quel plaisir de voir leurs petites bouilles, dit-elle. Marcus est déjà en train d'apprendre les tables de multiplication. Il est bien en avance pour son âge. Et Callie sait compter jusqu'à vingt. Enfin presque.

— Tu utilises une webcam amovible pour les voir ?

L'expression sur le visage de Kay change, comme si ma question la décontenançait. Elle se raidit et, sans dire un mot, soulève le couvercle de la théière pour remuer la boule à thé se trouvant à l'intérieur.

— Tout à fait.

Elle sourit.

— Il a bien fallu que je m'équipe.

Une veine bleue bat furieusement contre sa tempe. Elle ment. Il n'y a pas de webcam. Il n'y en a jamais eu. Tout comme il n'y a jamais eu de conversations Skype avec Marcus et Callie.

Mais pourquoi mentirait-elle à ce sujet ?

— Devine quoi ? s'empresse-t-elle de me demander. J'ai trouvé un nouveau travail au jardin botanique de Mistden. Je commence la semaine prochaine.

Pourquoi ai-je le sentiment qu'elle essaye de noyer le poisson ?

— C'est super. Bravo.

Elle verse le thé dans les tasses et je remarque que sa main tremble.

— Est-ce que tout va bien Kay ?

— Oui, oui.

Mais il est évident que quelque chose ne va pas.

— J'ai vu le père d'Alfie ce matin, reprend-elle avec entrain.

Trop d'entrain.

— Il est vraiment très beau garçon. Il me fait penser à cet acteur qui joue dans *Luther*[1].

— Idris Elba ?

J'éclate de rire.

— Ne lui dis surtout pas si tu le croises de nouveau. Il prendrait la grosse tête.

— Qu'est-ce qu'il fait dans la vie ?

— Il est journaliste.

Kay repose sa tasse de thé un peu trop brusquement, si bien que celle-ci vient percuter la soucoupe sur laquelle elle repose.

— Vous vivez ensemble ?

— Oui. Il a emménagé à la maison récemment.

— Je croyais que vous préfériez vivre séparément, dit-elle.

Elle parle presque sur un ton de reproche, comme si je lui avais menti.

— C'était le cas jusqu'à dernièrement, oui. Mais nous avons changé d'avis, et Michael veut donner une chance à notre couple.

— Je suis ravie pour toi, ma belle.

Elle tente de sourire, sans véritablement y parvenir. Ses yeux brillent d'une étrange lueur. Sur son visage, la même expression qu'hier lorsque je l'ai aperçue les yeux rivés sur la voiture de police.

— Merci.

Je mords dans ma part de gâteau aux carottes, de plus en plus nerveuse. Il est délicieux, et je me rends compte que je suis partie de la maison sans prendre mon petit-déjeuner. Pas étonnant que j'aie si faim.

— Je te ressers du thé, ma belle ?

1. Série télévisée britannique créée par Neil Cross et diffusée sur BBC One depuis 2010.

— Non merci. Je vais y aller. J'ai une journée très chargée.

— Pas de souci. Moi aussi.

Dehors, je tombe sur le facteur en pleine tournée. Il a l'air pressé, aussi je lui propose de prendre le courrier de Kay et de lui donner avant qu'elle ne referme la porte. Je me retourne et constate que c'est déjà trop tard. Elle qui a l'habitude de rester sur le pas de sa porte pour me dire au revoir. Vraiment bizarre.

Je dépose le courrier dans la boîte aux lettres, remarquant au passage que chacune des enveloppes porte le tampon « Retour à l'envoyeur ». Toutes sans exception. Les adresses ont été barrées de noir. Ou plutôt l'adresse. Car il n'y en a qu'une seule. À Melbourne, en Australie.

39

De retour à la maison, je m'attends à voir Michael au même endroit qu'au petit matin, entouré de ses piles de notes. Mais la salle à manger est vide et parfaitement rangée. Je trouve un mot et reconnais immédiatement son écriture élégante et assurée.

Je suis rentré à Londres pour traiter une urgence. Je t'appelle plus tard. Bises. Michael.

Je relis le mot, comme si cela allait m'aider à en découvrir le sens caché, pour peu qu'il y en ait un. De *quelle* urgence parle-t-il ? *Pourquoi* a-t-il dû rentrer à Londres ? Et pour combien de temps ? Rien ne l'empêchait de donner davantage de détails, alors pourquoi ne l'a-t-il pas fait ? Cela ne lui aurait pourtant rien coûté de préciser s'il rentrait ce soir, demain ou plus tard. Bon sang, tant de mystère pour rien.

Je décide de l'appeler mais tombe directement sur sa messagerie. Évidemment. Disons qu'il est sûrement au volant à l'heure qu'il est. Il m'appellera certainement une fois arrivé à Londres, même s'il aurait pu le faire *avant* de partir. Il sait que je ne me sépare jamais de mon portable. Alors pourquoi ne l'a-t-il pas fait ? Il n'était tout de même pas pressé au point de ne pas vouloir perdre deux minutes à m'appeler ?

Je retourne dans le salon et me laisse tomber sur le canapé. Il a laissé sa veste sur le dossier du fauteuil ainsi qu'une tasse à café sale sur la table. À en juger par les miettes de pain sur le tapis, il a certainement dû prendre son déjeuner devant la télé. Quelques miettes qui suffisent à me mettre hors de moi.

J'ai passé tant d'années seule que je n'ai pas l'habitude de partager mon espace avec un autre adulte. Il y a Alfie, bien sûr, mais cela n'a rien à voir. Il n'est encore qu'un enfant. Je sais que j'exagère, et je ne peux pas dire que je ne suis pas heureuse que Michael ait emménagé à la maison. Depuis, j'ai tout le loisir de me blottir contre lui dès que j'en ai envie. Et son curry d'hier était à se damner. J'aurais juste apprécié qu'il m'appelle avant de disparaître.

Deux heures plus tard et toujours sans nouvelles de lui, j'essaye de nouveau de le joindre. J'ai déjà perdu le compte des messages vocaux et des textos. Ce matin, je l'avais entendu promettre à Alfie qu'il irait le chercher à l'école, mais plus le temps passe et moins cela paraît probable. Que vais-je bien pouvoir dire à Alfie ? Que papa sera de retour pour le goûter ? Je n'en ai pas la moindre idée moi-même. Michael est si absorbé par son enquête qu'il en oublie tout le reste. Moi y compris. Mais Alfie ?

Peut-être pense-t-il pouvoir continuer sa vie de journaliste célibataire se consacrant exclusivement à son travail ? Ne se préoccupant d'Alfie et de moi que lorsque son emploi du temps le permet ? J'aurais dû me douter que jamais nous ne pourrions rivaliser avec son travail. Et l'ironie dans tout cela, c'est que son travail est une femme. Une femme qui porte le nom de Sally McGowan.

Le téléphone sonne. Je prie pour qu'il s'agisse de lui.

— Salut ma poule. Le son de ta voix me manquait trop alors je me suis dit qu'un petit coup de fil me ferait le plus grand bien. Je suis au Starbucks entre deux visites.

La décontraction de Tash me fait l'effet d'un grand bol d'air frais. Un retour à la normale plus que bienvenu en cette période majoritairement marquée par la peur et les incertitudes.

— Lequel ?

— Celui de Greenwich, sur Church Street.

Je l'imagine observant les passants de Greenwich derrière la baie vitrée du café, assise sur un des canapés en cuir vert, un énorme muffin à la myrtille posé devant elle. Je donnerais tout pour être avec Tash en cet instant, profitant de cette pause pour me plaindre de mon boulot et prévoir ma prochaine sortie avec Tash.

— Comment va la vie à Pleasantville ? me demande-t-elle.

— Pas terrible. Même s'il y a du positif depuis que Michael a emménagé avec moi.

— *Quoiii ?* Quand ? Et tu ne m'as rien dit !

— Parce que c'est récent. Et qu'il vient de se faire la malle à Londres sans me dire quand il rentrait.

— Houlà ! Ne brûle pas les étapes, s'il te plaît. Raconte-moi tout depuis le début.

J'essaye de résumer mes aventures des dernières semaines, rumeur y compris (à l'exception de l'épisode dans la maison de Liz, au cas où il s'agirait vraiment de Sally McGowan).

— Bordel de merde, commente Tash. Et moi qui pensais que l'animation de Flinstead se limitait au concours de la plus grosse courgette remporté par le voisin de ta mère l'an dernier.

— Très drôle.

— Plus sérieusement, essayons de régler le problème le plus simple pour commencer. Si Michael a promis de t'appeler, alors il le fera. Les mecs sont très premier degré, tu sais. Tommo est exactement pareil. Et pour ne rien te cacher, il va vous falloir du temps à tous les deux avant de vous habituer à la vie commune. Vous avez beau vous connaître depuis des années, pour l'instant vous avancez à l'aveugle. C'est comme si vous entamiez une nouvelle relation, en quelque sorte.

— C'est ainsi que je vois les choses de toute façon. Mais j'ai peur que ça ne soit pas le cas de Michael et qu'il considère notre couple comme acquis. Qu'il pense qu'Alfie et moi serons toujours là à l'attendre. Je ne vois pas pourquoi il penserait autrement d'ailleurs, puisque ça a toujours été le cas.

— Alors à toi de fixer les règles. Parle-lui, Jo. Les mecs ne fonctionnent pas comme nous. Ils ne saisissent pas les subtilités, et quand ils y arrivent, une fois sur deux ils ne comprennent pas le message. Il faut qu'on le leur colle sous le nez pour qu'ils captent quelque chose.

Elle rit.

— En utilisant de préférence des mots d'une ou deux syllabes. Et si tu es équipée d'un gyrophare, n'hésite surtout pas à l'utiliser aussi pour lui éviter au maximum de se perdre en route.

Je reconnais bien ma Tash. Elle trouvera toujours le bon mot pour me réconforter. Michael est probablement pris par son travail et finira par m'appeler tôt ou tard. Je pourrai alors lui parler. Et s'il n'a pas le temps parce qu'il est encore en train de courir après une exclu, ou de faire ce que tous les journalistes font pour vivre, alors je lui parlerai une autre fois. Je me suis simplement emballée, comme chaque fois que je me fais du souci. Gérer des urgences fait partie de son métier, je devrais le savoir.

— En ce qui concerne cette rumeur, poursuit Tash, je t'avoue ne pas trop savoir quoi en penser. Si les gens considèrent que des tweets menaçants à l'égard de ton enfant ne relèvent que d'une simple blague d'Halloween, alors ils ont un sérieux problème. Peut-être que ton amie Kay a raison et que ça vient de cette mère du groupe d'entraide pour la garde d'enfants. Comment s'appelle-t-elle, déjà ?

— Debbie.

Je n'évoque pas non plus l'étrange comportement de Kay. Chaque chose en son temps. De plus, je ne voudrais pas que Tash pense que j'ai atterri dans un nid de vipères. Et de toute façon, il est l'heure d'aller chercher Alfie à l'école.

— À ta place, j'en parlerais ouvertement lors de votre prochaine petite sauterie, dit-elle. Rien que pour le plaisir de les voir rougir sous leur maquillage. De cette façon, tu pourras tout de suite voir laquelle est la plus mal à l'aise, et tu sauras que c'est celle qui t'a fait ce coup tordu.

— Le simple fait de penser qu'il pourrait s'agir de n'importe laquelle d'entre elles, voire de quelqu'un d'autre, me glace le sang, Tash.

40

À peine ai-je raccroché avec Tash que le téléphone sonne de nouveau. Michael. *Enfin*. Il a probablement regardé sa montre et s'est souvenu de sa promesse à Alfie.

— Jo, écoute-moi. As-tu la possibilité de sauter dans un train et de me retrouver à Russell Square ?

— Tu plaisantes ? Pourquoi ?

— J'ai besoin que tu me rendes un énorme service. Il faut que tu m'accompagnes rendre visite à Liz.

— Pourquoi diable irais-je jusqu'à Russell Square pour ça ? Elle habite juste à côté.

— Non. Elle est à Bloomsbury. Elle assiste à une convention sur l'art qui se tient à Londres. Je viens de la voir arriver à son hôtel.

— Bon sang, Michael. Ne me dis pas que tu l'as *suivie* ?

Je l'entends soupirer à l'autre bout du fil.

— Écoute, je ne t'en ai pas informée, mais Liz et moi sommes en contact. Son nom m'a été donné par un mec que je connais. Tu sais, l'ancien hacker dont je t'ai parlé.

— Attends une minute. Qu'est-ce que tu racontes, là ?

Nouveau soupir.

— On m'a donné le nom de E. K. Blackthorne comme une potentielle piste à suivre. Avant d'emménager à Flinstead, elle a été art-thérapeute et a bossé à Grey Willow Grange, la maison de correction où a séjourné Sally McGowan.

— Pourquoi ne m'as-tu rien dit, hier soir ? Pourquoi m'as-tu menti…

— Je t'en prie, Jo. Écoute-moi. On m'a révélé qu'elle et Sally McGowan avaient entretenu de bonnes relations, et qu'elles avaient possiblement gardé contact. On m'a dit que…

Il s'éclaircit la gorge.

— On m'a dit qu'elles avaient été amantes.

— Putain de merde.

— Quand tu as parlé de l'autoportrait dans l'atelier de Liz, j'ai tout de suite pensé que c'était la femme que j'avais interviewée il y a quelque temps déjà. Et quand tu as dit qu'elle s'appelait Liz Blackthorne, j'en ai eu la confirmation. Jusqu'à maintenant, je ne la connaissais que sous le nom de E. K. ou Elizabeth Blackthorne. J'avais pris contact avec elle *via* son blog et elle avait accepté de me rencontrer pour parler de son travail à Grey Willow Grange. Je m'étais bien gardé de lui dire que j'étais à la recherche de Sally McGowan pour ne pas l'effrayer. Je m'étais contenté de lui dire que je voulais écrire un article sur la réhabilitation des enfants criminels et sur le fait que le public n'entendait parler que des échecs de cette procédure. Jamais des succès. Elle a tout de suite accroché.

— Continue, je t'écoute.

— On s'est bien entendus, elle et moi. J'avais fait quelques recherches sur l'art-thérapie et son efficacité auprès des enfants les plus difficiles à réhabiliter. Ceux qui n'arrivaient pas à trouver les mots pour exprimer ce qui leur était arrivé. Qui n'avaient pas la force mentale d'aborder le sujet de façon aussi directe. Puis on s'est mis d'accord pour se revoir et continuer à en parler. Elle a proposé que nous nous retrouvions dans un café sur Old Kent Road. Donc j'y suis allé pendant les vacances. Tu sais, quand j'ai dit que je devais retourner à Londres pour louer l'appartement. C'est à ce moment-là que je lui ai dit que je voulais écrire un livre, sans pour autant mentionner le nom de Sally McGowan. J'ai préféré lui parler de cas plus récents.

« Étonnamment, enchaîne-t-il, c'est elle qui en a parlé en premier. Elle m'a confié qu'une de ses vieilles connaissances lui avait dit que McGowan était enfin prête à témoigner. À ce qu'il paraît, elle en a toujours voulu à l'opinion publique de n'avoir jamais accepté le fait que la mort de Robbie Harris avait été accidentelle. Elle m'a dit que McGowan voulait raconter sa version des faits, maintenant qu'elle a la maturité de s'exprimer. Les abus qu'elle a subis ont à peine été évoqués pendant son procès. Pas étonnant qu'elle se soit fait descendre par les médias. Mais elle ne parlera qu'à la condition que son anonymat et celui de sa famille soient préservés.

— Sa famille ? Elle a gardé contact avec eux malgré tout ?

— Les McGowan ? Je doute qu'elle ait gardé contact avec eux, non. Je pense qu'elle fait plutôt référence à sa famille actuelle. Son mari, si elle en a un. Et l'enfant qu'elle a eu. Je n'ai pas demandé à Liz si elle voyait toujours sa fille, et elle n'a rien lâché non plus. Mais mon petit doigt me dit qu'elle sait exactement ce qu'il en est. Bref, après cette conversation, j'ai eu le sentiment que nous avions créé un lien, et qu'elle aurait suffisamment confiance pour m'arranger une rencontre avec Sally McGowan.

— Pourquoi ne m'as-tu rien raconté de tout cela ?

— Parce que je ne savais pas que tu connaissais Liz jusqu'à ce que tu la mentionnes hier soir. Je ne savais même pas qu'elle vivait à Flinstead. Quand tu as dit que tu lui avais parlé de moi et du fait que je cherchais à interviewer Sonia Martins, j'ai su que Liz allait se dégonfler. Et j'avais vu juste. Elle m'a recontacté ce matin pour s'excuser car elle ne souhaitait plus m'aider. Elle a dit qu'elle avait commis une erreur en pensant que Sally McGowan accepterait de me rencontrer et que, de toute façon, elle ne savait pas où elle se trouvait. Elle a mis fin à la conversation en me conseillant de me concentrer sur les autres affaires que j'avais évoquées.

Quelques secondes de silence s'écoulent. Puis Michael reprend.

— Elle sait où se trouve Sally McGowan, Jo. J'en suis persuadé. Je pense qu'elle a emménagé à Flinstead pour se rapprocher d'elle. Tu dois venir, Jo. Si elle me voit arriver seul, elle n'acceptera jamais de me parler. Mais si tu m'accompagnes…

— Et que fait-on d'Alfie ? Je dois encore aller le chercher à l'école. Si seulement tu m'en avais parlé ce matin, je me serais arrangée pour le faire garder et je serais venue avec toi.

— Je ne t'en ai pas parlé ce matin parce que je voulais m'assurer que Liz allait bien à la convention. Je ne voulais pas te faire te déplacer pour rien.

— Je ne peux pas demander à maman de garder Alfie. Elle est encore malade et tu sais comment elle est dans ces cas-là.

Il soupire.

— Merde. Je n'y avais pas pensé. Tu pourrais peut-être appeler quelqu'un de ton groupe d'entraide ? Je t'en prie, Jo. Si j'arrive à trouver et interviewer Sally McGowan, je *sais* que je pourrai retranscrire son témoignage exactement comme elle le souhaite. Je ne ferai rien qui mettrait en péril son anonymat.

Il fait une pause.

— Rendez-vous sur Liverpool Street. Si tu sautes dans le prochain train, tu devrais arriver pour 15 h 30.

Je décèle un certain désespoir dans sa voix et me sens sur le point de céder.

— Du moment que je peux trouver quelqu'un pour garder Alfie. Fatima, ou Teri Monkton.

— Et pourquoi pas Kay ? Tu as dit qu'elle s'entendait à merveille avec Alfie.

— Kay est… oh, je n'en sais rien. Je ne suis pas sûre que ce soit une bonne idée. Je crois qu'elle m'a menti sur un certain nombre de choses. Qu'elle nous a menti à tous. Quoi qu'il en soit, je m'en occupe. Je te rappelle un peu plus tard pour te dire si je peux me libérer ou non. Et si je ne peux pas, eh bien… tu devras te débrouiller tout seul.

Je sonne à la porte de Fatima pour la troisième fois. Elle doit être de sortie. Je jette un coup d'œil à la maison de Kay. Elle m'a déjà fait savoir qu'elle serait ravie de garder Alfie pour me dépanner et je sais qu'elle ne refusera pas si je le lui demande maintenant. Alors pourquoi est-ce que je ne le fais pas ? Jusqu'à ce matin, je n'aurais eu aucun problème à le faire, et je sais qu'Alfie serait fou de joie à l'idée de retourner voir les poissons tropicaux. Sans compter qu'il aurait sûrement droit à une tonne de gâteaux. Mais une petite voix dans ma tête me dit que ce n'est pas une bonne idée. Un vague pressentiment. Il y a quelque chose qui cloche chez elle. Sinon, pourquoi les lettres destinées à sa fille lui reviendraient-elles toutes sans exception ? Et pourquoi Kay mentirait-elle au sujet de ses prétendues conversations Skype avec ses petits-enfants ? Ça n'a aucun sens. La seule solution est de faire appel à une des mères du groupe d'entraide. N'importe laquelle, mais certainement pas Debbie.

C'est à ce moment-là que j'aperçois Karen, un peu plus haut dans la rue. Elle marche sur le trottoir d'en face et ne me voit pas immédiatement. Lorsqu'elle lève enfin la tête, elle se précipite à ma rencontre.

— Salut ! Alors, remise de cette horrible soirée ?

— À peine.

Et si je lui demandais à elle ? Alfie la connaît déjà et semble avoir apprécié sa soirée passée devant *La Reine des neiges* avec Hayley. Et pour couronner le tout, elle aurait l'aide de sa mère pour s'occuper des deux enfants.

— Quoi de neuf ? s'enquiert-elle.

— Justement, tu tombes à pic. Tu me rendrais une fière chandelle si tu acceptais d'aller chercher Alfie à l'école cet après-midi et de le garder quelques heures ensuite. Je sais que tu dois déjà être bien occupée avec ta fille et ta mère…

— Bien sûr que je peux m'occuper d'Alfie. Hayley est beaucoup plus sage quand elle a une copine ou un copain à la maison. Elle est parfois un peu difficile, même si ma mère ne refuse jamais de jouer avec elle malgré son état de fatigue.

— Merci infiniment. Je déteste demander les choses à la dernière minute, mais je dois rejoindre Michael au plus vite à Londres. Je te promets que je serai de retour pour dix-neuf heures. Dix-neuf heures trente, maximum.

— Prends tout le temps dont tu as besoin, dit Karen. Hayley sera ravie. Je t'ai dit qu'elle considérait Alfie comme son amoureux ? C'est l'effet *Reine des neiges*.

Je ris.

— Je ne suis pas sûre qu'Alfie soit de cet avis.

— Au menu de ce soir, saucisses-purée. Est-ce que ça ira ? Je peux cuisiner quelque chose d'autre, si tu préfères.

— Non, ça ira très bien. Merci Karen. Je vais appeler l'école pour les prévenir. Je vais aussi te donner mon numéro, au cas où.

Elle sort son téléphone portable et ajoute mon nom à sa liste de contacts.

— Je t'envoie tout de suite un texto pour que tu aies mon numéro aussi.

— Merci encore. Tu me sauves la mise. Après réflexion, je vais te donner le numéro de ma mère, en cas d'urgence. Elle est un peu malade en ce moment, sinon je lui aurais demandé de garder Alfie.

— Il n'y aura *pas* d'urgence, me coupe Karen. La seule chose qui puisse arriver, c'est que Hayley demande à voir *La Reine des neiges* une nouvelle fois.

Elle regarde alors par-dessus mon épaule et sourit.

— Salut, Kay. Comment ça va ?

Je me retourne et vois Kay sur le pas de sa porte, en train de nettoyer la poignée avec un morceau de tissu. Oh non. Son visage… À tous les coups, elle a surpris ma conversation avec Karen et se demande pourquoi je ne suis pas d'abord allée la voir. Elle pensera que je l'ai délibérément snobée. C'est certain.

Elle nous salue d'un geste de la main. À peine ai-je le temps d'ouvrir la bouche pour me justifier qu'elle est déjà rentrée à l'intérieur de chez elle en claquant la porte. Tant pis, ce n'est pas le moment d'essayer d'arranger les choses.

41

L'arrêt de métro Liverpool Street grouille de monde alors que ce n'est même pas l'heure de pointe. Il y a quatre mois encore, j'étais chez moi à Londres. Je l'avais été pendant quinze années. Aujourd'hui, c'est à peine si je le reconnais. Je suffoque presque, déboussolée par la cacophonie des voitures et des passants. Tous mes sens sont assaillis, de mes oreilles qui bourdonnent à mon nez qui tolère à grand-peine le festival d'odeurs provenant des fast-foods environnants. J'ai l'impression d'être la péquenaude du coin, éblouie par les lumières vibrantes de la grande ville.

Je sursaute lorsque Michael me saisit le bras. Il porte son manteau gris en laine qui lui donne un air brut et, plus que tout, un charme fou. Je repense à la remarque de Kay sur sa prétendue ressemblance avec Idris Elba et cette pensée m'arrache un sourire. Puis je me souviens du malaise qui s'est ensuivi et de la gêne éprouvée quand je me suis rendu compte qu'elle avait surpris ma conversation avec Karen concernant la garde d'Alfie.

Michael m'embrasse tendrement et me tire par la main jusqu'à l'entrée de la station de métro.

— Où est-ce qu'on va déjà ?

— Coram Street. Elle est au Holiday Inn. Sa convention ne se termine pas avant seize heures, ce qui nous laisse le temps d'aller prendre un verre au bar de l'hôtel et de l'attendre gentiment à la réception. Il vaudrait peut-être mieux que ce soit toi qui ailles la voir en premier.

— Pour lui dire quoi ? Je ne suis vraiment pas à l'aise à l'idée de la surprendre comme ça. Pas après ce qu'il s'est passé hier. Comment réagira-t-elle quand elle me verra ?

— On établira un plan d'attaque une fois à l'hôtel. Tout ce que je veux, c'est la rassurer. Lui prouver qu'elle peut me faire confiance et que Sally peut se confier à moi sans crainte.

— Pourquoi ne pas avoir attendu qu'elle rentre à Flinstead ? Pourquoi l'avoir suivie jusqu'ici ?

— Parce qu'il est plus facile pour elle de nous claquer la porte au nez si on va sonner chez elle. Alors qu'ici, dans un lieu public, elle n'osera jamais faire un scandale. Et si elle s'éloigne, nous pourrons la suivre. Si elle refuse de nous parler, elle n'aura pas d'autre choix que de nous écouter.

Son côté journaliste d'investigation refait surface, cela ne fait aucun doute. Sa détermination à forcer Liz à parler. À obtenir un scoop quel qu'en soit le prix.

Nous prenons la Central Line jusqu'à Holborn, puis nous marchons jusqu'à Russell Square, baignés dans la lumière tombante de ce début de mois de novembre. Je m'efforce de suivre la cadence de Michael qui connaît le quartier comme sa poche et se dirige à grands pas vers le Holiday Inn. Je n'arrive pas à croire que je me suis laissée embarquer dans cette histoire, même si je dois admettre qu'un sentiment d'excitation commence à pointer le bout de son nez. Je me transforme peu à peu en agent secret. Pas étonnant que Michael se comporte de façon si mystérieuse avec ce qu'il est amené à faire dans son métier…

Arrivés au bar de l'hôtel, Michael dégaine son portefeuille.

— Qu'est-ce que tu veux boire ?

Ce que je veux boire ? Ma poussée d'adrénaline est telle que je n'arrive plus à penser correctement. L'alcool est bien la dernière chose dont j'ai besoin.

— Un Coca, s'il te plaît.

Michael passe la commande et prend une bière pour lui.

Il désigne le menu sur le comptoir.

— Est-ce que tu veux aussi manger quelque chose ?

Je secoue la tête, soudain prise de nausée et de panique. Michael règle la note et nous allons nous asseoir à une table à l'écart, afin de garder un œil sur l'horloge accrochée au mur ainsi que sur la porte d'entrée de l'hôtel.

— Pendant que je t'attendais à Liverpool Street, commence-t-il, je me suis demandé pourquoi Liz avait pris peur si rapidement. J'étais vraiment proche du but avec elle.

— C'est pourtant évident, non ? Elle pensait que tu n'étais qu'un simple journaliste londonien qui cherchait à écrire un papier sur la réhabilitation des enfants tueurs. Et quand elle a compris que tu étais mon compagnon et que tu voulais interviewer Sonia Martins, elle a pris peur. Tout cela est devenu un peu trop personnel à son goût.

Michael prend une gorgée de sa bière.

— Je suis sûr qu'il y a une autre raison.

— Comment ça ?

— Je suis sûr qu'elle sait exactement où se trouve

Sally McGowan. Peut-être même qu'elle fait aussi partie de ton cercle de connaissances, et que Liz a peur que tu découvres de qui il s'agit. Voilà pourquoi elle refuse tout à coup de m'aider.

Une pensée me vient soudain à l'esprit. Si Michael dit vrai, Liz et Sally McGowan doivent vivre dans la peur permanente depuis que j'ai parlé de la rumeur pour la première fois. Au point de tout faire pour que cette rumeur cesse de se répandre ? Au point de m'envoyer des tweets de menace sous le pseudonyme de Sally Mac ? De jouer avec mes nerfs en retouchant la photo de classe de mon fils ?

J'ignore si Liz est une pro de l'informatique, mais je sais déjà qu'elle tient un blog. En revanche, comment aurait-elle pu pénétrer dans l'enceinte de l'école d'Alfie sans se faire repérer ? Mlle Haynes dit avoir trouvé les photos le matin à son arrivée. Et comment Liz aurait-elle pu savoir que nous recevions justement les photos de classe ce jour-là ? Elle ne peut pas être au courant de ce qu'il se passe dans cette école. Non, le coupable savait parfaitement quand et comment s'y prendre. À l'exception des employés, je ne vois pas qui cela pourrait être d'autre, à part…

Un souvenir me revient tout à coup et me fait l'effet d'une bombe. Quand Teri Monkton est venue à ma rencontre alors que j'attendais M. Matthews devant son bureau, elle m'a dit qu'elle se rendait à une réunion de l'association des parents d'élèves. Et si l'un des parents de l'association était impliqué ?

Michael plisse les yeux en me dévisageant.

— Qu'y a-t-il ? À quoi penses-tu ?

— Je n'en sais rien. Je commence à suspecter tout le monde. C'est ridicule.

Il sort son téléphone portable.

— Tiens, regarde ça. J'ai réussi à mettre la main sur ces photos *via* un de mes contacts. On y voit Sally McGowan lorsqu'elle était une jeune femme.

Il fait défiler trois photos en noir et blanc d'une qualité médiocre. J'étudie la première. Je n'avais jamais vu cette image malgré mes nombreuses recherches en ligne. Sally McGowan tient un enfant dans ses bras et semble s'adresser à la personne qui prend la photo. Son expression trahit la colère. L'enfant a l'air effrayé. Elle s'agrippe au manteau de sa mère, le visage à moitié enfoui dans son cou.

La deuxième photo montre un étal de marché garni de fruits, de légumes et de diverses denrées alimentaires. Au premier plan, une femme aux cheveux bruns coiffés en chignon examine des pommes. On ne distingue que son profil gauche, mais je suppose qu'il s'agit également de Sally McGowan. Elle tient la main gantée d'une petite fille. La même petite fille que sur la première photo.

Je passe à la troisième. Une maison photographiée de nuit. Celle-ci, je l'ai déjà vue. Une des fenêtres du rez-de-chaussée a été brisée, et un policier se tient devant la grille, le dos tourné à la maison. Les mots « Tueuse d'enfant » ont été peints en grosses lettres sur la porte d'entrée. Un frissonnement incontrôlé me saisit des pieds à la tête.

Je regarde une nouvelle fois les photos et m'attarde sur celle où on la distingue de profil. Quelque chose dans l'arête de son nez me semble vaguement familier. Jusqu'ici, je n'avais jamais vu de photo d'elle prise sous cet angle. Elle me rappelle *assurément* quelqu'un. Mais qui ? Je m'accoude à la table et porte la main à mon visage tout en réfléchissant. Avec un peu d'efforts, je parviendrai peut-être à me souvenir.

Je reporte mon attention sur la petite fille. Une nouvelle pensée me frappe de plein fouet, à la manière d'une décharge électrique. J'en bondis presque sur ma chaise.

— Mon Dieu, Michael ! C'est peut-être la fille que je connais ! La fille de Sally McGowan !

Michael pousse un soupir.

— Nous voilà bien avancés.

— Réfléchis. Si Liz connaît Sally McGowan, elle connaît forcément sa fille.

Des flashs des récents événements me reviennent les uns après les autres, à commencer par l'expression sur le visage de Liz lorsque j'ai parlé de la rumeur pour la première fois. Je revois son regard inquisiteur posé sur moi. La fausse décontraction avec laquelle elle s'est emparée d'une olive sur la table. Elle paniquait, je m'en rends compte à présent. La surprise sur le visage de Karen et la façon dont elle m'a dévisagée lorsque j'ai de nouveau évoqué la rumeur à la demande de Cathy.

Je sens ma nuque se raidir. Cette fois-ci, je revois Karen et sa mère m'observer à travers la vitrine de l'agence. Sa mère qui tourne la tête pour me regarder tandis qu'elles s'éloignent. Karen qui insiste pour que les enfants jouent aux chaises musicales, laissant délibérément Alfie gagner. M'invitant à venir boire le thé chez elle… Elle et son mari dirigent une entreprise de développement informatique. Ce qui fait d'elle la mieux placée pour retoucher une photo sur Photoshop. D'autant qu'elle est – oh mon Dieu – la secrétaire de l'association des parents d'élèves ! Si qui que ce soit a pu entrer dans l'école sans éveiller les soupçons de Mlle Haynes, c'est bien elle !

Je pense à Alfie qui se trouve en ce moment même

chez Karen et je suis saisie de tremblements incontrôlables. Qu'avait-elle dit quand je lui avais demandé pourquoi elle marchait si vite en tenant la main d'Alfie le jour où il s'était perdu ? Qu'elle était pressée car elle devait accompagner sa mère à un rendez-vous médical. Et si elle avait menti et qu'elle avait plutôt en tête d'enlever mon fils ? Et si elle était la fille de Sally McGowan ? Elle ne pourrait qu'en avoir après moi pour avoir colporté la rumeur au sujet de sa mère. Pour les avoir mises en danger toutes les deux.

Mon cauchemar me revient en mémoire : Sally McGowan se tenant au pied de mon lit, les mains couvertes de sang. À qui ressemblait-elle ? À Karen, bon sang ! Je me lève si vite que j'en renverse presque ma chaise qui racle bruyamment le sol.

— Mon Dieu, Michael ! Elles ont Alfie ! Il faut qu'on rentre à Flinstead !

— Mais de qui parles-tu ?

— La mère d'Hayley, Karen. Elle est allée chercher Alfie à l'école. Je crois que c'est la fille de Sally McGowan. Elle doit me haïr à l'heure qu'il est.

Je m'arrête un instant, le temps de reprendre mon souffle.

— Alfie est en danger, Michael. Il faut qu'on parte. Maintenant !

42

Je tends la main vers mon sac.

— On doit y aller. On doit appeler la police. Et maman. Je dois tout lui raconter. Et l'école, aussi.

Michael se lève à son tour et pose ses mains sur mes épaules, me forçant à m'immobiliser.

— Attends une minute. Prenons le temps de réfléchir avant de faire quoi que ce soit. Supposons que tu aies raison et que Karen soit bien la fille de Sally McGowan. Pourquoi s'en prendrait-elle à Alfie ?

— Pour me punir d'avoir colporté la rumeur. Mon Dieu ! Et si McGowan lui faisait du mal ?

— Calme-toi, Jo. Ce que tu racontes n'a aucun sens.

— Non, je ne me calmerai *pas*. Pourquoi restes-tu là à ne rien faire alors que ton fils pourrait être en danger ?

Je me libère de son emprise et cours vers la sortie de l'hôtel. Michael se lance à ma poursuite. Me voilà de nouveau dans la rue. Il pleut et un passant manque de m'éborgner avec son parapluie en essayant de me contourner. Le calme de l'hôtel a laissé place au brouhaha de la rue et j'ai la tête qui tourne. Trop de monde. Trop de bruit. Tout va beaucoup trop vite pour que j'arrive à reprendre mes esprits. Je me retrouve plantée là, sans savoir quoi faire ni où aller. Je fouille mon sac à la recherche de mon téléphone portable. Je ne me souviens pas d'avoir supprimé l'application Uber. Ou bien l'ai-je fait ? Où est ce putain de téléphone ? Il est forcément dans mon sac.

Quelqu'un m'attrape par le bras. Michael. Il me ramène vers l'hôtel. Les gens nous dévisagent comme si nous étions un couple en pleine dispute, mais cela n'a aucune importance. Je me fiche de ce qu'ils peuvent penser. Tout ce qui m'importe, c'est de rentrer à Flinstead et de retrouver Alfie. De le serrer dans mes bras et de ne plus jamais me séparer de lui.

La voix de Michael résonne dans mes oreilles.

— Penses-tu réellement qu'après trente-six ans d'anonymat, Sally McGowan ou sa fille vont tout foutre en l'air ? Penses-tu qu'elles sont prêtes à faire du mal à un petit garçon sous les yeux d'Hayley ? *Pourquoi* feraient-elles une chose pareille ?

Si Michael ne m'avait pas soutenue en me regardant fixement dans les yeux, je me serais évanouie en cet instant même, la tête la première sur le pavé. Je tremble de tout mon corps, incapable de retenir les larmes qui jaillissent de mes yeux.

— Elles ne prendront jamais le risque de compromettre leur couverture et de perdre Hayley simplement pour te punir d'avoir répandu une rumeur.

Il m'agrippe fermement.

— Si elles se sentaient menacées, leur premier réflexe serait de fuir. Fuir loin pour recommencer leur vie ailleurs.

Il a raison. La mère de Karen est en train de mourir. Il suffit de la regarder pour le savoir. De plus, elle ne *vit* même pas à Flinstead. Elle est venue s'installer chez sa fille pour que celle-ci prenne soin de sa santé. Liz, au contraire, y habite depuis de nombreuses années. Il y a donc peu de chances pour que la mère de Karen soit en réalité Sally McGowan. Je me suis trompée.

Mais si Karen n'a pas retouché la photo, alors qui d'autre ?

Michael me raccompagne jusqu'au bar et commande un verre de cognac. Il jette un coup d'œil à l'horloge.

— Il est presque seize heures. Liz ne va pas tarder à rentrer de sa convention. Allons nous asseoir pour guetter son arrivée.

— Remontre-moi les photos, je lui demande une fois que nous avons repris place à une table.

J'ai le désagréable pressentiment que Liz tournera les talons sitôt qu'elle nous apercevra, avant même que nous ayons la chance de lui parler. Si Michael voit juste, et que Sally McGowan est une connaissance commune à Liz et à moi, alors je dois pouvoir la reconnaître sur les photos. Ce nez… Je l'ai déjà vu quelque part. J'en mettrais ma main à couper.

J'étudie de nouveau les photos, en prenant bien soin de ne laisser aucun détail de côté.

— Comment les as-tu obtenues, déjà ?

— Par un de mes contacts dans la police. Il les a déterrées des archives. Elles n'avaient jamais été rendues publiques mais… disons qu'il me devait un service.

Je ne lui demande pas pourquoi, ni ce qui pourrait lui arriver s'il se faisait prendre en possession de ces photos. Il vaut probablement mieux que je n'en sache rien.

— Es-tu sûr qu'elles n'ont jamais été rendues publiques ?

— Certain.

— Bizarre. Je jurerais avoir déjà vu une de ces photos. J'ai dû la trouver sur Internet pendant que j'effectuais mes recherches.

— J'en doute. Il est impossible que la presse ait pu mettre la main dessus.

— Mais je suis persuadée de l'avoir vue quelque part. C'est presque comme si…

— Comme si quoi ?

Non. Ce doit encore être une hallucination de ma part. Mais c'est comme si j'avais déjà vu cette maison en vrai. Comme si je m'étais trouvée à la place du photographe et que je l'avais contemplée de mes propres yeux. Ce qui est évidemment impossible. Un sentiment de déjà-vu, rien de plus. Ce n'est pas la première fois que ça m'arrive. Bien que cette maison ressemble étrangement à celle de mes grands-parents à Romford.

— À l'époque où cette photo a été prise, elle s'appelait Sally Holmes, commente Michael. Elle était mariée à un homme du nom de Benjamin. À Coventry.

Benny. Benny et Sal.

Benny et Sal ? C'est étrange. Pourquoi ai-je pensé à cela ?

— Est-ce qu'il était au courant de qui elle était réellement ?

— C'est ce que je n'arrive pas à savoir. Benjamin Holmes semble avoir totalement disparu de la surface de la Terre. Et il n'y a qu'une seule explication à cela : lui aussi a changé d'identité. Jo, est-ce que ça va ?

J'ai du mal à déglutir. Pourquoi ai-je soudain le souvenir de jouer dans le jardin de cette maison ? Ça y est, je deviens folle. Toute cette histoire m'a fait perdre la tête. Je dois confondre avec la maison de Romford. Si je me souviens bien, ma mère a conservé un vieux Polaroid où l'on me voit jouer à la poupée devant un parterre de fleurs. C'est une des rares photos de cette période qui n'a pas été détruite dans l'incendie.

L'incendie.

Une sensation désagréable s'insinue dans mon estomac. Une sensation qui me prend aux tripes.

— Comment s'appelait sa fille ?

Michael vérifie les notes qu'il a jetées dans son carnet.

— Lucy.

Lucy. Non, c'est impossible. Je ferme les yeux et me revois petite fille, agrippée à mon oreiller, en proie à la peur et à la confusion. Je revois le pompier tendre les bras vers moi et m'arracher à mon lit de ses grosses mains gantées. Ses mots rassurants résonnent encore dans mes oreilles.

« Je vais te ramener à ta maman et à ton papa. Ne t'inquiète pas, tu es en sécurité. »

Le pompier me porte jusque dans le hall et je me débats. Il empeste l'odeur de brûlé. J'enfouis mon visage dans le creux de sa veste et pleure doucement.

Nous nous trouvons à présent dans la chambre de mes parents, mais leur lit est vide et la fenêtre grande ouverte, laissant le froid pénétrer à l'intérieur. Un courant d'air vient lécher mes bras et mes jambes dénudés. J'entends un bruit sourd et métallique. Des voix s'élèvent un peu plus loin. Des gens crient.

Je me mets à pleurer de plus belle, et le pompier me serre contre lui.

« Ne pleure pas, me chuchote-t-il. Tu n'as pas à avoir peur, maman et papa t'attendent en bas. »

Je cesse tout à coup d'avoir froid. On m'a enveloppée dans quelque chose. On dirait une serviette épaisse et chaude. Même ma tête en est recouverte. Je m'agrippe à la veste du pompier tandis qu'il enjambe la fenêtre et descend le long de l'échelle.

Le voilà qui court dans le jardin. Je l'entends ouvrir la grille de derrière et emprunter le petit chemin menant aux garages. La seconde d'après, je suis dans l'ambulance avec maman et papa. Maman a passé ses bras autour de moi et papa me dit que tout ira bien. Tout ira bien.

J'ouvre les yeux. Michael me dévisage, l'air inquiet. Je regarde de nouveau la photo de la maison.

— Où as-tu dit qu'elle se trouvait, déjà ?

— À Canley, dans la banlieue de Coventry.

J'ai un mauvais pressentiment. Si mauvais que le simple fait d'y penser me file la chair de poule. Mais je dois y penser. Je dois me rappeler.

Je me force à boire une gorgée de cognac et manque m'étouffer en sentant le liquide heurter mon palais. Les sirènes. Je ne me souviens pas les avoir entendues. Et pourquoi l'ambulance était-elle passée par l'arrière de la maison et non par-devant ? Pourquoi les pompiers se sont-ils donné cette peine ? C'est ma mère qui m'a suggéré de rejoindre le club de lecture. C'est elle qui m'a donné le numéro de Liz. Elle dit l'avoir obtenu auprès du libraire, mais…

Mon Dieu ! C'est *moi* que Liz essaye de protéger ! Moi et… ma mère !

J'ai l'impression de me dissoudre. D'une révélation à l'autre, le château de cartes de mon existence s'effondre. Non seulement il n'existe presque plus de photos de moi enfant, mais il n'en existe pas non plus d'*elle*. Toutes ont brûlé dans l'incendie. Avec le reste de nos effets personnels. Et si tout avait été calculé ? Et s'il s'agissait d'un acte délibéré ?

J'ai de plus en plus de mal à respirer. Si c'est vrai,

alors ma vie entière s'est construite sur un mensonge. Mes grands-parents. Sont-ils au moins…

— Que t'arrive-t-il, Jo ? Parle-moi.

Lucy Locket lost her pocket. Kitty Fisher found it[1].

C'était ma phrase préférée de la comptine. C'est la raison pour laquelle j'avais surnommé mon amie imaginaire Lucy. C'est tout du moins ce que ma mère m'a dit. Mais si ma mère a dû changer de nom, alors moi aussi. Elle a été forcée de me convaincre que je m'appelais désormais Joanna.

Joanna, et non Lucy.

J'ai envie de crier, mais aucun son ne sort de ma bouche.

Cela ne peut être vrai. C'est ridicule. Impensable.

Comment ma mère peut-elle être Sally McGowan ?

1. *Lucy Locket* est une comptine pour enfants datant du début du XIXe siècle.

43

Je n'ai pas le souvenir d'avoir terminé mon cognac, mais j'ai dû l'avaler d'une traite, car mon verre est vide.

— Je vais aller t'en chercher un autre, me dit Michael.

— Non, je n'en veux pas.

Ma voix ne sonne pas juste. Elle me paraît étrangère. Désincarnée.

J'essaye de faire le tri dans mes pensées.

— L'incendie n'était qu'une histoire qu'ils m'ont racontée pour justifier ce qui est arrivé. Pour me faire comprendre que nous ne pourrions jamais revenir dans cette maison.

Michael serre mes mains dans les siennes. J'ai encore du mal à retrouver une respiration normale et il me serre encore plus fort, comme pour m'encourager.

— Ma vie n'est que fiction. Tout ce que je sais n'est qu'un vaste mensonge.

Michael s'exprime enfin.

— Tu veux dire que… Putain, Jo.

Il me lâche les mains et se laisse lourdement retomber contre le dossier de sa chaise. La mâchoire lui en tombe presque.

— Ce pompier qui t'a sauvée n'en était pas un, n'est-ce pas ? C'était un flic rattaché au programme de protection des témoins.

Je me prends la tête dans les mains, me massant les paupières du bout des doigts. Si j'appuie assez fort, peut-être arriverai-je à faire disparaître l'image de ma mère – l'image de Sally McGowan – de mon esprit. En vain. Au contraire, plus le temps passe et plus elle m'apparaît nettement. Comment leur ressemblance a-t-elle pu m'échapper ? La finesse de l'arête de son nez. La forme de sa bouche. Cela me semble si évident, à présent. La vérité me regardait en face depuis tout ce temps. Littéralement.

— Comment a-t-elle pu me mentir ? Comment a-t-elle pu faire semblant pendant toutes ces années ?

Michael reprend mes mains dans les siennes et les masse délicatement.

— Qu'aurait-elle pu faire d'autre ?

— Elle a dû mentir à mon père aussi. C'est pour ça qu'il est parti.

— On n'en sait rien, Jo. Seule ta mère pourra t'apporter des réponses.

— Si ça se trouve, il n'avait rien du sale type qu'elle m'a décrit. Si ça se trouve, il ne lui a jamais pardonné.

Soudain prise d'un haut-le-cœur, j'arrache mes mains de l'étreinte de Michael et les porte à ma bouche.

— Je ne me sens pas bien.

J'atteins les toilettes juste à temps. Penchée au-dessus d'une cuvette, je laisse tout sortir. En dehors du cognac et du Coca ingurgités un peu plus tôt, seule de la bile jaillit de ma bouche. Elle s'écoule encore et encore jusqu'à ce que je sois vidée et que je me retrouve à hoqueter, le torse couvert de sueur.

Je sens une main se poser sur mon épaule. Michael

me caresse le dos en mouvements circulaires. Il m'aide à me relever et me dirige vers les lavabos. Le miroir me renvoie un visage gris au front luisant de transpiration. Un visage que je ne reconnais plus.

Michael attend patiemment que je me passe un peu d'eau pour me nettoyer puis me tend des serviettes en papier. Au même moment, une femme entre dans les toilettes et nous jette un regard sévère. Elle fixe Michael qui s'empresse de me faire sortir et de me raccompagner au bar.

Là-bas, il commande un verre d'eau pour moi.

— Bois. Ça va te faire du bien.

Je n'ose pas, de peur d'être de nouveau prise de nausées.

— Je n'arrive toujours pas à y croire. Je ne comprends plus rien. Je ne sais même plus *qui* je suis.

Michael se penche vers moi et me caresse la joue.

— Tu es toujours la même personne, Jo. Tu es toujours *toi*. Ça ne changera pas.

— Mais ça a déjà changé ! Je ne suis plus Joanna Critchley. Je ne suis même pas Lucy Holmes. Je ne suis *personne*.

Les larmes me montent aux yeux. Je les retiens pour ne pas me donner en spectacle au milieu du bar qui commence à se remplir. Mais c'en est trop, et je finis par éclater en sanglots.

— Ma mère a assassiné un enfant.

J'ai beau avoir chuchoté, prononcer ces mots me fait l'effet d'une bombe. J'ai l'impression que tous autour de moi m'ont entendue.

Quelqu'un s'approche de notre table. La seule chose que j'arrive à distinguer à travers les larmes est une paire de chaussures à talons bleu marine ainsi qu'un pantalon vert. Un pantalon évasé coupé dans une matière proche de la soie. Je ne relève pas la tête car je ne sais que trop bien à qui ces vêtements appartiennent. Je ne veux pas voir son visage. Cette femme qui détenait la vérité depuis tout ce temps. L'ange gardien de ma mère. Son amante, nom d'un chien.

Liz s'assied sur la chaise à côté de moi. J'entrevois ses cuisses minces et ses genoux cagneux qui se dessinent sous le tissu de son pantalon. Elle pose sa main sur mon épaule. Malgré la légèreté de son geste, je sursaute violemment. Une sorte de communication non verbale s'instaure entre elle et Michael. Je peux sentir l'énergie qui s'en dégage. La tristesse qui émane de ces interlocuteurs.

— Ta mère t'aime plus que tout, dit-elle.

— Pas assez pour me dire la vérité.

J'ai la voix rauque. Comme le frottement du métal sur du béton armé.

— Elle en mourait d'envie. Mais elle ne pouvait s'y résoudre, par peur de te perdre.

— Voilà chose faite.

— Mais non. Tu es en état de choc et tu as besoin de temps pour digérer. Tu finiras par aller mieux, je te le promets.

Je relève enfin la tête pour la regarder dans les yeux. J'arrive à peine à supporter son regard. Les muscles de mon cou se tendent douloureusement, comme s'ils étaient sur le point de rompre.

La bouche de Liz s'anime, formant des mots que je n'arrive pas à entendre. Au lieu de ça, un sifflement emplit mes oreilles et mon dos se couvre de sueur. Je suis à deux doigts de perdre connaissance.

À présent Michael m'enjoint de baisser la tête entre mes genoux et de me concentrer sur ma respiration. Je voudrais pouvoir rester dans cette position pour toujours, le regard pointé vers le sol, le sang affluant dans mes tempes. Je reporte mon attention sur les bottines que je porte aux pieds. Sur l'éraflure de la chaussure gauche ; la petite feuille séchée collée à son talon. Ces bottines sont mon seul point d'ancrage à la terre. Tout ce qui reste de moi et qui ne s'est pas évaporé dans les airs. Je suis terrifiée à l'idée de me redresser, par crainte de connaître le même sort. De me désintégrer moi aussi. Comme si je n'avais jamais existé.

Un murmure s'élève dans le bar. Je prends peu à peu conscience des individus qui se groupent autour de moi. Je vois leurs chaussures. J'entends la détresse dans leurs voix.

Puis je perçois celle de Michael par-dessus les autres.

— Tout va bien, ne vous inquiétez pas. Ça va aller, je m'occupe d'elle.

S'il ne m'avait pas forcée à me redresser, je serais toujours dans la même position à l'heure qu'il est. Moi et mes bottines. Seules contre tous.

Je porte le verre d'eau à mes lèvres d'une main tremblante. Je suis si assoiffée, tout à coup. Je bois de longues gorgées, si bien que de l'eau coule sur mon menton. Je repose le verre et manque le renverser au passage. J'essuie ma bouche d'un revers de manche. Liz plonge la main dans son sac à main et en ressort un paquet de mouchoirs. Après m'en avoir donné un, elle entreprend d'essuyer la table en silence. D'essuyer le dessous de mon verre. Elle affiche une expression de concentration extrême, et ses yeux sont démesurément écarquillés, comme si elle essayait de se retenir de ciller.

— Il y a tant de choses à te dire, Jo. Tant de choses que je *voudrais* que tu saches. Mais ce n'est pas à moi de te les raconter. Cette responsabilité incombe à ta mère, et à ta mère seule.

Une larme solitaire perle au coin de son œil et coule le long de sa joue. Elle s'immobilise quelques instants, telle une perle de glace, avant de terminer sa course.

— Pardonne-moi, m'implore-t-elle. Pour les tweets.

Sa voix se brise.

— Je ne voulais pas t'effrayer, mais je n'avais pas d'autre solution.

44

Nous sommes dans la voiture de Michael. Je ne me rappelle pas non plus comment je me suis retrouvée là. J'ai le vague souvenir d'avoir marché – ou plutôt d'avoir été guidée, *pilotée* même, à travers les allées d'un parking souterrain. C'est comme si j'avais lévité au-dessus du sol couvert de flaques d'eau, en déconnexion totale avec le mouvement de mes pieds. Prêt à s'effondrer à tout moment, mon corps n'est rien de plus qu'une structure de verre reposant sur la solide stature de Michael.

Liz n'est plus avec nous. Je ne demande pas pourquoi. Je ne veux pas savoir.

Michael conduit dans les rues déjà plongées dans la pénombre, traçant sa route dans la densité de la circulation londonienne. Je pose la tête sur le rebord de la fenêtre côté passager. Dans le rétroviseur, mon reflet me renvoie un visage difforme, où les yeux ont été remplacés par deux énormes cavités noires. Plus rien n'est à sa place. Même mes organes semblent s'être déplacés.

Nous ne parlons pas. Il n'y a rien à dire.

Il y a beaucoup trop à dire.

Alfie. La pensée me fait l'effet d'un coup de massue,

à tel point que j'ai d'abord l'impression que nous avons heurté quelque chose. Le choc des dernières heures l'avait complètement occulté de ma mémoire. La culpabilité m'assaille aussitôt.

Inquiet, Michael pose la main sur ma cuisse.

— Qu'y a-t-il ?

— Je dois appeler Karen pour l'informer que nous serons en retard.

— Tu veux qu'on s'arrête pour que je le fasse ?

— Non, continue de rouler. Je m'en occupe.

Je fouille mon sac à la recherche de mon téléphone portable. L'écran de verrouillage. Je le fixe, interdite, incapable de me rappeler du mot de passe. Le cri qui s'élève dans l'habitacle nous prend tous les deux par surprise. Ce cri, c'est de ma bouche qu'il est sorti, propulsé du plus profond de mes entrailles. Un torrent d'angoisses et de peurs.

Michael enclenche le clignotant, mais le flot de véhicules sur la file de gauche l'empêche de s'arrêter pour stationner.

— Ne t'arrête pas, je vais y arriver.

Mon cerveau reprend peu à peu du service. Mes doigts glissent sur l'écran, faisant défiler les contacts jusqu'au nom de Karen.

— Karen, c'est Jo.

J'ai le souffle coupé. Reprends tes esprits, bon sang. C'est important. Parle normalement. Et excuse-toi pour le retard.

— Salut, toi ! lance Karen d'une voix claire et enjouée.

Son ton léger sonne presque comme une insulte.

— Alfie vient de terminer son dîner. Il a un sacré appétit, dis donc.

— Oui, oui. C'est le moins qu'on puisse dire.

Écoute, nous allons avoir un peu de retard. La circulation est...

— Aucun problème !

Pause.

— Est-ce que tout va bien, Jo ? Tu as l'air un peu…

— J'ai eu une mauvaise nouvelle.

Je dois lutter pour me retenir d'en dire plus. Les phrases tournent en boucle dans ma tête. « Ma mère est une tueuse d'enfant. J'ai découvert que mon existence tout entière n'était qu'une pure invention et qu'on me mentait depuis mon plus jeune âge. »

— Joanna, tu es toujours là ?

— Oui, oui. Je suis là.

Le suis-je vraiment ? *Quelqu'un* est là, ramassé sur le siège passager comme un animal blessé. Quelqu'un qui se fait passer pour Joanna Critchley, mère d'Alfie Critchley, fille de…

— Je dois appeler ma… mère. J'arrive au plus vite. Je suis désolée…

— Prends tout ton temps. Alfie est en sécurité avec moi.

Elle sait qu'il est arrivé quelque chose de terrible. Je l'ai senti à sa façon de s'exprimer à la fin de notre conversation. À la façon dont elle est passée de l'insouciance à l'inquiétude.

— S'il fatigue, je lui préparerai le canapé pour qu'il puisse dormir confortablement. Fais ce que tu as à faire, d'accord ?

— D'accord.

C'est étrange de se dire qu'il y a quelques heures à peine, je croyais qu'elle me voulait du mal et qu'elle voulait du mal à Alfie. Je croyais qu'elle était la fille de Sally McGowan alors que c'est moi… C'est moi depuis le début.

À présent la nuit est tombée et une pluie battante s'abat sur le pare-brise. Michael déclenche les essuie-glaces pour ne pas avoir à ralentir, mais la visibilité est trop mauvaise. Les phares avant des voitures projettent des lumières distordues et aveuglantes. Les feux arrière, des larmes de sang. Il n'y a pas pire temps pour circuler à Londres, mais Michael est un excellent conducteur. Calme et réfléchi, il ne laisse rien transparaître de son agacement, si toutefois il en éprouve. Il ne s'emporte même pas lorsqu'un chauffard nous coupe la route ou lorsque les embouteillages nous contraignent à nous arrêter. Il encaisse sans broncher. Il conduit, voilà tout.

Je distingue vaguement les immeubles londoniens qui laissent place aux pavillons de banlieue, puis au néant de la campagne. Autour de nous, rien que l'obscurité à des kilomètres à la ronde, à l'exception de la bande de béton qui s'étend devant nous, éclairée par les phares de la voiture.

C'est tout ce qu'il me reste. Cette bande de béton. Ce morceau de réel dont je ne parviens pas à détacher les yeux.

Michael allume la radio, rompant soudain le silence. La voix rauque et douce d'Ed Sheeran m'enveloppe tandis qu'il chante *Castle on the Hill*. Une main s'approche aussitôt de la radio pour l'éteindre. Ma main. Mais Michael m'en dissuade. Cette chanson est la goutte d'eau qui fait déborder le vase. Ode à la ville natale du chanteur, elle résonne bien trop en moi, au moment même où je retourne dans la mienne. Seulement, tout a changé maintenant. J'ai été déracinée et abandonnée sur le bas-côté, mes racines exposées au grand air.

Mes racines. Je ferme les yeux en essayant de ne pas y penser. Ces racines ont pourri. Repliées sur elles-mêmes. Nauséabondes. Kenny et Jean McGowan. La fierté et la violence d'un côté, la peur et la honte de l'autre. Et puis Sally, leur fille. Sally, ma mère.

Il fait chaud dans la voiture et le fond de l'air est lourd. J'abaisse très légèrement la vitre et laisse reposer ma main sur l'ouverture. Je sens le vent mordre le bout de mes doigts. C'est une habitude que j'avais, enfant, lorsque je partais avec ma mère pour de longs trajets en voiture. Ma mère était une conductrice on ne peut plus prudente. Les mains agrippées au volant, le pied prêt à écraser la pédale de frein, elle dépassait rarement les 80 km/h. Et moi, insouciante, je rêvassais sur le siège passager, le regard perdu dans le vide.

Conductrice prudente. Femme prudente. Vie prudente. Je comprends mieux pourquoi, maintenant que j'ai assemblé toutes les pièces du puzzle. Quand j'y pense, même si elle donne l'impression d'avoir beaucoup d'amis dans sa chorale, elle a toujours préféré garder ses distances avec les autres. Elle n'a jamais laissé qui que ce soit se rapprocher d'elle. Qu'est-ce que m'avait dit Michael la fois où nous étions allés dîner au restaurant ? Que j'étais la femme la plus indépendante qu'il connaissait et qu'il avait peur que je prenne mes distances s'il essayait de faire évoluer notre relation. C'est d'elle que je tiens cela. C'est évidemment d'elle.

— Ça va ? me demande Michael.

Je percute au moment même où une goutte de pluie vient s'écraser sur mon visage.

Non, ça ne va pas. Je pose ma tête contre la vitre et ferme les yeux. Je n'irai plus jamais *bien*. Les jours où tout allait *bien* pour moi sont désormais loin derrière.

— Tu voudras que je t'accompagne ou que je reste dans la voiture ?

Je n'y avais même pas pensé. À ce qu'il se passera quand je la reverrai. Quand je descendrai de la voiture et que j'entrerai dans cette maison. Trouverai-je au moins la force de m'extirper de ce cocon chaud et rassurant ? Avec Michael à mes côtés. Irradiant de calme et de stabilité.

Que se passera-t-il quand je la reverrai ? Que vais-je bien pouvoir lui dire ? Que va-t-elle bien pouvoir me dire ?

Si seulement Alfie était avec nous. Nous pourrions ne jamais revenir et recommencer notre vie ailleurs. Nous pourrions laisser le passé derrière nous, cette coquille qui ne peut plus nous accueillir. C'est ce qu'*elle* a fait, après tout. Plus d'une fois.

Nous ne sommes plus très loin. L'aventure prend fin. Le paysage redevient familier, et la route a cessé de se dérouler droit devant nous. Michael passe des feux de route aux feux de croisement à mesure que nous traversons les villages. Sous la lumière des phares, les maisons, les pubs et les restaurants brillent comme des saphirs. Nous dépassons Tesco Express. Rien n'a changé. Il n'y a que moi qui ai changé. Mon passé, mon présent et mon futur. Métamorphosés.

Plus qu'un seul village à traverser avant d'arriver à Flinstead.

Liz ne m'appelle qu'à la nuit tombée. La plupart des gens s'inquiètent lorsqu'ils reçoivent des appels téléphoniques à des heures tardives. Pour eux, cela ne peut signifier qu'une seule chose : une mauvaise nouvelle est arrivée, il faut agir en urgence.

Un accident.

Une tragédie.

Un décès.

Alors quand je vois le nom de Liz s'afficher sur l'écran de mon téléphone à dix-sept heures et onze minutes, je comprends immédiatement. Je comprends qu'il est arrivé quelque chose. Ce jeu auquel j'ai joué toute ma vie. Ce jeu que j'ai failli gagner.

Je sais ce qu'elle va dire avant même qu'elle ne parle et lorsqu'elle a terminé... Lorsqu'elle a terminé, ses mots me transpercent le cœur. Encore et encore. Des coups de poignard par milliers.

Joanna sait. Joanna sait. Joanna sait.

Je ne partirai pas de la maison ce soir. Je n'enfilerai pas mes baskets et je ne déambulerai pas dans les rues tel un fantôme. Je ne me laisserai pas attirer par la lumière à sa fenêtre comme un papillon de nuit par la flamme d'une bougie. Je ne m'abandonnerai pas à la contemplation de ses yeux et de sa bouche. De son si beau visage.

Elle ne pourra m'apporter aucun réconfort. Mon tendre amour. Ma Liz.

Personne ne le pourra.

Le monstre est sorti de sa cage.

45

Je tremble de tout mon corps quand nous nous garons devant sa maison. *Sa* maison. Pas la maison de ma mère. Suis-je déjà en train de me séparer d'elle émotionnellement ?

Michael coupe le moteur et se tourne pour me faire face. Il me prend les mains et les embrasse une à une délicatement. Il a les lèvres chaudes et sèches. Sa barbe naissante me chatouille les paumes.

— Alors, est-ce que tu veux que je t'accompagne ?

Je secoue la tête. C'est plus facile que de m'exprimer avec des mots.

La lumière de son porche est allumée, ce qui veut dire qu'elle s'attend à recevoir de la visite. Ou bien qu'elle est sortie et qu'elle ne rentrera pas avant plusieurs heures. Elle ne sort que très rarement le soir. Elle est plutôt du genre à verrouiller sa porte d'entrée le plus tôt possible. Elle a toujours été comme ça. Depuis que je suis petite et que papa nous a quittées. À l'heure du dîner, vous pouvez être certains qu'elle a verrouillé toutes les portes et tiré tous les rideaux. Je comprends mieux pourquoi, maintenant.

« Bien au chaud dans notre petit nid douillet, avait-elle pour habitude de dire. Juste toi et moi, comme deux coqs en pâte. »

J'appuie sur la sonnette d'une main tremblante. Rien ne se passe. J'appuie de nouveau. Plus fort, cette fois. La petite mélodie enjouée sur laquelle nous avons dansé tant de fois avec Alfie m'agresse aussitôt les oreilles. Elle me renvoie à un temps révolu. Un temps où je n'étais que joie et insouciance. À présent, cette mélodie n'a plus sa place dans la partition de mon existence.

J'aurais mieux fait de toquer. Trop tard.

Sitôt qu'elle ouvre la porte et que je vois son visage, je comprends qu'elle est déjà au courant. Liz l'a certainement appelée pour la prévenir, et je suis soulagée qu'elle l'ait fait. Je suis soulagée qu'elle ne m'accueille pas comme à l'ordinaire. Sourire chaleureux, baiser sur la joue et courte étreinte. Oui, c'est assurément un soulagement pour moi de ne pas avoir à réfléchir à une façon d'aborder le sujet.

— Je t'attendais, dit-elle en regardant Michael pardessus mon épaule.

Elle tourne les talons et se dirige vers le salon. Un verre contenant un liquide ambré est posé sur la table à côté de son fauteuil. Elle ne boit jamais seule. En tout cas, je ne l'ai jamais vue faire. Mais que sais-je réellement d'elle ? Qui me dit qu'elle ne sortait pas une bouteille une fois que j'étais couchée ? Et que fait-elle à présent lorsque Alfie et moi ne sommes pas avec elle ? Que fait-elle lorsqu'elle se retrouve de nouveau seule avec son lourd secret ? Je ne suis plus sûre de rien savoir de cette femme qui se présente comme ma mère.

Elle désigne le buffet du menton.

— Est-ce que tu veux boire quelque chose ?

Ma première réaction est de décliner. Je n'ai rien avalé depuis le déjeuner, à l'exception du cognac que j'ai descendu si vite que ce qui aurait dû être une délicieuse sensation de chaleur provoquée par l'alcool s'est transformé en affreuse brûlure.

— Je n'ai que de l'Amaretto ou du sherry à t'offrir, s'excuse-t-elle en plongeant la tête dans le buffet.

— Un sherry fera l'affaire.

Je ne me sens pas à ma place. Quelle idée de siroter du sherry en attendant qu'elle me confirme la pire nouvelle de mon existence ? Qu'elle me raconte tout dans les moindres détails, y compris les plus abominables. Qu'elle s'explique aussi, évidemment. Je devine qu'elle essaye de gagner du temps à la façon qu'elle a de farfouiller parmi les bouteilles, de poser un deuxième dessous de verre sur la table et de retourner ranger le sherry dans le buffet. Des gestes ordinaires qu'on imagine très bien faire lorsqu'on reçoit un invité chez soi. Elle cherche à créer l'illusion de la normalité jusqu'à la dernière seconde. Peut-être que moi aussi.

L'illusion de la normalité. À l'image de ma vie. Une simple illusion.

Je prends le verre qu'elle me tend. Ce verre de Harveys Bristol Cream bien trop rempli qui tremble dangereusement dans mes mains.

Nos regards se croisent pour la première fois depuis que je suis arrivée.

— Par quoi veux-tu que je commence ? me demande-t-elle en soutenant mon regard.

Je détourne les yeux la première.

Tête baissée, je détaille les veines de mes mains.

— Et si tu reprenais tout depuis le début ?

Elle hoche la tête en silence.

— Avant toute chose, je veux que tu saches qu'Alfie

et toi êtes les deux personnes les plus importantes dans ma vie.

— Plus importantes que Liz ?

Elle a l'air aussi choquée que si je lui avais asséné une énorme gifle.

— Comment peux-tu me demander une chose pareille ?

— Sûrement parce qu'elle semble tout connaître de toi, alors que moi non. Ou parce que tu ne lui as pas menti pendant trente-quatre ans, à elle.

Elle joint les mains devant son visage, le bout des doigts recouvrant son nez, comme si elle s'apprêtait à prier. Elle se balance dans son fauteuil, visiblement bouleversée. Je lui ai fait du mal, je le sais, mais je n'ai pas pu m'en empêcher. Mon cœur s'est changé en pierre.

— Oui, elle est la seule à tout connaître de mon histoire. Mais cela ne signifie pas qu'elle est plus importante à mes yeux. Tu n'aimes pas Michael plus qu'Alfie, pas vrai ? Bien sûr que non.

Je serre les poings. De quel droit parle-t-elle de Michael et d'Alfie ? De quel droit compare-t-elle sa vie à la mienne ?

— Liz croyait en moi. Elle était encore si jeune quand elle a commencé à travailler à Grey Willow Grange. C'était son premier véritable emploi après l'obtention de son diplôme. Quel baptême du feu que de faire ses premiers pas dans un endroit pareil.

Elle ferme les yeux et se laisse retomber contre le dossier de son fauteuil.

— Avant ma libération, Liz a enfreint les règles et m'a donné son adresse. Elle m'a dit que je pouvais lui écrire si jamais j'en ressentais le besoin. Et j'en ai *ressenti* le besoin. Je lui ai envoyé plusieurs lettres.

Je savais que c'était risqué de lui communiquer mon nouveau nom et ma nouvelle adresse, mais j'avais confiance en elle. J'ai eu confiance en elle dès que je l'ai rencontrée. Liz était mon ange gardien. Elle l'est toujours.

Elle prend une profonde inspiration et se détend légèrement.

— Tout ce temps où j'ai été seule et livrée à moi-même, dans ce monde où je courais à tout moment le risque d'être découverte, Liz a été là pour moi. À travers ses lettres. Je n'aurais jamais tenu le coup sans elles. Jusqu'à ce que je rencontre ton père, bien sûr.

Elle se penche pour ramasser son verre. Boit une gorgée.

— Je n'ai pas pris les choses dans l'ordre. Laisse-moi recommencer depuis le début. Il faut que je te parle de ce qui est arrivé.

— Non. Parle-moi d'abord de papa. Est-ce qu'il savait ? Est-ce qu'il savait qui tu étais ?

Elle tourne la tête vers le mur.

— Je voulais lui dire, tout comme je voulais te le dire quand tu aurais été en âge de comprendre. Mais je n'ai pas pu m'y résoudre. Chaque fois que j'essayais d'aborder le sujet, je finissais par me dégonfler. Je ne voulais pas le perdre et je ne voulais pas te perdre non plus. Je ne *veux* pas te perdre.

— Et il a fini par découvrir la vérité.

— Oui. De la pire des manières. Des mots haineux peints sur notre porte. Une brique jetée à travers notre fenêtre. Les voisins sous notre porche hurlant des insanités à mon égard.

Je repense à la photo. Elle a sûrement été prise le jour d'après, quand nous avons dû nous enfuir. Maintenant que j'y réfléchis, cette ambulance n'en était pas une, mais bel et bien un véhicule neutre.

— C'est la raison pour laquelle il est parti ? L'autre femme, l'autre famille, ce n'était encore que des mensonges ?

— Non ! Enfin oui. Mais ce n'était pas vraiment des mensonges. Nous devions bien trouver une excuse.

— Nous ?

— Moi et le petit groupe de personnes qui assuraient ma sécurité. Qui l'assurent toujours, d'ailleurs. Ils veillent sur moi et sur *toi* aussi. Toi et Alfie.

J'ai un mouvement de recul. L'entendre prononcer le nom d'Alfie me hérisse le poil. Je ne veux pas qu'elle l'implique dans toute cette histoire. C'est plus que je ne peux en supporter. Je l'imagine dans l'appartement de Karen, probablement en train de regarder un dessin animé avec Hayley, ou peut-être de rejouer une scène de *La Reine des neiges* avec elle. Il est tout ce qu'il me reste. Lui et Michael. Les deux seules personnes dans ma vie qui sont réelles. Non, pas les deux seules personnes. Mon père l'était, lui aussi.

— Est-ce qu'il a été forcé de couper les ponts avec moi ?

— Il a continué à te voir pendant un moment. Seulement ça n'a pas marché. Il disait que c'était trop dur. Qu'il m'aimait toujours et toi aussi, mais que les choses ne pourraient jamais redevenir comme avant. Nous ne serions plus jamais une famille normale. Mais il n'a pas été contraint de couper les ponts avec toi. Il aurait pu rester et prendre une nouvelle identité, comme toi et moi. Mais il a préféré partir et ne plus jamais nous revoir.

Elle regarde de nouveau le mur.

— Il s'est installé aux États-Unis et a fondé une nouvelle famille.

J'ai la mâchoire douloureuse à force de la contracter. Mon pauvre père. Ce cruel dilemme auquel il a dû faire face : renoncer à son identité, son travail, ses amis et sa famille afin de rester avec une femme dont il ignore tout, dans le seul but de continuer à voir sa fille. Ou bien partir et tout recommencer. Laisser cette tragédie derrière lui. Une partie de moi lui en veut de m'avoir abandonnée, mais une autre le comprend. Comment aurait-il pu continuer à aimer ma mère après cela ? N'est-ce pas la question que je *me* pose en ce moment même ?

Mon téléphone portable vibre dans mon sac. J'ai reçu un texto de Michael.

Tout va bien ? Tu veux que je vienne ou que j'aille chercher Alfie ?

Je rédige une réponse : *Je préfère que tu ailles chercher Alfie. Il est à l'ancien hôtel The Regal, au 2a. Ramène-le à la maison. Je t'appelle plus tard.*

Je jette un coup d'œil à ma mère. Elle est pâle comme la mort et son verre est déjà vide. Quelque chose me dit que nous sommes loin d'en avoir terminé. Bien au contraire, nous venons à peine de commencer.

46

Je range mon téléphone dans mon sac. Je voudrais pouvoir rejoindre Michael et aller chercher Alfie. Rentrer avec eux à la maison et passer une soirée normale en leur compagnie. Au lieu de ça, je me retrouve ici, à écouter ma mère remettre toute ma vie en question.

— Donc papa est parti et tu as décidé de *le* faire passer pour un monstre. Je te remercie. Grâce à toi, j'ai toujours pensé qu'il n'était qu'un sombre connard qui ne m'aimait pas assez pour garder contact avec moi.

Toutes ces promesses non tenues… Je me revois pleurer à chaudes larmes parce que mon père nous avait abandonnées. Mais rien de tout cela n'était vrai. Il ne *voulait pas* m'abandonner. Il n'a pas eu le choix. Et il n'a certainement jamais pu nous retrouver à cause de nos nouvelles identités. Il n'a jamais pu me retrouver.

— Ça a été très dur pour moi aussi, tu sais.

Sa voix s'est réduite à un murmure.

— Il était mon mari. Je l'aimais. Et comment aurais-je pu justifier son absence autrement ? En te disant qu'il était mort ?

— Il aurait mieux valu, oui. Si ça se trouve, il est *réellement* mort à l'heure qu'il est.

— Non, il vit encore.

Je déglutis avec difficulté tant j'ai la gorge serrée.

— Comment le sais-tu ?

Je me penche vers l'avant, les yeux rivés aux siens.

— Ne me dis pas que tu sais où il se trouve ?

Je n'avais jamais voulu savoir jusqu'à maintenant. Je ne voulais plus rien avoir à faire avec lui. Et cela convenait très bien à ma mère. Mais les choses ont changé, à présent.

— Non. Mais on m'a confirmé qu'il était encore en vie et qu'il habitait dans les environs de New York.

Elle se tord les mains.

— Je ne t'ai pas raconté que des mensonges, Jo. Il a *véritablement* fondé une autre famille. Il a eu une fille et deux garçons avec sa nouvelle épouse.

— Pourquoi l'as-tu fait ? Pourquoi as-tu assassiné ce petit garçon ?

Les mots sortent de ma bouche d'une traite et claquent dans l'air, perturbant le semblant de quiétude qui régnait dans le salon.

— Un petit garçon à peine plus âgé que ton petit-fils.

Elle s'étreint le ventre comme si on lui avait tiré dessus. L'espace d'un instant, j'ai presque pitié d'elle. Presque. De toute façon, je ne suis plus sûre de ce que je ressens.

Elle se lève et marche jusqu'à l'autre bout de la pièce. Les paumes à plat sur le mur blanc, elle fixe le sol.

— Quand je parle d'elle, dit-elle, de Sally, il faut que tu comprennes que je parle d'une tout autre personne.

Elle relève la tête et retourne s'asseoir dans son fauteuil. Là, elle se recroqueville sur elle-même, les bras enroulés autour de ses genoux repliés.

— Je suppose que cela nous arrive à tous dans une certaine mesure. Nous changeons. Évoluons. Semaine après semaine. Mois après mois. Année après année. Parfois il suffit d'une journée, d'une heure, d'une minute.

Elle prend une profonde inspiration.

— D'une seconde, même.

Depuis qu'elle a commencé à parler, elle a le regard perdu dans le vide. Puis elle ferme les yeux, comme si elle essayait de se remémorer quelque chose. Lorsqu'elle les rouvre, ils glissent sur moi. Un court instant qui me paraît une éternité.

— Elle a été privée d'enfance. Rien à voir avec toi ou Alfie. Mais je ne t'apprends rien. Tu en sais déjà beaucoup sur le sujet, n'est-ce pas ?

Je ne réponds pas.

— J'ai vu l'historique de tes recherches quand tu es allée à la réunion de ton club de lecture.

Je la dévisage.

— Oh, ne va pas croire que je fouillais dans tes affaires. J'étais en train de faire des mots croisés et j'avais besoin de vérifier quelque chose sur Internet. Ton iPad était posé sur le canapé. C'est là que j'ai vu toutes les fenêtres ouvertes. Des fenêtres ouvertes sur sa vie. Sur la vie de Sally McGowan.

— *Ta* vie, je l'interromps.

— Non !

Ses yeux lancent des éclairs. J'ai peur, tout à coup. Peur de ma propre mère. Peur de la personne qu'elle a été. Qu'elle est peut-être toujours, là, tout au fond d'elle. Est-elle au courant des tweets de Liz ? Est-elle le cerveau derrière la photo retouchée ? Je n'en doute pas un instant. Comment a-t-elle pu me faire ça ? À moi, sa propre fille ?

— Pas ma vie, renchérit-elle. La *sienne*. Je te l'ai dit. Elle n'est pas moi, et je ne suis pas elle. Je ne suis plus elle depuis si longtemps que je…

Sa voix se brise.

Je baisse de nouveau les yeux sur mes mains jointes. Je les serre si fort que mes avant-bras commencent à être douloureux. Je ne sais plus qui elle est. Je ne sais plus qui est cette femme qui se fait appeler ma mère.

— Tu devrais t'estimer heureuse, Jo. Tu ignores ce que c'est d'avoir tellement peur d'un homme que ton sang se glace dans tes veines chaque fois que tu l'entends tourner la clé dans la serrure. Que tu souilles ta culotte quand il monte l'escalier menant à ta chambre. Chaque pas le rapprochant de toi ; chaque pas te condamnant un peu plus. Tu n'as nulle part où te cacher et tu sais qu'il est inutile de crier, alors tu attends. Tu attends l'inévitable. Et l'inévitable se produit, encore et encore. Quand il ne te bat pas à coups de ceinture, il déboutonne son pantalon. Te surplombe de toute sa hauteur tandis que tu te recroquevilles dans un coin. Te force à faire des choses que les enfants ne devraient jamais connaître, encore moins être forcés de faire.

« Et quand il ne me terrorisait pas, il s'en prenait à ma mère. Il avait pour habitude de l'attraper par la gorge et de la soulever au-dessus du sol. Toujours en la tenant *par la gorge*. Il la plaquait ensuite contre le mur jusqu'à ce que son visage vire au bleu et que ses jambes s'agitent dans tous les sens. Je la regardais ramper sur le sol quand il la laissait retomber. Ramper comme une poupée de chiffon. Parfois, il lui donnait un coup de pied, rien que pour le plaisir de la voir souffrir davantage.

Elle se ramasse sur elle-même, comme si son père se tenait juste devant elle à cet instant précis.

— C'était le diable en personne, Jo ! s'écrie-t-elle soudain, en larmes. Le diable en personne !

Je devrais la réconforter. La prendre dans mes bras et la serrer contre moi. Elle est ma mère. La femme que j'ai aimée et admirée toute ma vie. La voilà en détresse, en train de revivre les horreurs de son passé, gémissant comme la petite fille terrifiée qu'elle a jadis été. Mais je suis incapable de bouger. Je reste vissée au canapé, les membres complètement paralysés. Ce qu'elle me raconte est terrible. Affreusement terrible. Bien pire que tout ce que j'avais pu imaginer. Et ce n'est que le début. Je le vois dans ses yeux, redoutant déjà ce qui va suivre.

Je suis en train de rêver. Rien de tout cela n'est *vrai*. Je ne suis pas assise dans le salon de ma mère, à boire du sherry et à écouter son horrible récit. À la regarder exhumer ses souvenirs, l'un après l'autre, pour les étaler devant moi. Rien de tout cela n'est vrai.

— À quoi bon t'épancher sur ton passé ? Cherches-tu à te trouver des excuses pour le crime que tu as commis ? Rien ne justifiera ce que tu as fait. Tu as assassiné un petit garçon.

— Non, dit-elle. Je ne l'ai pas assassiné. Ce n'était qu'un jeu. Un jeu qui a mal tourné. Tu dois me croire, Jo.

Elle s'agrippe aux accoudoirs de son fauteuil, les doigts enfoncés dans le tissu.

La sonnerie de mon téléphone portable retentit au fond de mon sac. Il s'agit de Michael. Putain de merde. Pourquoi m'appelle-t-il ? Il doit certainement se faire un sang d'encre.

— Allô ?

— Jo, il n'y a personne là-bas.

— Personne où ça ? De quoi parles-tu ?

— Dans l'appartement. Il est vide. Tu as bien dit le 2a ?

— Oui, au rez-de-chaussée. Tu devrais trouver l'interphone dehors et…

— Je l'ai trouvé, oui. Mais personne ne répond. Ne t'inquiète pas, je vais sonner chez les voisins et leur demander s'ils peuvent me laisser entrer. Peut-être que leur interphone ne marche pas.

Sa voix change du tout au tout. Il baisse d'un ton.

— Comment… comment ça se passe là-bas ?

Je soupire.

— À ton avis ?

— Merde. Question idiote. Je suis désolé de vous avoir interrompues, mais je croyais m'être planté d'adresse. Ne t'inquiète pas, je vais récupérer Alfie et j'attendrai que tu me rappelles.

47

Je croise les mains sur mes genoux, essayant de dissimuler l'amertume dans ma voix.

— Bien, où en étions-nous ? Il me semble que tu étais sur le point d'inventer de nouvelles excuses pour te faire pardonner du crime de ce petit garçon.

Le visage de ma mère s'assombrit.

— Je n'ai aucune excuse, Jo. J'essaye simplement de te raconter toute l'histoire. De remettre les éléments en contexte. Cela fait si longtemps que j'attends ce moment. Je ne veux rien laisser de côté.

— Si longtemps que tu attends ce moment ?

Je secoue la tête de dégoût.

— Tu parles comme si c'était *toi* qui avais décidé de me dire la vérité. Pourtant, nous n'en serions pas là si je n'avais pas découvert ton petit secret.

— Tu te trompes… Tu n'as pas idée à quel point tu te trompes. Cela fait des années que je désespère de tout te dire. Bien avant que tu te mettes à faire des recherches sur ton iPad. Bien avant que cette pauvre femme se fasse harceler. J'ai dit la même chose à Liz. Je lui ai dit que je ne voulais plus garder le secret. Que je voulais expliquer au monde entier comment on crée un monstre.

Elle se tape la poitrine de ses deux index.

— Est-ce que toi aussi tu me prends pour un monstre, Jo ?

Je prends une profonde inspiration.

— Je ne sais plus quoi penser. La seule certitude que j'ai, c'est que je ne pourrai jamais te pardonner. Peu importe ce que tu me diras, je ne pourrai jamais te pardonner de m'avoir menti pendant toutes ces années. De m'avoir fait croire que mon père était un salaud, et d'avoir ruiné tous ces beaux souvenirs que j'avais de papi et mamie.

Je suis incapable de retenir mes sanglots plus longtemps.

— Qui étaient ces gens ? Qui *étaient* Lilian et Henry Brown ?

Ma mère pleure aussi, à présent.

— Ils *étaient* tes grands-parents. Peut-être pas au sens biologique, mais par bien d'autres aspects. Ils étaient aussi ce qui se rapprochait le plus d'un père et d'une mère pour moi.

Elle poursuit.

— Quand on a été envoyées à Mumford, j'ai commencé à recueillir des chiens guides à la retraite. Cette activité faisait partie intégrante de ma nouvelle identité et je l'adorais. C'est grâce à elle que j'ai rencontré Lilian et Henry. J'ai recueilli leur chien devenu trop vieux pour Henry, qui avait besoin de s'en procurer un plus jeune. Ils formaient un couple charmant. Comme ils n'avaient pas d'enfants, ils se sont très vite attachés à nous, Jo. Ma nouvelle identité supposait que mes parents avaient trouvé la mort dans un tragique accident de voiture alors que j'étais seulement âgée de quinze ans. Ils ont été si heureux de jouer les grands-parents de substitution pour toi.

Lilian aimait que tu l'appelles « mamie ». Elle t'aimait de tout son cœur.

Elle sort un mouchoir en tissu de la poche de sa veste et s'essuie le nez.

— J'étais censée te révéler qu'ils n'étaient pas tes vrais grands-parents mais je n'ai pas pu m'y résoudre. Et plus le temps passait, moins je voyais l'intérêt de le faire. Si je te révélais que tes grands-parents étaient en fait morts dans un accident de voiture, cela t'aurait fait du mal. Et à quoi bon te faire du mal avec ce qui n'était que pur mensonge ? Parce que tes vrais grands-parents… eh bien… tu sais de qui il s'agit.

L'horrible photo de Kenny et Jean McGowan se matérialise dans mon esprit. Je ferme les yeux, essayant de la remplacer par une image de Lilian et Henry Brown.

— Puis Henry est décédé, suivi de Lilian peu de temps après. Les seules personnes qui avaient compté dans ma vie n'étaient plus.

Elle serre son mouchoir dans sa main.

— Ton père. Lilian. Henry. Je n'avais plus que toi, Jo. Toi, et Liz.

Liz. Je me demandais à quel moment elle ferait sa réapparition dans la conversation.

— Liz m'a soutenue pendant les moments les plus sombres. Et ils ont été nombreux. Surtout après l'injonction. Elle devait nous protéger des médias, empêcher qu'ils ne viennent fouiller dans mon passé, mais elle n'a fait qu'attiser la haine. Sylvia Harris a très mal pris la nouvelle. Elle trouvait injuste que j'aie le droit de vivre dans l'anonymat alors qu'elle et sa famille étaient sans cesse harcelées par la presse à scandale. Mais tu sais que je n'ai pas été épargnée. « Il y a dix ans aujourd'hui, le monstre Sally McGowan… »

« Il y a quinze ans… », « Il y a vingt ans… ». C'est sans fin. Chaque fois qu'un enfant assassine un autre enfant. Dieu merci, ils ne peuvent pas m'interroger parce qu'ils ne savent pas où je suis. Mais Sylvia et sa famille n'ont jamais lâché l'affaire et ont essayé de faire annuler l'injonction par tous les moyens possibles.

Elle fait une courte pause.

— Quand Sylvia est décédée, j'ai cru que les choses allaient enfin se tasser, mais sa fille a repris le flambeau. Marie, la sœur aînée de Robbie. Elle ne s'arrêtera pas tant que mon visage ne sera pas de nouveau étalé dans la presse. Sauf que, cette fois, il ne s'agira pas de mon visage d'enfant de dix ans, mais de mon visage actuel. Si cela devait arriver, ma vie serait détruite. Je serais harcelée et vilipendée à longueur de temps. Il en serait de même pour toi et Alfie. Vos vies seraient altérées à jamais, tout comme la mienne.

Elle baisse les yeux.

— Je vis dans la terreur constante depuis que tu as commencé à faire des recherches sur moi. À tel point que ça m'a rendue malade. Quand j'en ai parlé à Liz, elle m'a dit que tu avais aussi évoqué la rumeur pendant une réunion du club de lecture. Et quand Sonia Martins a été prise pour cible…

— Liz et toi avez concocté un petit plan pour m'effrayer et me pousser à arrêter mes recherches.

Elle me dévisage comme si j'avais tout à coup perdu la raison.

— Si tu me crois capable de faire une chose pareille, tu te trompes lourdement. Tu es ce que j'ai de plus précieux au monde, Jo. Toi et Alfie. Je ne ferais jamais rien qui puisse vous faire du mal. Es-tu *consciente* de cela ?

— Je ne sais plus rien du tout.

Je le sais, pourtant. Tout au fond de moi, je sais qu'elle dit la vérité. Elle ne nous ferait jamais de mal. Elle en serait incapable.

Elle passe ses mains dans ses cheveux, se massant lentement le crâne. Soudain, elle se fige. Elle relève la tête.

— Pourquoi as-tu dit cela ? Pourquoi as-tu dit que nous avons cherché à t'effrayer ?

Je lui parle des tweets de Sally Mac et de la photo de classe retouchée.

— Liz ne ferait jamais ça.

— Oh que si. Elle a déjà avoué pour les tweets.

Elle reste bouche bée.

— Pas la photo. Elle ne peut pas avoir fait ça. J'en suis *sûre*.

Elle me regarde droit dans les yeux, le regard empli d'effroi.

— Oh mon Dieu ! Peut-être que Marie m'a trouvée ! Est-ce que tu comprends ce qui se trame, Jo ? Si Marie a découvert l'endroit où je me trouve, Dieu sait ce qu'elle pourrait faire.

Elle bondit de son fauteuil et se précipite vers la commode à côté du buffet. Elle ouvre un tiroir et sort un classeur qu'elle se met à secouer frénétiquement. Des dizaines de papiers et de photos s'étalent sur le sol à ses pieds. Lorsqu'elle met enfin la main sur ce qu'elle cherche, elle se penche pour le ramasser. Elle me tend le papier en tremblant. Un article de journal jauni par le temps.

— Marie n'a que faire d'obtenir justice pour son frère. Elle veut se *venger*.

48

DÉCÈS DE LA MÈRE DE LA VICTIME DE SALLY MCGOWAN, LA TUEUSE D'ENFANT

Par Sam Adler
Lundi 6 août 2012
Daily Mail

Sylvia Harris, dont le fils Robbie, cinq ans, a été assassiné par Sally McGowan, est décédée à l'âge de soixante-douze ans au terme d'une longue maladie.

« Ma mère ne s'est jamais remise du meurtre de Robbie, a déclaré sa fille Marie. Elle a fait tout ce qui était en son pouvoir pour m'élever dans les meilleures conditions, mais elle était brisée intérieurement. J'espère qu'elle a l'esprit en paix, à présent. Et qu'elle a retrouvé Robbie. »

Puis elle a ajouté : « Quand Sally McGowan sera morte, nous parviendrons peut-être à redevenir une famille normale. Mais la savoir en vie, alors que ma mère et mon frère ne sont plus là, me rend folle de rage. Je suis persuadée que la maladie de ma mère n'était pas seulement liée à la mort de Robbie, mais aussi à la mansuétude dont a bénéficié Sally McGowan.

Elle a eu la chance d'échapper aux médias, contrairement à nous, les victimes, qui en avons subi les assauts quotidiens. Vous imaginez si un membre de ma famille la rencontrait sans connaître sa véritable identité ? Nous ne le saurions jamais.

« Ma mère disait toujours, pourquoi a-t-elle plus de privilèges que nous ? Pourquoi a-t-elle le privilège d'avoir une vie privée ? Le privilège de ne pas être harcelée par les journalistes ? Le privilège de vivre en paix ?

« Ce n'est pas elle, la victime. Sally McGowan a détruit notre famille. Le mariage de mes parents n'a pas survécu, ma mère a commencé à avoir de graves problèmes de santé et j'ai été privée d'une enfance normale. Tout ça à cause de ce monstre. »

Marie Harris aurait déclaré par le passé qu'elle ne cesserait jamais de rechercher Sally McGowan, afin de lui faire payer son crime. Lorsque nous l'avons interrogée à ce sujet hier, elle s'est refusée à tout commentaire mais n'a pas nié pour autant. Elle s'est contentée de dire : « Je n'arrêterai jamais de me battre pour obtenir justice. Ce combat, je le mènerai jusqu'à mon dernier souffle.

« Sally McGowan doit payer pour ce qu'elle a fait. »

Mon téléphone sonne de nouveau. Michael. Encore. Je me retire dans la cuisine, à la fois agacée par cette nouvelle interruption et soulagée de bénéficier d'un court moment de répit. Dans le salon, l'atmosphère est si lourde que j'ai du mal à respirer.

— Écoute, j'ai eu un des voisins qui m'a permis d'accéder au hall d'entrée, mais j'ai beau frapper à la porte, personne ne vient m'ouvrir. L'appartement est vide et toutes les lumières sont éteintes.

Il me faut un certain temps pour encaisser ce que je viens d'entendre.

— Ne bouge pas, je vais l'appeler et je te rappelle tout de suite après.

— Que se passe-t-il ? demande ma mère.

Elle m'a suivie dans la cuisine et se tient dans l'embrasure de la porte. Si seulement elle pouvait retourner dans le salon. La dernière chose dont j'ai envie, c'est qu'elle m'assaille de questions et qu'elle s'autorise à penser que je lui dois des comptes.

— La baby-sitter n'est pas chez elle. Elle a probablement dû sortir faire une course.

— Quelle baby-sitter ?

Je trouve le nom de Karen dans ma liste de contacts et appuie sur la touche d'appel. Après quelques secondes, je tombe directement sur sa messagerie. J'essaye une nouvelle fois. Toujours la messagerie. Un sentiment de terreur m'enserre soudain l'estomac. Ils ne vont pas tarder à revenir. C'est certain. Cette fois-ci, je laisse un message.

— Karen, c'est Jo. Michael est passé chez toi récupérer Alfie, mais vous n'êtes pas là. Peux-tu me rappeler, s'il te plaît ?

Je me retourne et aperçois le visage anxieux de ma mère. Je rappelle Michael dans la foulée.

— Je n'ai pas réussi à l'avoir, mais je lui ai laissé un message.

— Je sais, j'ai entendu son téléphone sonner à travers la porte.

— Pardon ?

— Elle a laissé son portable dans l'appartement. Elle a dû penser qu'elle n'en avait pas besoin pour sortir.

Bien sûr. Je ne vois pas d'autre explication. Inutile

de s'inquiéter. Du lait. Je suis toujours à court de lait. Il lui est certainement arrivé la même chose. Mais pourquoi sortir avec tout le monde alors qu'elle aurait pu laisser les enfants sous la surveillance de sa mère ?

— Je vais attendre dans la voiture jusqu'à son retour.

— Il y a un problème ? demande ma mère à la seconde où j'ai raccroché. Où est Alfie ?

— Alfie va bien. Il est avec Karen.

— Qui est cette Karen ?

— La maman d'Hayley. Tu l'as rencontrée dans la cour de l'école d'Alfie. Elle était avec sa mère à ce moment-là.

Ma mère semble inquiète.

— Es-tu sûre de bien la connaître ?

Je me retiens d'éclater de rire.

— C'est gonflé de ta part, étant donné les circonstances.

Je regarde mon téléphone et m'assure que le volume de la sonnerie est au maximum.

— C'est une femme bien. Elle fait partie du groupe d'entraide à la garde d'enfants et aussi du club de lecture. Je suis déjà allée chez elle auparavant. Je l'ai prévenue que j'aurais du retard ce soir. Alors peut-être qu'elle est sortie avec les enfants pour leur faire prendre l'air et leur acheter des bonbons ou je ne sais quoi.

— Il est un peu tard pour des bonbons, tu ne crois pas ?

Je lève les yeux vers l'horloge suspendue au mur de la cuisine. Il est déjà sept heures et demie. Elle a raison. Il est effectivement un peu tard pour emmener deux enfants de six ans acheter des bonbons. Mais il n'y a pas à s'inquiéter pour autant. Alfie va bien. Il y a forcément une explication logique à cette histoire.

Il est peut-être arrivé quelque chose à sa mère et elle a été contrainte de l'emmener d'urgence à l'hôpital. Dans la précipitation, elle aura oublié de prendre son portable avec elle, voilà tout. Mon Dieu ! J'imagine Alfie patienter dans la salle d'attente bondée des urgences. Épuisé et las. Laissant ses mains traîner partout, ramassant tous les microbes au passage. Je n'ai aucun moyen de contacter Karen, et il est peu probable qu'elle ait mémorisé mon numéro de téléphone. Il ne me reste plus qu'à espérer qu'elle connaisse le numéro d'une des autres mamans du groupe et qu'elle lui passe un coup de fil pour la prévenir.

Mais il y a peu de chances que ce soit le cas. Je ne connais même pas le numéro de Tash, alors qu'elle est ma meilleure amie. Je serais perdue sans mon portable. Si Karen ne donne pas de nouvelles au plus vite, je vais devoir appeler l'hôpital pour leur demander s'ils sont là-bas. Ou m'y rendre directement. Merde. Merde. Merde !

Je rappelle immédiatement Michael.

— Toujours aucun signe d'eux, dit-il.

Il essaye de contenir l'inquiétude dans sa voix, mais je la devine malgré tout. Une sombre pensée commence à germer dans mon esprit. Une sensation plutôt qu'une pensée, mais je ne parviens pas encore à mettre le doigt dessus. Elle se terre encore au fond de moi, telle une bête apeurée. Je panique pour rien. Où qu'il se trouve, Alfie est avec Hayley et Karen, ce qui signifie qu'il est en sécurité. Et la mère de Karen est avec eux également. Sinon elle aurait ouvert la porte à Michael. Plus j'y pense, et plus je suis convaincue que Karen a dû emmener sa mère en urgence à l'hôpital.

— Est-ce que tu peux demander au voisin s'il connaît le nom de sa mère ?

— Quelle mère ? De qui parles-tu ?

— De la mère de Karen. Elle vit avec elle parce qu'elle a des problèmes de santé. Je me demande si Karen n'a pas dû l'emmener aux urgences. Est-ce que tu peux trouver son nom et appeler le Crabton General ? C'est l'hôpital le plus proche.

— Je m'en occupe. Je te rappelle dès que j'ai des nouvelles.

Cinq minutes plus tard, mon téléphone sonne de nouveau.

— Tu avais vu juste. J'ai parlé à un des voisins qui m'a dit avoir aperçu Karen un peu plus tôt. Apparemment, elle allait aux urgences avec sa mère. Elle n'est pas sûre de son nom mais elle pense qu'elle s'appelle Mary. Quoi qu'il en soit, je vais aller à l'hôpital. Ne t'inquiète pas Jo, je vais retrouver Alfie et le ramener à la maison. Tu as déjà suffisamment à penser pour le moment. Quel est le nom de famille de Karen ?

— Merde, je n'en sais rien.

Michael pousse un soupir.

— Bon, ça ne devrait pas être trop difficile de la repérer si elle est dans la salle d'attente des urgences. Je n'aurai qu'à chercher Alfie. Je t'appelle quand je suis là-bas.

Je raccroche et l'air vient à me manquer. Je suis enfin parvenue à mettre des mots sur la désagréable sensation qui grandissait en moi. À la manière d'une drogue puissante qui se répand dans les veines.

Ma mère m'attrape le bras.

— Joanna, ton visage ! Tu me fais peur, que se passe-t-il ?

Elle est enfin remontée à la surface. La sensation.

Elle cherche désormais à se frayer un chemin à l'air libre. C'est alors que les mots de Michael prennent forme dans mon esprit. *Elle pense qu'elle s'appelle Mary*.

Un étau enserre mon cœur, l'enveloppant d'un voile de glace.

Ma mère s'est mise à crier.

— Parle-moi, Joanna ! Parle-moi, bon sang !

— Le voisin de Karen pense que sa mère s'appelle Mary.

J'ai la bouche si sèche que j'arrive à peine à articuler.

— Et si elle s'était trompée ? Et si sa mère s'appelait en fait *Marie* ?

Ma mère blêmit. Je ne pensais pas qu'elle pouvait avoir l'air plus pâle, mais c'est le cas.

Je l'entends respirer avec difficulté. Je décèle l'horreur dans son regard. Dans sa posture.

— Tu penses que…

Elle porte la main à sa bouche.

— Tu penses que Marie est la mère de Karen ? Non. C'est impossible. Cette femme que j'ai rencontrée dans la cour de récréation ne lui ressemblait en rien. Elle était…

Elle lève la tête vers moi, les yeux écarquillés de terreur.

— Elle était si mince. Son visage… Ses cheveux. Ça ne pouvait pas être elle. Ça ne pouvait pas être elle !

La sonnerie du téléphone fixe de ma mère nous fait sursauter toutes les deux.

Nous échangeons un regard. La tension et l'hostilité qui régnaient entre nous il y a quelques minutes encore semblent avoir laissé place à un unique, profond et effroyable sentiment de peur.

Elle se retourne et se précipite dans le salon pour décrocher.

— Allô ?

Je la dévisage et je comprends qu'il est arrivé quelque chose. Quelque chose de terrible. Elle déclenche le haut-parleur et me regarde de nouveau, l'air désespéré.

Une voix de femme emplit la pièce. Une voix affreusement rauque.

— C'est un adorable petit-fils que tu as là, Sally.

Mon estomac se noue et mes genoux tremblent de façon incontrôlable. Cette voix, je l'ai déjà entendue quelque part.

Marie est la mère de Karen. La sœur de Robbie Harris. La femme qui a juré de retrouver l'assassin de son petit frère. La femme qui veut faire payer Sally McGowan pour ce qu'elle a fait.

Et, en ce moment même, elle détient Alfie.

49

Ses mots restent comme suspendus dans l'air.

— Nous allons avoir une petite discussion, toi et moi. Quelque part au calme. Où personne ne viendra nous interrompre.

Les mains de ma mère sont secouées de spasmes.

— Où ? Donne-moi une adresse et je viens immédiatement. Mais tu dois me promettre de ne pas lui faire de mal. Promets-le-moi, Marie, je t'en prie.

— Tu veux que je l'épargne comme tu as épargné Robbie ?

Elle blêmit, horrifiée.

— Il est si mignon. Si naïf. Comme tous les petits garçons de son âge, n'est-ce pas ?

Je suis incapable de prononcer un seul mot. Incapable de respirer.

— Marie, je t'en prie, souffle ma mère. Laisse Alfie en dehors de tout ça. Si tu as quelque chose à me dire, je t'écouterai. Mais tu n'as pas à t'en prendre à un enfant innocent.

— La ferme. Ce n'est pas toi qui donnes les ordres, ici. C'est moi, compris ? Alors ferme-la et écoute.

— Marie ! je crie. Pitié, dis-nous où il est !

— Ah, serait-ce la voix de ta charmante fille que

j'entends là ? Nous nous sommes croisées il n'y a pas si longtemps. Est-ce que tu t'en souviens, ma jolie ? Est-ce qu'elle sait, Sally ? Est-ce qu'elle sait ce que tu es vraiment ? Tu as bien réussi à protéger ton petit secret pendant toutes ces années. Tu as toujours été la plus maligne.

— Que veux-tu, Marie ?

— Ce que je veux ? La justice, voilà ce que je veux. La justice pour Robbie. Pour ma pauvre mère, mon père et moi. Mais n'en parlons pas au téléphone. Tu dois mourir d'envie de voir ton petit-fils, je me trompe ?

Mon Dieu. S'il arrivait quoi que ce soit à Alfie…

— Tu te souviens du lieu où c'est arrivé ? De cette maison ? Bien sûr que tu t'en souviens.

— Où es-tu, Marie ? Où l'as-tu emmené ?

Elle éclate de rire. Un rire horrible et rocailleux.

— Ce serait drôle si je l'amenais à Broughton. J'imagine ton état si tu devais retourner là-bas. Mais cette baraque n'existe probablement plus. Pour être honnête, je ne crois pas que nous reconnaîtrions le quartier tant il doit avoir changé. Et ce n'est pas plus mal. Non, ton cher Alfie est bien plus près que tu ne le penses. Rien à voir avec la maison où tu as tué Robbie. C'est beaucoup plus grand. Ce lieu devait être exceptionnel en son temps.

— Où est-il, Marie ? Qu'as-tu fait de lui ?

— Fait ? Je n'ai encore rien fait de lui. Petit chou. Mais je vais lui faire quelque chose si tu ne suis pas mes instructions à la lettre.

— Bon sang, où est-il ?! je m'époumone. Où est-il ?!

— Demande à ta mère ce qui est arrivé, ma jolie. Demande-lui où elle a poignardé mon petit frère. À vous deux, je suis sûre que vous allez parvenir à deviner où j'ai emmené Alfie. Mais écoutez-moi bien : pas question d'appeler la police. Si vous débarquez avec les flics, ou qui que ce soit d'autre, je vous garantis que le petit passera un sale quart d'heure. Je ne plaisante pas. Je n'ai plus rien à perdre. Qu'ils m'enferment et jettent la clé, peu m'importe. Alors ne te fais pas d'idées Sally, compris ? Si tu ne respectes pas ce que j'ai dit, il se pourrait que ton petit-fils se poignarde *accidentellement* avec un couteau de boucher. Tu en sais quelque chose, n'est-ce pas ?

La communication coupe.

— Non ! s'exclame ma mère, la main crispée sur le combiné.

Le téléphone est toujours en haut-parleur et, bientôt, une voix mécanique répétant en boucle « Ce numéro n'est plus attribué », résonne dans toute la pièce.

La peur gonfle dans ma poitrine, m'envahit la gorge, empêchant presque les mots d'en sortir.

— Oh mon Dieu ! Je crois savoir où elle a emmené Alfie ! La maison en ruine sur le front de mer ! Ce n'est qu'à quelques dizaines de mètres du Regal. Elle l'a forcément emmené là-bas.

Tremblante, j'appelle Michael. Mais mon portable sonne dans le vide. Qu'est-ce qu'il fout, bon sang ? À tous les coups, il est en voiture. Il met toujours la radio à fond quand il est seul.

— Michael ne répond pas. Allons-y, tant pis. Où sont les clés de ta voiture ?

Ma mère enfile ses baskets à la hâte.

— La porte du garage fait encore des siennes. Nous irons plus vite à pied.

Je me dépêche d'ouvrir la porte d'entrée. Sol se met à aboyer, mais ma mère l'enferme dans la cuisine.

— Allez ! je crie à son attention.

L'instant d'après, nous avons gagné la rue et nous courons à en perdre haleine. Ma mère me devance et je m'efforce de garder la cadence, mais nous n'avons pas atteint le bout de la rue que je n'ai déjà plus de souffle. Je trouve la force de continuer par je ne sais quel miracle. Je cours derrière ma mère. Je comprends alors que ce n'est pas uniquement la peur qui me porte, mais aussi quelque chose d'autre. Quelque chose de bien plus puissant. L'adrénaline se déverse dans mes veines comme une traînée de poudre, me faisant l'effet d'un coup de fouet. La vie de mon fils est entre mes mains. Entre nos mains. Il n'y a rien d'autre qui compte. Rien d'autre.

La pluie tombe désormais à verse. Elle nous lacère le visage de tous côtés. Ma poitrine me fait un mal de chien, mais je ne ralentis pas. Nous y sommes presque. Je peux entendre le grondement monotone des vagues. Enfin, le tapis sombre de la mer s'étend devant moi, là où la colline s'arrête. Ma mère a déjà atteint l'angle de la rue. Elle sait où se trouve la maison, à force de passer devant en promenant Sol.

Mes pieds martèlent le pavé. Mon cœur bat à tout rompre, et ses pulsations se répercutent jusque dans les veines de mon cou. Le sang pulse dans mes oreilles. Pourvu que je ne fasse pas fausse route. Faites qu'elle soit là. Autrement, où aurait-elle pu l'emmener ?

Je parviens enfin à rattraper ma mère. Elle se tient devant la maison en ruine, les yeux rivés sur les fenêtres condamnées, un voile d'effroi sur le visage. Les dalles qui forment le chemin jusqu'à la porte d'entrée ont presque toutes été déracinées et gisent sur la pelouse, éclatées en morceaux. Les autres encore en place luisent, mouillées par la pluie. Je glisse et manque perdre l'équilibre. Ma mère me talonne, le souffle court.

Quiconque possède cette maison n'a pas pris la peine de sécuriser le périmètre pour empêcher les intrusions. J'attrape la poignée de la porte d'entrée qui s'ouvre instantanément et m'entraîne avec elle.

Karen doit être de mèche avec sa mère. Tout ce temps, elle s'est jouée de moi, ne se montrant amicale que pour une seule raison : gagner ma confiance. Pourquoi n'ai-je pas fait appel à Kay pour garder Alfie ? Peu importe qu'elle ait menti au sujet de sa fille. Elle doit avoir ses propres raisons. Cette femme n'est que douceur et gentillesse.

Ma mère m'emboîte le pas. Elle est si proche que nous ne faisons pratiquement plus qu'une. À l'intérieur, il fait sombre et froid. Dans l'air flotte une odeur d'humidité et de moisissure. De décomposition. Quelque part dans la maison, la pluie semble avoir pénétré la charpente et s'abat sur le sol à grosses gouttes. Une nouvelle odeur vient me chatouiller les narines. Je sens ma mère se raidir derrière moi. De la fumée de cigarette. Impossible de s'y tromper.

Des formes apparaissent dans l'obscurité. Des ombres se meuvent. Le squelette de la maison s'étend sur trois côtés : le couloir, l'escalier en face et des pièces de part et d'autre. Les portes qui y conduisent sont ouvertes, mais aucune lumière ne filtre. Aucun bruit non plus, à part de légers frottements et craquements. Cela semble venir des murs. Je frissonne. Certainement des souris, ou bien… Je suis prise d'un haut-le-cœur. Ma poitrine se met à convulser. Des rats.

Le simple fait d'y penser me retourne l'estomac, mais je n'ai pas le choix. Je dois continuer. Si Marie et Karen détiennent Alfie dans cette maison, les rats sont le dernier de mes soucis.

La nuque raide, les muscles tendus, mon corps entier n'est que douleur. Ma mère prend les devants et se dirige vers la pièce située sur la droite. Le plancher craque sous chacun de ses pas.

— Marie ! crie-t-elle soudain.

Je sursaute. Quelque chose passe devant mes pieds à toute vitesse et je me fige.

— Marie ! appelle-t-elle de nouveau.

Plus fort cette fois-ci. Sa voix se réverbère jusque dans les combles.

Elle sort son téléphone portable de sa poche et active la fonction lampe torche. Je l'imite en m'engageant après elle. La pièce est vide, à l'exception de deux vieux fauteuils tachés et déchirés. Sur le sol, des canettes de bière et des mégots de joints. Les restes d'un feu sont encore visibles dans un coin. L'air est plus froid qu'à l'extérieur. Plus lourd aussi.

Un rayon de lumière se reflète sur un petit objet en plastique. Mon cœur s'arrête de battre. C'est R2-D2. Bien que de nombreux enfants possèdent cette figurine et qu'elle ait très bien pu appartenir à quelqu'un d'autre, je sais au fond de mon être qu'elle est à Alfie. Ça lui ressemble complètement de planquer ce genre de choses dans sa poche avant de partir à l'école.

Ma main se referme sur la figurine et le plastique s'enfonce dans ma chair. Je tends le bras vers ma mère qui laisse échapper une exclamation de surprise lorsque je déplie les doigts.

— Alfie !

Mon cri résonne tout autour de nous. Qu'a-t-elle fait de lui ? Où est-il ?

Ma mère m'entraîne dans l'autre pièce, du côté

gauche de la maison. Au moment de passer la porte, une toile d'araignée chargée de poussière s'accroche à mon menton et vient se coller sur ma bouche et mon nez. Je crache et la balaie d'un revers de manche, le dos parcouru d'un frisson de dégoût.

L'endroit a dû être splendide à une époque. Une table de forme ovale en bois massif trône au centre de la pièce, entourée de six chaises à dossier rigide. Le sol est quant à lui recouvert d'un tapis poussiéreux. Des rideaux en velours pendent toujours aux fenêtres, le bas traînant sur le sol.

Mais nous n'y trouvons rien d'autre qu'un tas d'ordures. De retour dans le hall d'entrée, nous nous dirigeons cette fois vers le fond de la maison où se trouve la cuisine. À mesure que nous nous approchons, je sens monter l'adrénaline. Ma lampe torche balaie le sol en lino et les placards passés de mode. Le plan de travail est éclaboussé de taches non identifiées. Nos yeux se posent dessus en même temps et nous hurlons toutes deux d'effroi. Sur l'un des placards, un sweat-shirt de l'école primaire de Perrydale a été accroché à l'aide d'un couteau de cuisine à la lame élimée et rouillée. Mes jambes manquent se dérober sous moi. Ma mère m'agrippe le bras avec fermeté, la jointure de ses doigts blanchie sous la pression.

— Non, souffle-t-elle, à peine audible.

Je tends une main tremblante en direction du couteau pour le libérer de la planche de bois. Je le laisse retomber afin de rattraper le sweat-shirt. Je vérifie l'étiquette, sachant déjà quel nom je vais y trouver. « Alfie Critchley » apparaît en lettres cursives rédigées à l'encre rouge. J'enfouis mon visage dans l'étoffe et m'enivre de son odeur.

— Par ici, nous appelle une voix au-dessus de nous.

Une voix rocailleuse et familière.

Nous nous immobilisons et levons les yeux. Sans plus attendre, ma mère se précipite vers l'escalier mais je la retiens, insistant pour passer en premier. Je tends l'oreille dans l'espoir d'entendre Alfie, mais s'il est là, il ne fait pas un bruit. Un sentiment de panique me saisit au corps. Une douleur presque. Et s'il ne faisait pas de bruit parce qu'il en était dans l'incapacité ? Et si elle l'avait…

Je chasse cette horrible pensée de mon esprit et me concentre sur ma progression. De la pluie tombe sur moi depuis le plafond. Je rentre le cou dans mon pull et une goutte d'eau s'écrase directement dans mon œil gauche, me déstabilisant momentanément. Il doit y avoir un trou quelque part dans le toit. Les marches craquent sous mes pas et je fais signe à ma mère de monter sur le côté au cas où elles viendraient à s'affaisser. Il manque des barreaux à la rambarde et le tapis gonflé d'humidité courant le long de l'escalier est dangereusement détendu, menaçant à tout instant d'emprisonner nos pieds.

L'odeur de cigarette se fait désormais plus forte. Le papier peint – un imprimé de fleurs démodé – se décolle en plusieurs endroits. Des morceaux de plâtre se sont également détachés du mur. Plus nous grimpons et plus nous nous enfonçons dans l'obscurité. Derrière moi, le souffle de ma mère s'accélère et s'alourdit.

En haut, un faible rayon de lumière jaune nous parvient d'une porte à moitié close.

Le bois a gondolé, empêchant de la fermer complètement. Je me prépare mentalement à ce que je vais trouver de l'autre côté. La main à plat contre la porte, je la pousse lentement.

50

La pièce a pour seuls meubles un lit simple et une armoire. La lumière provient d'une bougie posée sur le sol. Le manteau d'Alfie est suspendu à la poignée de l'armoire. Je traverse la pièce en un rien de temps et le décroche, le serrant fort contre moi comme si Alfie allait miraculeusement en sortir. Ma mère tente d'ouvrir l'armoire mais celle-ci est verrouillée.

— Alfie, est-ce que tu es là ? Alfie ?

La porte cède enfin et la terreur s'empare de moi l'espace d'un instant. Je me laisse tomber à genoux, tenant toujours le manteau et le sweat-shirt d'Alfie à la main, farfouillant parmi les cintres vides et de vieilles coupures de journaux roulées en boule. Il n'est pas là. Où qu'il soit, il n'a pas été enfermé dans cette armoire.

— Marie ?

La question de ma mère flotte dans les airs, brisant le silence.

— Où es-tu ?

Aucune réponse. Nous inspectons les autres pièces aux fenêtres condamnées. Elles sont si sombres que nous peinons à distinguer quoi que ce soit malgré la lumière de nos téléphones portables. Sans elle, nous ne cesserions de trébucher, complètement aveugles.

Nous fouillons chaque placard et chaque armoire, examinant le moindre recoin.

Je suis malade rien qu'à l'idée qu'Alfie soit retenu captif quelque part dans cette maison. Tout seul dans le noir. Mort de peur. Mais à l'exception d'un costume suspendu dans une des armoires et d'une vieille paire de sandales, il n'y a rien. Les lits sont encore faits et les murs sont encore décorés de photos. Des chambres fantômes, désertées par leurs propriétaires depuis bien longtemps.

Dans la salle de bains, je tire le rideau de douche couvert de crasse et fixe le dépôt de tartre au fond de la baignoire. L'odeur âcre de l'eau stagnante m'agresse les narines.

— Par ici, résonne de nouveau la voix depuis ce qui semble être le plafond.

Au bout du couloir, un escalier en colimaçon mène à l'étage supérieur. Sur les dernières marches, un faible rayon de lumière. Un autre trou dans le toit laisse filtrer l'eau de pluie qui s'écrase à grosses gouttes sur le sol.

Ma mère a déjà commencé l'ascension, une main sur la rambarde, l'autre contre le mur, s'évertuant à ne poser les pieds que sur les bords latéraux des marches. Le bois est encore plus pourri qu'ailleurs. Un véritable coupe-gorge.

Je la suis et entreprends d'imiter ses mouvements, les genoux flageolants, les muscles de la poitrine tendus jusqu'au point de rupture. Si Marie a fait du mal à Alfie… Je jure devant Dieu que je serais capable de la tuer. De la tailler en pièces. La panique monte. La rage aussi.

Il n'y a qu'une seule porte dans le tout petit espace que constitue le dernier étage, et Marie se trouve juste derrière. Ma mère tend la main vers la poignée. Je n'ai jamais été aussi terrifiée de toute ma vie. Ce moment. Cette heure. Cette maison. C'est tout ce qui compte. Aujourd'hui et pour toujours.

La porte s'ouvre sur un petit grenier. Des bougies projettent leur lueur vacillante de part et d'autre de la pièce, dessinant des ombres menaçantes sur les murs. Comme des fantômes exécutant une danse d'outre-tombe. De nouveau, l'odeur de cigarette et d'humidité, mêlée à celle de la poussière et de la moisissure.

Marie nous fait directement face. Elle est assise sur une chaise en bois, devant une lucarne ancienne dont le verre a depuis longtemps perdu sa transparence à cause de la saleté. Une photo encadrée de Robbie Harris est posée sur ses genoux, tournée vers nous. Impossible d'échapper au sourire qui éclaire son visage de chérubin. À ses pieds, une pile de mégots.

Je passe la pièce en revue, ne laissant aucun détail m'échapper. Rien à voir avec les images qui hantaient mon esprit jusqu'ici. Car Alfie reste introuvable. Je ne sais pas si je dois être soulagée ou d'autant plus terrifiée. S'il n'est pas là, où peut-il bien être ? Qu'a-t-elle fait de mon fils ?

— Entre donc, Sally.

Marie esquisse un sourire qui me glace le sang et fait signe à ma mère de s'asseoir sur une chaise mise à sa disposition dans un coin étroit de la pièce.

Elle porte un survêtement de couleur pâle qui a sûrement dû lui aller un jour mais qui pend désormais sur ses hanches. Elle a le teint gris et cireux. Dans d'autres circonstances, j'aurais eu pitié d'elle. Mais en cet instant, la haine et la crainte sont les seuls sentiments que j'éprouve envers elle. Et de la rage. De la rage brute et absolue.

— Où est-il ? je crie. Qu'as-tu fait de lui ?

— Chaque chose en son temps, ma jolie. Chaque chose en son temps. Ta mère et moi allons d'abord avoir une petite conversation, n'est-ce pas Sally ?

Je fonds sur elle, l'attrapant par les épaules. Je pourrais la mettre à terre si je le voulais. La tuer à mains nues.

— Où est mon fils ? Est-ce qu'il est ici ? Est-ce qu'il est dans cette putain de maison ?!

Marie fixe sur moi un œil mauvais, comme pour me sommer de la lâcher.

— Je sais à quoi tu penses, dit-elle. Que je ne fais pas le poids face à toi. Pas dans mon état. Mais à quoi bon s'en prendre à moi ? Je ne révélerai pas où se trouve Alfie tant que je n'aurai pas obtenu ce que je veux.

Elle pointe son doigt osseux sur ma mère.

— Ce que je veux d'elle. S'il m'arrive quoi que ce soit, tu ne retrouveras *jamais* ton fils.

Un étrange sourire passe sur son visage.

— Tu n'as plus qu'à espérer que je ne rende pas l'âme dans les prochaines minutes.

Je laisse échapper un cri de désespoir. Nous aurions dû appeler la police. Peu importe ce qu'a dit Marie, nous aurions dû l'appeler. Ma mère n'est pas la seule personne à qui je ne pardonnerai jamais. Je ne me pardonnerai jamais non plus de n'avoir été qu'une idiote et d'avoir suivi les instructions de Marie au pied de la lettre plutôt que de prévenir les autorités compétentes comme n'importe qui d'autre l'aurait fait. Je ne suis qu'une pauvre idiote. Une pauvre conne. Prête à me jeter la tête la première dans la gueule du loup.

— Tu paieras pour ce que tu as fait, lance ma mère. Tu finiras en prison. Pour l'amour de Dieu, Marie, qu'as-tu fait de lui ? Où est-il ?

Je retiens mon souffle en attendant qu'elle réponde. J'aimerais tant pouvoir serrer Alfie dans mes bras. Tout ce qu'il s'est passé avec ma mère… le choc de ces dernières heures. Tout cela n'est rien comparé à la peur de perdre Alfie. *Rien*.

Marie incline la tête en direction du téléphone portable que je tiens à la main.

— Éteins-moi ça et jette-le sur le sol, bien en évidence.

Je la dévisage.

— Fais-le, intime ma mère.

— Toi aussi, Sally.

— Je n'ai pas de portable, répond ma mère en retournant ses poches pour prouver ses dires.

Elle me lance un bref regard. Elle a dû cacher le sien quelque part.

— Oh, ma chère. On est partie à la hâte, à ce que je vois.

Marie désigne de nouveau la chaise.

— Allez, va t'asseoir.

Ma mère s'exécute. Je reste dans l'embrasure de la porte, les pieds pareils à deux enclumes.

— Quoi que tu aies besoin de dire à ma mère, ça n'a rien à voir avec Alfie. Ce n'est qu'un petit garçon innocent. *Mon* petit garçon. Pas le sien.

Je reprends, la voix tremblante.

— Dis-moi simplement où il est, Marie. J'ai besoin de le voir. De savoir qu'il va bien. Je t'en prie.

— Mon frère n'était qu'un petit garçon innocent, lui aussi. Ça ne l'a pas empêché de se faire assassiner pour autant.

Ma mère bondit sur ses pieds.

— Mais je n'ai pas…

— Ferme-la et assieds-toi ! vocifère Marie. Si tu

veux revoir ton petit-fils en vie, ferme ta grande gueule et écoute. Je suis sincère, Sally. Ce n'est pas toi qui prends les décisions, mais moi. Le plus vite tu te feras à cette idée, le mieux ce sera pour tout le monde. Surtout Alfie.

Je pose mon portable sur le sol, soudain prise de nausée.

Ma mère se rassied lentement sur sa chaise, raide comme un pic.

— Qu'attends-tu de moi ?

— Ton aveu, voilà ce que j'attends. Et je veux que tu l'enregistres pour que le monde entier l'entende.

Marie foudroie ma mère du regard.

— Ça a rongé notre famille pendant bien assez longtemps et il faut que cela cesse. Ça a gâché la vie de ma mère. Celle de mon père. La mienne aussi.

Elle fait une pause.

— Mais reprenons depuis le début, d'accord Sally ? Et si tu racontais à ta fille ce qu'il s'est passé ce jour-là ? Si tu lui disais pourquoi le jury s'est trompé dans sa décision ? Pourquoi tu aurais dû être condamnée pour meurtre, et non pour homicide involontaire ?

Elle déclenche quelque chose sur son téléphone portable et le tient haut devant elle.

— Parle fort et distinctement, s'il te plaît. Et n'omets aucun détail.

J'entrevois une lueur d'espoir.

— Est-ce que Karen est au courant ? Est-ce qu'elle est avec Alfie ?

Marie éclate de rire.

— Karen ne se doute de rien. Oh, elle sait pour son oncle Robbie, bien sûr. Elle a toujours su. Mais elle a préféré mettre la haine et le ressentiment de côté.

Elle caresse les quelques cheveux qui lui restent sur le crâne.

— Satané cancer. Ça remet un certain nombre de choses en perspective.

Ses yeux luisent à la lumière des bougies.

— Mais quand je l'ai vue dans cette cour de récréation, je l'ai reconnue sur-le-champ. Je n'oublierai jamais ton visage, Sally. Jamais.

Elle secoue la tête.

— En revanche, tu as oublié le mien. Je suppose que c'est l'effet que peuvent avoir une importante perte de poids et des années de tabagisme.

— Où est Karen, dans ce cas ?

Je parle d'une voix haut perchée et étouffée.

— Je ne comprends pas. Où est Alfie ?

— Elle est en route pour l'hôpital avec Hayley. Cette petite idiote s'est cogné la tête contre l'évier. Karen a préféré laisser Alfie avec moi car tu étais en route pour venir le récupérer. Elle aussi a oublié son portable dans la panique.

Elle pousse un soupir en secouant la tête.

— Quel dommage que ma mère n'ait pas pu la retrouver plus tôt, quand tu n'étais alors qu'une enfant. Quel dommage qu'elle soit morte en sachant qu'elle était toujours là-dehors, à vivre une vie qu'elle n'avait pas méritée. Je le fais pour elle. Ma pauvre maman. Ta mère nous a enlevé notre Robbie. Elle a détruit nos vies. Et à moins qu'elle ne dise la vérité pour une fois dans sa putain d'existence, je ferai en sorte de détruire sa vie à elle. Et la tienne.

Elle plisse les yeux.

— Sans oublier celle d'Alfie. Comment as-tu trouvé la photo, d'ailleurs ? Karen pensait faire une surprise aux parents d'élèves. Elle n'a pas remarqué ma petite altération. Mais elle ne t'a pas échappé, n'est-ce pas ?

Mon sang se glace.

— Dorénavant, tu vas faire ce que je te dis, Joanna. Assieds-toi et écoute l'aveu de ta mère. Alors peut-être – et je dis bien peut-être – que je te permettrai de revoir ton fils.

Ma mère semble sur le point de bondir, penchée en avant, les mains agrippées aux rebords de sa chaise.

— Tu vas payer, Marie, siffle-t-elle. Si tu penses t'en tirer, c'est que tu n'as plus toute ta raison. Violer l'injonction est une chose, mais kidnapper un enfant…

Marie émet un grognement sarcastique.

— Rien à foutre. Je serai morte bien avant de finir au tribunal. J'ai un cancer du sein métastatique de niveau quatre, au cas où ça t'aurait échappé. Allez, Sally. La caméra tourne. Nous sommes tout ouïe, n'est-ce pas, Jo ?

51

Ma mère ne me lâche pas du regard tandis qu'elle s'exprime. Elle a le teint blême. La voix morne.

— Nous étions en train de jouer, commence-t-elle. Plusieurs enfants.

Elle lance un regard à Marie.

— Marie était présente. Robbie également. J'étais à la tête de tout ce petit groupe. Principalement parce que j'étais toujours celle qui proposait les jeux.

Ma poitrine est si compressée par l'appréhension que j'ai l'impression qu'elle va exploser. J'accentue volontairement le rythme de ma respiration pour ouvrir mes poumons. Même cette action basique m'est difficile à exécuter. Alfie occupe toutes mes pensées. Dans quel état est-il ? Où est-il, bon sang ? Dans cette maison, enfermé dans une des chambres ? Se pourrait-il que nous n'ayons pas fouillé partout ? Qu'il existe une cave et qu'il soit tout seul dans le noir ? Pourquoi n'ai-je pas pensé plus tôt à la possibilité d'une cave ?

Mais je n'ai pas le choix. Je dois rester là, à écouter ma mère parler.

— C'était toujours des jeux d'aventure où nous étions menacés ou bien retenus prisonniers par des monstres. Des méchants qui nous pourchassaient dans les rues pavées de la ville. Un évadé de prison traînant son boulet derrière lui. Un cow-boy armé jusqu'aux dents ayant soif de vengeance. Évidemment, j'étais toujours la seule à savoir comment les vaincre.

Ma mère se balance doucement sur sa chaise. Je ne suis même pas sûre qu'elle s'en rende compte.

— Ils m'obéissaient tous au doigt et à l'œil. Avec le recul, je crois qu'ils avaient un peu peur de moi. J'avais de qui m'inspirer à la maison. Je savais exactement quel comportement adopter. Quel regard décocher pour vous faire souiller votre culotte. Je ne faisais que reproduire ce que je vivais au quotidien. Ce que je voyais et ce que j'entendais.

Elle continue.

— Nous ne voulions pas que Robbie se joigne à nous. Il était trop jeune et ne courait pas assez vite. Mais Marie devait le surveiller et nous n'avons eu d'autre choix que d'accepter sa présence. Il n'arrêtait pas de pleurnicher et d'interrompre le jeu. Puis j'ai trouvé un couteau de cuisine dans une des maisons abandonnées dans lesquelles nous avions l'habitude de nous réunir. Je l'ai ramassé et j'ai commencé à jouer avec. Les autres gosses ont tous pris leurs jambes à leur cou. Ils savaient que je faisais semblant et ils adoraient ça. Ils criaient en prétendant être effrayés. Ils savaient que je ne leur ferais jamais de mal.

Elle fait une pause. Reprend son souffle.

— Mais le petit Robbie ne s'est pas enfui. Il voulait être le méchant. Il voulait le couteau et a essayé de me l'arracher des mains. J'ai essayé de l'en empêcher mais le couteau a glissé et a entaillé les doigts de Robbie.

Elle ferme les yeux.

— C'était un accident. Je n'avais jamais eu l'intention de le faire. Mais ensuite il s'est mis à hurler et à pleurer. Il disait qu'il le dirait à sa mère et à son père et qu'ils m'enverraient en prison. Je voulais juste qu'il se taise avant que les autres reviennent et voient ce qui était arrivé. Je voulais juste lui faire peur pour le forcer à se taire et lui expliquer que ce n'était qu'un accident.

Pause.

— Je l'ai poussé contre le mur, la main sur son épaule.

Mes mains se portent à ma bouche dans un mouvement mécanique.

— J'avais vu mon père le faire à ma mère un million de fois et elle finissait toujours par se taire. Je tenais le couteau dans ma main libre, mais je n'avais pas l'intention de le blesser.

Elle plonge ses yeux dans les miens, implorant mon pardon du regard.

— Mais j'avais du mal à le maintenir en place et il s'est brutalement penché en avant pour se libérer de mon emprise. Je ne pensais pas qu'il pouvait avoir autant de force pour un garçon de son âge, mais il était si énervé qu'il était presque hors de contrôle. Le couteau l'a transpercé d'un coup. L'instant d'après, Marie était dans la pièce et hurlait à pleins poumons. Puis tout le monde est arrivé.

Marie secoue la tête de dégoût et arrête de filmer.

Ma mère baisse la tête et pleure en silence.

— Si je n'avais pas tenu ce couteau dans la main, si je n'avais pas insisté pour jouer le rôle de la méchante, rien de tout cela ne serait arrivé. Si je l'avais laissé prendre ma place pour quelques instants, si je l'avais laissé s'amuser… Il n'était qu'un petit garçon.

— Tu m'arracherais presque une larme, mais ce n'est qu'un tissu de mensonges. Avoue-le, interrompt Marie d'un air méprisant.

Chaque trait de son visage est déformé par la haine. Elle pointe ma mère du doigt, menaçante.

— Dis la vérité, espèce de salope meurtrière !

Ma mère l'ignore et lève la tête dans ma direction. C'est comme si Marie n'existait pas pour elle. Cette histoire, elle l'a racontée pour moi et pour moi uniquement.

— Pourquoi ne t'ont-ils pas cru quand tu leur as raconté ce qui était arrivé ? je demande.

— Parce que Marie a dit à la police que j'avais été odieuse avec Robbie tout au long de la journée, comme si j'avais été la seule. Nous avions *tous* été odieux avec lui. Elle a dit que je l'avais fait exprès, qu'elle m'avait vue enfoncer le couteau dans son cœur au moment où elle était entrée dans la pièce. J'ignore si c'est la culpabilité qui l'a poussée à faire ça. Robbie était sous sa responsabilité. Elle était censée veiller sur lui. Mais au lieu de ça, elle était partie en courant avec les autres. Elle l'avait laissé tout seul. Elle a peut-être pensé qu'en m'accusant elle s'éviterait des ennuis.

— Ta mère n'est qu'une menteuse, lance Marie d'une voix forte. Une menteuse, une brute et une manipulatrice. Oh ! tu peux te dédouaner tant que tu veux. Nous faire le coup de la « pauvre petite enfant maltraitée ». Mais ce n'est qu'un tas de conneries. Alors voici ce que tu vas faire maintenant, Sally. Tu vas dire la vérité. Tu vas dire à ta fille ce qu'il s'est vraiment passé. Je ne voudrais pas qu'il arrive des bricoles à Alfie. C'est un si gentil petit garçon.

Les sanglots me montent à la gorge. J'arrive à peine à m'exprimer à travers les larmes.

— Où est-il ? Je t'en prie, Marie, dis-moi où il est.

— Tu le sauras quand ta mère aura dit la vérité.

Ma mère garde le silence, les yeux rivés au sol. Je

regarde sa poitrine se soulever et s'immobiliser. Elle retient son souffle. Tout comme je retiens le mien. Enfin, elle prend une profonde inspiration, lève la tête et dirige son regard vers le téléphone portable dans la main de Marie. Des larmes coulent sur son visage, et même si une partie de moi lui en veut toujours d'avoir gardé le secret pendant toutes ces années, de m'avoir menti effrontément et de nous avoir mises dans cette situation à cause de ce qu'elle a fait, je ne peux m'empêcher de comprendre sa douleur et je pleure avec elle.

— Pas un jour ne passe sans que je pense à Robbie. Il me hante. Année après année, j'essaye d'imaginer à quoi il ressemblerait s'il avait encore été en vie. À la vie qu'il mènerait. Parfois, je croise un petit garçon qui lui ressemble comme deux gouttes d'eau et l'air vient à me manquer.

Sa voix se brise.

— L'air vient à me manquer. Aucun mot n'est assez fort pour exprimer ce que je ressens. Aucun.

Elle a le souffle de plus en plus court.

— Il m'arrive de penser à ce qu'aurait été ma vie si cet horrible accident n'était pas arrivé. Si je n'étais pas sortie jouer avec les autres ce jour-là. Si je n'avais pas à tout prix tenu à être la méchante. Si cette maison avait été détruite comme toutes les autres, que je n'avais pas fourré mon nez partout et trouvé ce couteau dans le tiroir de la cuisine. Je pourrais encore continuer longtemps. Tous les moments déterminants d'une vie reposent sur des actes qui se déroulent en un clin d'œil. Les moments qui nous définissent jusqu'à la fin de nos jours.

Elle se penche en avant, la tête à quelques centimètres de ses genoux. Lorsqu'elle se redresse enfin, elle regarde pour la première fois Marie dans les yeux.

— Je sais que tu cherches des explications, Marie. Et je suis désolée d'avoir gâché ta vie. Terriblement désolée. Je pense à ta mère tous les jours également. Au chagrin qu'elle a dû éprouver et qui l'a rongée, détruisant ton enfance au passage. Tu dois me croire.

Elle pose les mains à plat sur ses cuisses et garde le dos bien droit.

— Je sais que tu penses que je ne mérite pas la vie que j'ai vécue. Que je ne mérite pas d'avoir eu une fille extraordinaire. Un adorable petit-fils. Que j'aurais dû payer pour ce que j'ai fait. Mais je jure que c'était un accident, Marie. Je n'aurais jamais dû le pousser contre le mur. Ce n'était qu'un petit garçon et je me suis comportée de manière brutale envers lui. Peu importe ce que je subissais à la maison, j'ai eu tort de m'en prendre à Robbie. Je m'en doutais déjà à l'époque et à présent, j'en suis convaincue.

Elle poursuit.

— Mais tu as tort de penser que ma punition n'a pas été à la hauteur de mes actes.

Elle tapote sa tempe de son index.

— Ce qu'il se passe là-dedans est une punition perpétuelle. Une condamnation dont il me sera impossible de me défaire jusqu'à ma mort. Jusqu'à ma mort, Marie. J'ai tué un petit garçon. Ton adorable petit frère. L'oncle que Karen ne connaîtra jamais. Mais ce n'était pas volontaire. Dieu m'en est témoin. Si tu veux que je te dise que c'est ma faute s'il est mort, alors je le dirai. Parce que c'est la vérité. Ton petit frère est mort par ma faute. Je le retenais contre sa volonté et je tenais un couteau à la main. Mais je ne l'ai pas poignardé volontairement, Marie. Je n'aurais jamais été capable d'une chose pareille. Je n'ai pas fait une chose pareille. Tu dois me croire.

J'ai la gorge nouée et les larmes coulent à flots sur mon visage. Elle est ma mère. Le voile derrière lequel elle se dissimulait depuis toutes ces années a enfin été levé, alors que j'en ignorais l'existence même. Voici la vérité nue. Telle une plaie ouverte. Ma mère me cherche du regard, comme pour m'implorer d'essayer de la comprendre et de la pardonner. Et je veux la comprendre et la pardonner, mais je suis blessée moi aussi. Je n'ai pas la force de lui répondre. Mes muscles ne fonctionnent plus. Ma voix m'a désertée.

— J'ai toujours su que tu finirais par me retrouver.

Elle tourne la tête vers le mur.

— Je t'ai haïe pour cela. Parce que tu refusais d'abandonner le combat. Mais une partie de moi t'a aussi admirée. D'être aussi tenace. J'y ai beaucoup réfléchi, tu sais. Si j'avais été à ta place, j'aurais probablement fait la même chose. Je n'ai eu ni frère ni sœur, donc je ne peux pas savoir l'effet que cela fait de perdre quelqu'un de si proche. Mais j'ai une fille et un petit-fils, et je sais ce que je ressens pour eux.

Elle se tourne de nouveau vers moi, les yeux baignés de larmes.

— Je sacrifierai ma liberté – ma vie – sans hésitation pour les protéger.

Elle inspire lentement l'air par le nez et souffle par la bouche, les lèvres arrondies de sorte qu'on a l'impression qu'elle siffle.

— Si tu veux que je confesse un crime que je n'ai pas commis pour ensuite poster la vidéo sur Youtube ou je ne sais quoi, eh bien soit. Je me plierai à ta volonté. Si c'est ce dont tu as besoin pour faire ton deuil et libérer Alfie, je le ferai cent fois s'il le faut.

— Ce n'est pas juste, je m'entends dire. Cela ne

changera rien que ma mère confesse le crime. Robbie est mort, et rien ne pourra le ramener.

Marie se redresse sur sa chaise, le teint rendu cireux par la lumière des bougies.

— J'ai promis à ma mère que je ne lâcherai rien jusqu'à ce que j'obtienne justice pour Robbie. Jusqu'à ce qu'elle paye pour ce qu'elle a fait.

Ma mère fixe la caméra. J'ai envie de la retenir, de la secouer et de lui dire de ne pas faire de bêtise. Ce mensonge la condamnera définitivement. Son visage sera étalé partout dans la presse et sur Internet. Elle n'aura plus nulle part où se cacher. Elle est sur le point de foutre sa vie en l'air. Et elle le fait pour moi. Pour moi et Alfie. Tous ces mensonges pour nous protéger. Toute sa vie. Je sais qu'il est inutile d'essayer de l'arrêter. Parce que c'est la seule façon de récupérer Alfie. Je le sais et elle aussi.

Quand elle parle, sa voix est dénuée d'émotion. Plate. Vide. Elle me rappelle ce reportage que j'avais vu petite, montrant des otages s'adresser à leurs familles en leur disant qu'ils allaient bien et qu'ils étaient bien traités, alors que la peur se lisait clairement dans leur regard.

— Moi, Sally McGowan, confesse le meurtre intentionnel de Robbie Harris. Ce n'était pas un accident. J'ai menti à la cour. Je *suis* le monstre dont vous parlez.

Elle ferme les yeux.

— Maintenant, dis-nous où est Alfie, pour l'amour de Dieu.

52

Un bruit sourd nous fait sursauter. Quelqu'un en bas. Qui pousse la porte d'entrée.

— Maman, est-ce que tu es là ?

La voix de Karen résonne dans toute la maison. Mes jambes manquent se dérober sous moi et je suis obligée de prendre appui contre le mur. Dieu merci ! Karen va pouvoir ramener sa mère à la raison. Elle l'obligera à nous dire où se trouve Alfie. Je ne vois pas d'autre issue.

Marie traîne sa chaise vers la fenêtre et tente de s'agripper au rebord. Dans la précipitation, son téléphone portable lui échappe des mains et rebondit à quelques pas d'elle. Ma mère et moi bondissons vers l'objet comme un seul homme, mais ma mère me devance de justesse.

— Ne t'avise pas d'y toucher, hurle Marie en s'arrachant à sa chaise. Je te l'interdis.

— Ne supprime pas la vidéo, maman. Pas tant qu'elle ne nous a pas dit où est Alfie.

Elle tend le bras au-dessus de sa tête pour empêcher Marie de s'en emparer. Nous nous faisons face, immobiles, fébriles.

C'est alors que Marie prend appui sur sa chaise et

parvient miraculeusement à se hisser sur le rebord de la fenêtre. L'espace d'un court instant, je suis saisie d'horreur, convaincue qu'elle va se laisser tomber en arrière, briser la vitre et se condamner à une chute mortelle. Emportant à jamais le secret de l'endroit où est retenu Alfie.

— Non ! je crie. Ne fais pas ça !

Des bruits de pas dans l'escalier du premier étage.

— Maman, qu'est-ce qui te prend !

— Vite ! je crie. Je crois qu'elle va sauter !

Les marches de l'escalier menant au grenier gémissent sous le poids de Karen. Y a-t-il quelqu'un d'autre avec elle ?

Lorsque j'aperçois Karen suivie de Michael – le visage dévoré par l'inquiétude –, ma première réaction est de fondre en larmes.

— Elle a kidnappé Alfie et elle refuse de dire où il est !

Les mots sortent d'une traite, me libérant d'un poids presque physique. Une tumeur qui s'était accrochée à mon estomac et refusait de s'en déloger.

Michael entre dans la chambre, les yeux rivés sur Marie.

— Tout va bien, dit-il. Alfie est en sécurité.

Mon regard croise celui de ma mère. Je rêve ou il vient de dire qu'Alfie était en sécurité ?

C'est au tour de Karen de se mettre à pleurer. Ses yeux ne cessent d'aller de sa mère à la mienne, puis à moi.

— Tout va bien, répète-t-elle. Il est avec Kay. Je l'ai déposé chez elle avant d'emmener Hayley à l'hôpital.

Par instinct, je m'effondre dans les bras de ma mère, et nous nous étreignons en pleurant de soulagement.

Alfie est en sécurité. Il a toujours été en sécurité. Marie nous a menti. Soudain, ma mère pousse un cri de surprise. Son corps se raidit sous le mien. Je me retourne et vois Marie en train de se débattre avec la fenêtre. Quand elle parvient enfin à l'ouvrir, le grondement sourd et régulier de la mer emplit aussitôt la pièce, emmenant un courant d'air glacial.

Michael se précipite vers elle.

— Plus un geste ou je saute, menace-t-elle, agrippée au rebord de la fenêtre.

— Non ! hurle Karen. Je t'en prie, ne fais pas ça !

— Marie, ne faites pas ça.

La voix de Michael est calme et posée.

— Descendez, et nous pourrons parler.

— Parler ? De quoi pouvons-nous bien parler ? J'ai gâché ma dernière chance d'obtenir justice pour Robbie. Il n'y a plus rien à faire. De toute façon, je suis condamnée.

— Pense à ta fille ! crie ma mère. À ta petite-fille. Elles ont *besoin* de toi, Marie. Tu ne peux pas leur faire ça.

Ma mère a le visage baigné de larmes. La voix teintée d'émotion.

Karen n'a pas cessé de pleurer.

— Oh, maman ! Je croyais que tu étais enfin parvenue à faire ton deuil. Que ton seul objectif était de passer le plus de temps possible avec Hayley et moi avant de… de… Nous étions censées faire tout un tas de choses ensemble, tu te souviens ? Pour qu'elle se souvienne de toi. Qu'elle ait de *bons* souvenirs de toi. Pourquoi tout foutre en l'air avec cette… obsession pour Sally McGowan ? Te venger ne résoudra rien. Elle ne ramènera jamais Robbie.

Marie laisse échapper un ricanement de dégoût.

— Tu n'as jamais été capable de comprendre. Faire le deuil, moi ? Tu n'as pas idée de ce que je peux ressentir.

— Marie, je t'en prie ! crie de nouveau ma mère.

Elle joint les mains et entame une prière silencieuse.

— C'était un accident. Un terrible, tragique accident. Quand vas-tu enfin me croire ?

Marie se penche un peu plus sur le rebord de la fenêtre, prête à plonger. Ses yeux brillent d'un éclat de folie. Le vent soulève ses cheveux fins, dévoilant son crâne nu.

Michael fait un pas en avant.

— Non ! hurle Karen. Arrête ! Elle va sauter si tu t'approches trop près d'elle.

— Allons, commence Michael. Ne faites pas ça. Vous n'allez tout de même pas vous tuer devant votre fille ?

Marie se tourne vers Karen.

— Elle a avoué. J'ai tout enregistré.

Puis elle se tourne vers ma mère, le regard empli de haine.

— Tu t'en sors peut-être cette fois encore, mais j'ai entendu ton aveu. Ta fille l'a entendu aussi. Tu as assassiné mon petit frère.

— Un aveu *forcé*, corrige ma mère. Qui n'aurait eu aucune valeur devant la cour, tu le sais pertinemment.

Les larmes coulent le long des joues de Marie.

— Peu m'importe. Tu ne t'en serais jamais relevée quand même. Avec cette vidéo sur Internet, ta vie aurais été détruite. Les gens auraient su qui tu étais réellement.

L'expression sur son visage change. Elle se tend. Oh mon Dieu ! Elle va le faire ! Elle va sauter !

— Marie, arrête ! je m'entends supplier. Je sais combien tu as souffert, mais ce n'est pas la solution.

Mais Marie n'écoute pas. Elle n'écoute plus. Elle ne lâche pas ma mère du regard, les articulations de ses doigts blanchissent tant elle s'agrippe fort. Puis elle ferme les yeux, se mord la lèvre inférieure. Je perçois la tension dans son corps qui se balance lentement d'avant en arrière, menaçant à tout moment de basculer dans le vide. Dans un mouvement presque imperceptible, elle prend appui sur son pied droit, et à cet instant, je comprends ce qu'elle a l'intention de faire. Elle ne va pas sauter, non. Elle va rassembler ses dernières forces pour se jeter en avant, aussi loin que possible. Pour se jeter sur ma mère et user de tout son poids pour la précipiter dans l'escalier.

Je revois les marches rongées par l'humidité et la pourriture, cédant sans aucune difficulté sous leur poids, le corps désarticulé de ma mère dégringolant à toute vitesse, terminant sa course sur le sol en béton de la cuisine.

Il lui serait impossible de survivre à une telle chute.

J'essaye de l'alerter, de lui crier de s'éloigner de l'escalier. Mais je suis paralysée, la langue trop lourde pour se soulever, la mâchoire trop contractée pour s'ouvrir. Ne voit-elle pas ce que Marie s'apprête à faire ?

Lorsque Marie se jette en avant, je sais ce qu'il me reste à faire. Quels que soient les mensonges que ma mère a pu raconter, quels que soient les secrets qu'elle a pu me cacher pendant toutes ces années, ma vie avec elle a eu un sens. Elle m'a élevée et m'a éduquée. Aimée et protégée. Mieux que n'importe quelle autre mère. Peu importe son passé. Elle est ma mère et elle ne mérite pas de mourir pour une terrible erreur commise alors qu'elle n'était qu'une enfant.

Marie n'est plus qu'un concentré de rage, exactement comme son petit frère avait dû l'être de nombreuses années auparavant, refusant de se laisser acculer au mur, bouillonnant de rage et de frustration face à l'injustice. Il faut à tout prix que j'écarte ma mère de sa trajectoire avant qu'il ne soit trop tard.

Son pied touche le sol et le temps – qui semblait s'être étiré à l'infini – reprend tout à coup son cours normal. Je m'élance de l'autre côté de la chambre, à droite de Marie, et j'atteins ma mère juste à temps pour l'écarter de la porte donnant directement sur l'escalier. Elle chancelle sous mon poids et m'entraîne dans sa chute. Nous percutons la mansarde avant de nous effondrer sur le sol dans un amas de bras et de jambes entremêlés. Quelque chose se rompt dans mon épaule et une douleur vive se répand dans mon bras puis ma poitrine. C'est alors que quelque chose d'autre se rompt. Cette fois-ci, c'est le bruit du bois qui se brise en morceaux.

La douleur à l'épaule gagne en intensité. Mes doigts tâtonnent le haut de mon corps. Se posent sur une surface inégale et suintante. Mon front se couvre d'un voile de sueur. L'os fracturé de ma clavicule a transpercé la peau et saille à travers la chair. Ma respiration s'accélère et se fait plus difficile. La douleur est telle que je suis incapable de me relever. Ma vision se brouille progressivement. Puis plus rien.

Un cri perçant suivi du bruit ignoble d'un corps qui s'écrase lourdement sur le sol sont les dernières choses que j'entends avant de perdre connaissance.

53

— Jo, est-ce que tu m'entends ?

La voix douce et rassurante de Michael me parvient au loin. Il est assis à côté de moi et me tient la main.

— Le docteur dit que tu seras de nouveau sur pied dans deux mois, même s'il faudra certainement un peu plus de temps à la clavicule pour se ressouder complètement. Il a été obligé de t'opérer pour y mettre une plaque.

J'ouvre les yeux, éblouie par la lumière vive de la salle de réveil.

— Où est-il ? Où est Alfie ?

— Alfie va bien. Kay l'a accompagné à la boutique de l'hôpital pour lui acheter un livre. Ils ne vont pas tarder à revenir.

Michael me caresse la joue du bout des doigts.

— Il a passé la nuit chez Kay. Dans la chambre d'amis. Je suis passé le voir quand tu étais sur la table d'opération et il dormait comme un bébé. Il avait une énorme girafe en peluche appelée – accroche-toi – Long Cou.

Le soulagement agit comme une drogue dans mes veines. Bien plus efficace que n'importe quel antidouleur.

— Qu'est-il arrivé à Marie ?

Il secoue la tête.

— Quand tu as écarté ta mère de sa trajectoire, elle n'a pas eu le réflexe de stopper sa course.

Il tressaille légèrement, probablement traumatisé par la scène dont il a été le témoin.

— Elle est tombée la tête la première dans l'escalier et elle est passée à travers le plancher. Il était tellement rongé par la pourriture qu'il n'a opposé aucune résistance lorsqu'elle s'est effondrée dessus.

Il fait une pause.

— Tu as sauvé la vie de ta mère, Jo.

Je ferme les yeux, incapable de chasser la vision du corps désarticulé de Marie de mon esprit. Je l'imagine brisée, les os pointant dans la mauvaise direction, du sang noir s'écoulant de ses oreilles. Comme une poupée de chiffon qu'on aurait maltraitée puis abandonnée négligemment dans un coin. En sauvant ma mère, j'ai condamné celle de Karen.

— Ta mère et moi avons eu du pain sur la planche. Nous nous sommes d'abord assurés que tu allais t'en sortir puis nous avons empêché Karen de descendre, car nous savions qu'il n'y avait aucun espoir de retrouver Marie vivante. Cette maison est un véritable coupe-gorge. N'importe lequel d'entre nous aurait pu passer à travers le plancher. Karen ne s'est calmée que lorsque l'officier de police en charge de la protection de ta mère est arrivé et a assuré qu'il était trop tard pour faire quoi que ce soit. Il a dit qu'elle était probablement morte sur le coup.

Il pousse un long soupir.

— Ça n'a pas dû être d'une grande consolation pour Karen.

— Mais… comment l'officier a-t-il su que nous étions là-bas ?

— Ta mère lui a envoyé un message pendant que vous étiez en train de chercher Alfie en bas. Son portable est équipé d'un système de géolocalisation qui lui a permis de vous retrouver. C'est un chouette type, d'ailleurs. Il s'appelle Brian.

L'idée que ma mère bénéficie de la protection de la police me paraît encore incongrue. Incroyable, même.

— Lorsque je suis arrivé à l'hôpital et que j'ai compris qu'Alfie ne s'y trouvait pas, j'étais totalement paniqué. C'est là que Karen m'a dit qu'elle l'avait déposé chez Kay car elle trouvait trop risqué de le laisser seul avec sa mère souffrante. Quand je lui ai répondu que nous avions sonné et appelé chez elle mais que personne ne nous avait répondu, elle s'est inquiétée. Elle a demandé à utiliser mon portable car elle avait oublié le sien dans la précipitation, mais sa mère n'a toujours pas répondu. Alors j'ai essayé de t'appeler, puis ta mère, et j'ai tout de suite compris que quelque chose ne tournait pas rond. J'ai demandé à Karen comment s'appelait sa mère et quand elle m'a dit qu'il s'agissait de Marie, mon sang n'a fait qu'un tour. Je lui ai posé d'autres questions pour confirmer ma théorie et il s'est avéré qu'elle était bel et bien la sœur de Robbie Harris.

Michael passe la main dans ses cheveux et gonfle les joues.

— Je ne voulais pas vous mettre en danger en disant à Karen qui vous étiez. Mais quand j'ai annoncé qu'il y avait un problème, elle a immédiatement deviné. Immédiatement, Jo. C'est Karen qui a parlé à sa mère de la rumeur.

Je ferme les yeux le temps d'encaisser ses dernières

paroles. Tout est ma faute. J'ai été la première à évoquer la rumeur en présence de Karen, à la séance du club de lecture.

Michael me reprend la main et la masse délicatement.

— Elle était persuadée que Marie était passée à autre chose et qu'elle ne cherchait plus la justice pour son petit frère. Elle pensait qu'elle avait voulu emménager avec elle et Hayley pour passer le temps qui lui restait à vivre en leur compagnie. C'est pour ça qu'elle ne s'est pas étonnée quand elle a insisté pour les accompagner sur le chemin de l'école. C'est lors d'une de ces sorties qu'elle a dû apercevoir et reconnaître ta mère.

— Comment avez-vous su où nous étions ?

— Je peux te dire qu'on s'est creusé la tête. Ça a fait tilt quand Karen a mentionné la fascination que sa mère vouait à cette maison abandonnée sur le front de mer. Chaque fois qu'elles passaient devant au cours d'une promenade, Marie disait qu'elle lui rappelait de mauvais souvenirs. J'ai compris qu'elle faisait référence à la maison où Robbie avait été tué. On a pris la route dans la seconde qui a suivi.

— Et Hayley dans tout ça ?

— Son père est venu la chercher. Karen l'avait appelé pour lui demander de venir après son travail, mais sans lui donner davantage de détails. Elle a juste dit que sa mère ne se sentait pas bien et qu'elle devait s'en occuper.

— Elle lui a sûrement raconté la vérité, à l'heure qu'il est. D'ici demain, tout Flinstead sera au courant de cette histoire.

Mes yeux sont embués de larmes.

— Il semblerait que Marie ait obtenu ce qu'elle

voulait, pour finir. Nous allons devoir déménager. Tant que nous resterons ici, ma mère ne sera pas en sécurité. Aucun de nous ne le sera.

Michael se mord la lèvre inférieure, le regard baissé sur ses genoux.

— Le truc c'est que… commence-t-il en levant les yeux. Ta mère est déjà partie.

— Comment ça, partie ?

— Elle a été placée en lieu sûr en attendant que la police décide quoi faire.

— Où ça ? Où l'ont-ils emmenée ?

Un sourire triste se dessine sur son visage.

— Réfléchis une seconde, Jo. Les flics ne prendraient jamais le risque de divulguer une telle information.

— Est-ce que je pourrai la voir, au moins ?

Il baisse de nouveau les yeux.

— Je n'en sais rien. Brian a promis qu'il ferait tout son possible pour vous réunir, mais je ne sais pas combien de temps cela prendra.

Mille questions me trottent encore dans la tête, mais le flot de mes pensées est interrompu par une petite voix familière provenant du couloir.

— Si elle dort encore, Long Cou va lui chatouiller le nez pour la réveiller.

— Je ne suis pas certaine que ta pauvre maman ait envie de se faire chatouiller.

La voix qui répond appartient à Kay. Adorable Kay qui s'est occupée d'Alfie pendant tout ce temps.

Et le voilà. Mon magnifique petit garçon. Mon Alfie chéri. Si seulement je pouvais me lever et le serrer dans mes bras.

Il se précipite à ma rencontre, et Michael l'attrape juste avant qu'il ne bondisse sur le lit. Il le porte délicatement jusqu'à moi afin qu'il me dépose un bisou sur la joue. Autant que je sache, il aurait très bien pu me sauter dessus. Pour un baiser d'Alfie je pourrais supporter toute la douleur du monde.

— Pourquoi tu pleures, maman ? Ça fait mal ?

— Je pleure parce que je suis heureuse de te voir, mon chéri. Mais oui, ça fait un petit peu mal aussi.

— Long Cou veut te faire un bisou magique, dit-il en approchant sa girafe en peluche de mon visage.

— Qui te l'a donné ? je demande.

Kay s'éclaircit la gorge.

— Ce devait être un cadeau pour mon petit-fils, mais… Gillian me l'a renvoyé. C'est une longue histoire, Jo. Nous avons eu une terrible dispute un jour. J'ai dit des choses que je n'aurais pas dû. Depuis, je la supplie de me pardonner mais elle ne veut rien entendre…

Elle secoue la tête, le visage empreint de désespoir.

— Je suis désolée de t'avoir menti en te disant que je parlais à mes petits-enfants sur Skype. J'avais trop honte de t'avouer la vérité. Je ne voulais pas que tu penses que j'étais une horrible bonne femme qui avait détruit sa relation avec sa fille.

— Oh, Kay, je ne me serais *jamais* permis.

— Je sais. J'ai réagi comme une idiote.

Elle me prend la main et se penche pour déposer un baiser sur ma joue.

— Assez parlé de moi. Comment te sens-tu ? Promets-moi de ne jamais réessayer la course à pied ! J'ai halluciné quand Michael m'a raconté ce qui t'était arrivé. Les trottoirs de cette ville sont traîtres même lorsqu'il ne pleut pas. Si tu cherches à t'entretenir, pourquoi ne viendrais-tu pas à mon cours de zumba ?

C'est bien moins risqué et bien moins ennuyeux que la course à pied.

Michael m'adresse un clin d'œil dans le dos de Kay.

Je souris.

— C'est noté. Mais il va falloir que tu m'accordes un peu de temps pour que je me remette d'aplomb, si tu veux bien.

54

Deux semaines plus tard.

C'est une scène de famille on ne peut plus normale, par une froide journée de novembre. Alfie joue avec ses Lego dans le salon, plongé dans un univers sorti tout droit de son imagination. Michael et moi sommes chacun assis à une extrémité du canapé. Mon bras en écharpe repose sur une pile de coussins. Nous regardons un épisode de *NCIS*.

La chaleur ambiante me fait somnoler. D'un geste mécanique, Michael colle sa cuisse contre la mienne et je m'autorise à fermer les yeux et à m'assoupir quelques instants. Mes dernières nuits ont été pour le moins agitées – rien de surprenant compte tenu de mes récentes aventures –, d'où les après-midi détente comme celui-ci.

Nous lui avons fait nos adieux hier. Michael, Alfie et moi. Tout s'est passé très rapidement et dans la clandestinité la plus totale. Nous avons roulé jusqu'à un garage dans la périphérie de Cambridge, où nous avons retrouvé Brian (ce n'est probablement pas son véritable prénom – il ressemblait davantage à un James ou un Anthony selon moi) qui nous a ensuite conduits jusqu'à un petit parc où ma mère nous attendait, assise à une table de pique-nique. La voir seule dans ce parc m'a fait mal au cœur. Elle m'a semblé si vieille, tout à coup. Vieille, triste et abattue. Mais lorsqu'elle s'est retournée et nous a vus arriver, elle est instantanément redevenue cette petite fille terrifiée. Celle qui se recroquevillait dans sa chambre en attendant que son père vienne la tourmenter.

Alfie s'est mis à pleurnicher quand je lui ai dit que mamie déménageait, mais avec le recul, je pense qu'il a plutôt bien pris la nouvelle. Elle a su trouver les bons mots. Elle lui a dit que quelqu'un lui avait fait beaucoup de mal et qu'elle déménageait pour se faire de nouveaux copains et copines. Elle savait qu'il comprendrait, car lui-même avait vécu une expérience similaire. Enfin, elle lui a dit que dès qu'elle serait installée dans sa nouvelle maison, il aurait tout le loisir de venir lui rendre visite.

Nous étions tous invités, a-t-elle ajouté tout bas en me regardant. Si nous le souhaitions, bien évidemment. Les larmes me viennent rien qu'en pensant à elle. À la tristesse dans son regard.

Je suis persuadée qu'Alfie s'habituera à ne plus voir sa grand-mère autant qu'avant. L'emménagement de son père facilitera grandement la tâche. De Michael *et* de Sol, actuellement allongé contre le radiateur.

Si moi je vais m'habituer, c'est une autre histoire.

— Je ne comprends toujours pas pourquoi ils l'ont forcée à déménager, dis-je, profitant de l'absence d'Alfie, parti chercher des jouets à l'étage. La vidéo a été détruite et Marie est morte. Elle aurait pu rester à Flinstead sans problème. Elle adorait cette ville.

Michael soupire. Nous avons abordé ce sujet tant de

fois qu'il doit en avoir assez d'en entendre parler. Mais il est trop gentleman pour perdre patience et accepte d'en discuter une nouvelle fois.

— Le risque était trop important. On ignore si Marie en a parlé à quelqu'un d'autre. Ce n'est pas parce qu'elle n'a rien dit à Karen qu'elle n'a rien dit à personne. Et Karen *sait*, désormais. Alors certes, elle a juré de garder le secret, mais elle pourrait très bien changer d'avis plus tard. Et puis, crois-tu vraiment qu'elle ne se confiera jamais à son mari ? Son *propre* mari ? Qui de mieux que lui pour soulager sa conscience ?

Il me lance un regard de biais.

— C'est peut-être déjà fait, à l'heure qu'il est.

Je sais très bien ce qu'il pense. Que si cela venait à se savoir, nous serions également contraints de déménager. Soit ça, soit affronter le regard des autres. Les messes basses dans notre dos. Les journalistes à notre porte. Quelle une cela donnerait-il ? « Bouleversée, elle apprend que sa mère est la célèbre tueuse d'enfant Sally McGowan ».

J'attrape la lettre que m'a écrite Karen. Je l'ai reçue quelques jours après mon admission à l'hôpital, et je l'ai lue et relue cent fois depuis. Cette fois-ci, je me contente de fixer l'enveloppe.

— Karen a passé sa vie dans l'ombre de son oncle décédé. Elle a été le témoin direct de l'effet que sa mort a eu sur sa grand-mère et sa mère, et elle souhaite seulement que cela s'arrête. Elle ne veut pas que sa fille Hayley apprenne ce que sa grand-mère a fait. Qu'elle s'est servie d'un enfant innocent pour assouvir sa soif de justice. Elle dit que si elle avait su que Marie avait reconnu ma mère, elle aurait tout fait pour la dissuader de chercher à se venger. Mais Marie connaissait l'avis de Karen et a décidé de garder le secret pour elle. Tu as lu cette lettre. Tu *sais* tout ce que je viens de te dire. Elle n'est pas comme sa mère. Elle comprend que ma mère était une victime au même titre que Robbie.

— Le problème c'est que certaines personnes ne seront *jamais* de cet avis, répond Michael. Peu importe que la mort de Robbie ne soit qu'un malheureux accident. À leurs yeux, ta mère n'était qu'une brute armée d'un couteau, ce qui la rend forcément coupable.

— Est-ce que tu penses la même chose que ces gens ?

Il secoue la tête.

— Non. Elle se comportait comme une brute parce que c'est le seul exemple qu'elle avait eu en grandissant. Elle détestait peut-être son père à cause de ce qu'il lui faisait subir et de ce qu'il faisait subir à sa mère. Mais tout au fond d'elle, elle devait l'aimer aussi. Parce qu'il était son père malgré tout et qu'il n'était pas violent à longueur de temps. Parce qu'il pouvait parfois se montrer gentil avec elle. Avec sa mère aussi. C'est pour ça que les sales types comme lui s'en sortent pendant si longtemps.

Il se rapproche de moi pour m'embrasser. J'ignore ce que j'aurais fait sans son aide ces deux dernières semaines. Tant d'émotions se bousculent encore dans ma tête. La plupart du temps, je trouve à peine la force de me traîner jusqu'au canapé pour regarder la télé. Je ne cesse de revivre ce qu'il s'est passé, encore et encore. Pas simplement le choc après avoir appris la vérité sur ma mère – Sally McGowan –, mais l'horreur qui s'est ensuivie. La terreur que j'ai pu ressentir lorsque je croyais Alfie en danger.

Hier, Karen et moi avons échangé au téléphone.

« Ton secret est bien gardé avec moi, Jo, m'a-t-elle affirmé. Cela dure depuis trop longtemps. Il faut que cela cesse. La soif de vengeance de ma mère et de ma grand-mère les a détruites. Je refuse de connaître le même sort qu'elles. Pour Hayley. »

Je lui ai répondu que j'étais désolée pour sa mère et que je me sentais terriblement coupable, mais elle m'a assuré qu'elle ne m'en voulait pas. Elle a même ajouté que c'était probablement mieux pour sa mère d'avoir fini comme ça plutôt qu'à l'agonie sur un lit d'hôpital, pendant des mois, à attendre que le cancer la ronge jusqu'à la moelle.

Le plus triste, c'est que j'ai l'impression d'avoir perdu ma mère aussi. Même si nous aurons l'occasion de nous appeler, de nous écrire et de nous voir sur Skype ou FaceTime, rien ne sera plus jamais pareil. J'ai appris qu'elle serait probablement envoyée à l'étranger, cette fois-ci. Loin, très loin d'ici. Autant dire qu'il ne sera pas facile de lui rendre visite.

Le téléphone sonne. Michael se lève pour aller décrocher, et part s'enfermer dans la pièce voisine. Il s'est fait un devoir de me protéger des assauts de la vie extérieure et de me garder en sécurité dans ma petite bulle de confort et d'intimité. Je ne pourrai pas rester ainsi jusqu'à la fin de mes jours. Il me faudra bien affronter la réalité, recoller les pièces du puzzle et reprendre un semblant de vie normale. Pas seulement moi. Michael et Alfie aussi. Nous allons tous devoir nous faire à cette nouvelle normalité.

Il est de retour quelques minutes plus tard.

— C'était Dave. Carol et lui t'embrassent et te souhaitent un prompt rétablissement. Dave a précisé qu'il n'y avait aucune urgence à l'agence, et que tu pouvais prendre autant de temps que tu le souhaitais pour récupérer.

Il vient se rasseoir à côté de moi.

— Il m'a aussi demandé de te dire que Susan Marchant était finalement revenue sur sa décision de vendre sa maison. Apparemment, quand elle a raconté à son voisin comptable qu'elle avait l'intention de reverser l'argent de la vente à une association, il lui a expliqué qu'elle pouvait faire directement don de la maison et qu'elle s'épargnerait ainsi les formalités administratives et les frais d'agence. Dave n'avait pas l'air ravi de cette nouvelle.

Oups ! Maddie y est sûrement pour quelque chose. Et moi aussi, pour lui avoir parlé de Susan en premier lieu. Pauvre femme. Comment lui en vouloir, après toutes les horreurs qu'elle a vécues dans son enfance ? Par ailleurs, si Maddie dit vrai et qu'Anne Wilson a bel et bien collé les photos sur la vitrine de la boutique de Sonia Martins, en un sens, justice a été faite.

Je me blottis contre Michael. Enfin, si on peut appeler ça se blottir avec ce fichu bras en écharpe qui me lance au moindre mouvement.

— Michael, il y a quelque chose que je n'ai pas encore osé te demander.

— Je sais. Et il serait temps que tu le fasses.

— Comment ça, tu sais ?

— Oh ! pardon, dit-il en souriant. Je croyais que tu allais me demander en mariage.

— Mais non, espèce d'idiot ! Je voulais savoir ce que tu allais faire de ton projet de livre. Je suppose qu'il est tombé à l'eau.

Il éclate de rire.

— Tu supposes bien. Après réflexion, je ne crois pas que ce soit une bonne idée.

Il se penche et dépose un baiser sur mes lèvres.

— Certaines histoires ne devraient jamais être racontées, qu'en penses-tu ?

La mer a changé. L'océan, pour être exacte. Plus chaud, des vagues immenses. Si hautes qu'on peut y faire du surf. Je les observe parfois. Les surfeurs. Attendant patiemment le moment propice pour s'élancer dans le creux de la vague, genoux courbés, bras écartés pour ne pas perdre l'équilibre.

Une telle grâce. Une telle beauté.

Un tel courage. Une telle force.

Il m'arrive aussi de marcher du côté plus calme de la baie. De m'asseoir sur un banc et de lire un livre. D'aller nager lorsque j'ai besoin de me rafraîchir. Le sable blanc, doux et chaud me caresse la plante des pieds. Mes longs pieds aux longs et fins orteils décorés de vernis pastel. Du rose, du mauve et du bleu ciel. Une activité à laquelle je me suis adonnée depuis mon arrivée.

Ils sont si nombreux que je me sens en sécurité. Je suis insignifiante parmi la foule des touristes de passage, les surfeurs et les surfeuses, les étudiants qui n'ont de cesse de se relayer dans les bars et les restaurants, en quête d'un job d'été. Personne ne remarque cette petite grand-mère au teint pâle et au drôle de vernis à ongles. Celle qui passe son temps le nez plongé dans un livre, un large chapeau mou vissé sur la tête.

J'aime choisir mon emplacement avec soin. Pas tout à fait au bord de l'eau, et pas tout à fait à côté des cafés et des bars qui longent la plage. Ce faisant, je ne suis pas importunée par le bruit ou l'odeur de barbecue. Lorsque j'en ai l'occasion, je vais m'asseoir près des familles avec de jeunes enfants. De préférence un petit garçon du même âge qu'Alfie. J'aime les regarder creuser dans le sable. Leur renvoyer la balle si le vent l'a portée jusqu'à moi. J'aime quand ils m'adressent un sourire timide en guise de remerciement.

Elle dit qu'elle viendra bientôt me rendre visite avec Alfie. Bien que je rêve de pouvoir de nouveau les serrer dans mes bras, je me demande si cela ne serait pas trop difficile à supporter. Trop difficile pour nous tous. Je me demande si nous ne devrions pas laisser les choses telles qu'elles sont et nous contenter de communiquer par e-mails. Dans la bonne humeur et la discrétion. Car si je les revois, si je les prends dans mes bras, je ne voudrai plus jamais les laisser partir. Et je serai contrainte de les libérer. Contrainte. Ils ne viendront jamais s'installer ici et je ne pourrai jamais retourner là-bas. Impossible. Pas maintenant.

Je suis une proie. Je serai toujours une proie. C'est le prix à payer pour mon passé. Cet instant fatidique, fatal, que j'effacerais de ma vie avec joie si je le pouvais.

Je ferme les yeux, bercée par la chaleur des rayons de soleil et m'y voilà une nouvelle fois. Dans cette cuisine sombre et froide aux murs recouverts de moisissures. Je suis seule avec Robbie Harris. Tous les autres sont partis. Tous les autres se sont enfuis en courant et en criant, comme ils étaient censés le faire.

À présent ils attendent que je me lance à leur poursuite. Que je les pourchasse comme prévu.

Mais Robbie ne veut pas s'arrêter de pleurnicher. « Laisse-moi être le méchant. Laisse-moi prendre le couteau. » Il s'empare du couteau mais se coupe les doigts et se met à hurler. Je voulais juste qu'il se taise. Je voulais juste qu'il se calme et me laisse examiner sa blessure. Je savais comment réagir lorsque quelqu'un saignait. Je savais que j'allais devoir panser la plaie avec un morceau de tissu que j'aurais arraché à mon gilet. Mais il refusait de se taire. Il refusait de se calmer.

La rage est montée en moi comme une traînée de poudre. Ma tête s'est mise à bouillonner.

Alors je le lui ai donné. Ce fichu couteau. Je le lui ai donné.

REMERCIEMENTS

Nombreuses sont les personnes qui m'ont soutenue dans cette aventure, et je souhaiterais les remercier du fond du cœur.

À commencer par mon époux, Rashid Kara, pour avoir compris mon besoin viscéral d'écrire et m'avoir encouragée dans cette voie. Mon groupe d'écriture (Deborah Klee, Paula Guyver, Anita Belli, Gerald Hornsby, Catherine Rendall et Janine Swann), pour le regard aiguisé qu'il a posé sur mon travail et son amitié précieuse. Mes tuteurs de l'Académie Faber, Maggie Gee et Richard Skinner, ainsi que mes camarades de formation (plus particulièrement Peter Howard, Susan de Villiers, Hannah Cox, Richard O'Halloran, Brandon Cheevers et Hanife Melbourne), pour leurs encouragements et leurs remarques sur « les premiers écrits ». Mon agent, Amanda Preston, pour sa sagesse, son énergie et sa créativité. Mes éditrices, Sarah Adams et Natasha Barsby, sans oublier le reste de la talentueuse et enthousiaste équipe de Transworld, pour avoir porté *La Rumeur* jusqu'au bout.

FSC
www.fsc.org
MIXTE
Papier issu de
sources responsables
FSC® C003309

10/18, une marque d'Univers Poche,
est un éditeur qui s'engage pour
la préservation de l'environnement
et qui utilise du papier fabriqué à partir
de bois provenant de forêts gérées
de manière responsable.

10/18 – 92 avenue de France, 75013 PARIS

Imprimé en France par CPI

N° d'impression : 3041690

X07717/01